U0602521

不许联想

石一枫 作品

陕西出版传媒集团
太白文艺出版社

石一枫

以当前的阅历和想法，文学对我来说是一项有关于价值观的工作。当被社会结构和生存状态所决定的世俗层面的价值观不那么善良，不那么符合人性的时候，也就是文学入场之时。我仍愿意将文学比喻为灯。文学作品是灯，文学精神是灯，好的作家本人也是灯。不只反应生活，而且照亮生活，我们的夜路也将明亮起来。

石一枫

目录

不许眨眼

那天陈青萍召集我们三个狗男人去开大会，诸人都始料未及。接到电话，想必是有人叹息，有人流泪，有人欢天喜地；共同之处则是每个人都充满了众望所归的成就感和沧桑感，因为谁都以为她只叫了自己。还有一点可以肯定，就是所有人都在行着持枪礼——对着大洋彼岸的陈青萍，对着载誉回国的陈青萍，对着近在咫尺玉体横陈侧卧榻上的陈青萍。我就是这样一边接着电话，一边把裤裆在小柜子上蹭啊蹭，一边看着墙角那张会咯吱咯吱叫的双人床。床上躺着我的现任女朋友，黑脸林黛玉，她正在搔首弄姿做肉感的深思状。

电话里的陈青萍说：来来来。我说：好好好。她又说：我刚离了婚。我说：嘿嘿嘿。床上的黑脸林黛玉便问：你又犯痴了，凭白看着我嘿嘿什么？我捂住电话说：没啥没啥，你膀子露在外面，看着凉了又喊疼。黑脸林黛玉便更加来劲，嘤咛一声，一条大腿也掀了出来。陈青萍那边好像有点警觉，问：谁谁谁？我比她还警觉，赶紧说：没没没。这时黑脸林黛玉却催起我来：快快快！我又捂住电话对她喊：等等等！她便赌气开始吃枕头吃被子。我只得赶紧问了时间地点：明天晚上七点？醒客咖啡馆？好好，到时再叙。挂了电话，才感到舍不得，裆中之物也已蹭得甚是雄大，一步三颤走到床前，怒视黑脸林黛玉。她倒浑然不惧，索性像海豹一样昂起个半裸体问：哪个给你打电话？我说：大学同学，请我吃饭。她说：什么时候打不好，偏这会子打？我说：人家还停留在美国时间里。她又问：什么劳什子美国时间？我说：美国时间有什么稀奇的？时差你懂不懂？你要不懂咱就只能从头讲起了，话说地球它是个圆的——她穷追不舍地打断我：我是问谁在美国时间里？我说：当然是美国人民。她说：我是问你哪个同学从美国回来又在美国时间里给你打电话？我一心虚，吼道：反正是同学，你又不认识！她也有点急了，终于切入主题：男的女的？我恼羞成怒，声如洪雷：男的！她说：真的？我说：真的！她说：若是假的？我说：舌头上长一个三寸大疮行了吧？满意了吧？她这才缓和下来，说：那你平白急什么？急什么？我趁着火性，一把把她一条大腿高高搂起：急，急，急什么？急的是一根鸡巴往里戳！

　　急着往里戳固然是搪塞，美国时间却不假。陈青萍哈欠连天地说她刚下飞机，正在倒时差。她才一回来就找我，确实把我兴奋得够呛。可我看到手上按的却是黑脸林黛玉，不免又感到一丝悲凉，便执意要关灯做爱。她又起疑心：平时都要开灯，今天为甚关灯？我说：反正开灯关灯一样黑，省点儿电吧。她登时不依不饶，拒绝再搞，我也乐得顺水推舟，不搞拉倒。

　　到了次日，黑脸林黛玉已经哭得抽搐不止，眼睛只是乱翻。我好歹劝她两句爱你敬你一撮儿灰一阵青烟云云，又心猿意马地和她吃了顿午饭，赶紧打发她去上课。她走之后，我胡乱把电视台一个节目的稿子写完，就赶紧拍着屁股出门打车，直奔咖啡馆。

到了咖啡馆门口，一个围着绿围裙的白胖姑娘问：先生一位？

我说：不不，找人。

找人？是找他么？那两人也说找人。

俩人？我眼珠一转，没在厅里找到陈青萍，目光一停，却在靠窗处发现了吴聊和肖潇。这一见之下，我从惊诧到疑惑，从疑惑到懊丧，仿佛坐在一辆急剧俯冲的过山车上——我还以为只叫了我一个呢。

而正坐在里面的那两位原先也一定以为陈青萍只邀请了自己，此刻看到我，只能解嘲地一笑，意为"果然还有你"。而我正迟疑着是否应该走过去，吴聊已经扬起手，有气无力却毫不留情地把我拽过去了。

离他们越来越近，时光倒转，往事如昨，我又重温了一遍几年前在大学课堂上的那一幕：讲台上站着一位为自己的课程深感抱歉的马政经老师，几乎所有的学生都和他一样没精打采，在那片伏下的黑脑袋组成的田野里，陈青萍却极其醒目地腰板笔直，昂首坐着，鲜花带露，招蜂引蝶。围坐在她身边的就是我们三个，吴聊在她后面，一边迷醉于她的发香，一边更加迷醉地对她谈洛克菲勒、比尔盖茨；肖潇在她左边，老实巴交，给她看自己的学术论文，没有晚清，何来五四？我坐在她右边，既不被她听，也不被她看，却把手径直插到了她的屁股底下。

比起陈青萍的另两个追求者，我无疑目的最单纯，手法也最直接。每逢周末没课，陈青萍就会乔装打扮，上午先去和吴聊讨论经济原理，下午再听肖潇讲解学术规范，到了晚上夜黑人散，便到湖边的小树林去找我。远望一根塔，塔影插入粼粼湖中，我们两人便也实践这个象征，忙得一塌糊涂。

即便我占尽便宜，却并无优势。陈青萍死活拒绝承认我是她的男人，并威胁如果我把和她的关系讲出去，她就不再与我发生关系。这样一来，只能算偷情，还是她偷我，不是我偷她。更有甚者，偷着不如偷不着，她对外的宣布是吴聊和肖潇一起追她，两人以君子方式 fair play，竞争上岗，而我的品行大家有目共睹，只能算作她的一个纠缠者，预备性骚扰犯，压根儿没有被她纳入考虑范围。

也不知道美丽的陈青萍是怎么想的。我一度认为她是个极端女权主义者，对我只是玩玩儿就算，吴聊和肖潇两者之一才是她未来床上的主角；而究竟是哪一位，则取决于吴聊先受聘于 ibm 公司还是肖潇先得到 ucla 大学的 offer。基于这种认识，我的策略只能是有便宜不占白不占——占了便宜也要当王八，不占便宜就是王八蛋，反正互相解渴，权当练兵。可是事态总是出乎我们的想象，快毕业的时候，陈青萍却神不知鬼不觉地跟着一个美国来的访问教授坐上大象一样的波音 747，飞啊飞，出国了。那洋老头在学术界颇为著名，年薪十万美刀，可谓兼取梦想实现的吴聊与肖潇二者之长，甚至在我负责的领域，也即肉体方面也不含糊——传闻他在我系卫生间撒尿，被人窥见，观者大惊：帝国主义，船坚炮利。陈青萍就这么身背多少民族恨，抛下三个伤心人，以成功女性、学术女性、肉体所向披靡的女性的身份——飞走了，连个招呼也不打，连个音信也没传来。

而生活的发展也总是与年轻人的预期存在一定的距离。我们三个，吴聊落选了 ibm，自己去倒卖医疗器械了；肖潇没有得到 uc 的垂青，只好到一家研究所直升博士，然后留校任教了；我也没有再找到可与陈青萍匹敌的尤物，只好偏安于一个又一个有明显缺陷的女性，目前是黑脸林黛玉。

可现在，当我们都学会习惯现状之后，陈青萍却又一次出乎预料，和洋老头儿离了婚，坐着大飞机，飞啊飞，飞回来了。她这次召集我们，意欲何为？难不成只是假惺惺地叙个旧？这不是她一贯的风格啊。真正的胜利者是连胜利都懒得炫耀的，就像比尔盖茨午饭只吃汉堡包，苏格拉底的口头禅就是他一无所知。任何一个反革命流氓犯都会痛心疾首地说：为什么就找不到真正的爱爱爱情呢？

但无论如何，我们却都一个个贱兮兮地来开会了，因为失败者总会毫不吝惜地展览他们的痛处，就像用来陪衬比尔盖茨、苏格拉底和反革命流氓犯的穷人、蠢人和女人。吴聊西装笔挺，肖潇表情木讷，我哈欠连天，三个懊丧的男人已经坐在一起，回味往昔的懊丧，消磨眼前的懊丧，等待这些懊丧的根源在门口出现。

不便见面的熟人见面，没话也得找话。我们面面相觑了一会儿，大眼瞪小眼，小眼翻白眼，然后又一起眨巴眼，终于还是我开口。我对吴聊一点头，他也一点头，我说：开上大奔了么？

他说：惭愧，还是丰田。

我又向肖潇点头：评上教授了么？

他说：惭愧，还是讲师。

他们互相看看，对我说道：得上艾滋病了么？

我说：幸亏，还是阴性。

基本情况是没发大财没成大师没得大病，基于这个前提，我们暂时躲开了陈青萍，心怀鬼胎地闲扯叙旧。首先陷入滔滔不绝的是伪大款吴聊同志。吴聊毫不谦虚地说，他已经进入了我们国家正在大力扶持的中产阶层，这个阶层的象征性符号是日本车、三环路附近的商品房和皮尔·卡丹西服，阅读《财富》周刊和男性《时尚》杂志。虽然以目前的社会格局看来，他很难更上一层楼，但毕竟已经脱离了越来越值得同情的大多数。他应该对这个现状很满意了，即使不满于实际的财富数量，也应该对他和我与肖潇在经济上的落差知足了，况且最近他还有一喜：当前一阵非典来袭，举国上下都在温度计上战战兢兢的时候，他趁机大赚了一笔，从德国进口了大批电子温度计，供人随时随地战战兢兢。吴聊同志的情绪像温度计一样飙升，这两天正准备响应厉以宁先生高屋建瓴的号召，在郊区再买一套联体小楼，供他穿着休闲服遛狗、钓鱼、阅读《财富》《时尚》并思考人生用。这时肖潇以学者的正义感指出：你这是在发国难财。吴聊感到这种说法很无趣，快快地说：国家有难，匹夫发财，不过我的主要目标还是为国分忧，分忧。他又问肖潇：那你国难当头又在做啥？肖潇说他遍查史料，研究我国历史上的历次大疫，有感而发，写作《sars 的考据学批判》。吴聊道：倒没发财，不过屁用没有。肖潇也觉得没趣，又问我：你在干吗？我说：那时误吻广东妹，爽了嘴，苦了肺，躺在床上等死。吴聊道：这不像你，怎么不是在床上吃淫药，再活活把自己干死？我有些不忿，说：你为什么总把我和西门庆扯到一起？肖潇说：西门庆怎么了，我认为西门庆也是具有形而上的苦闷，但无从解决，只好以形而下的方式排遣出来，他是中国文学的第一个零余者形象。我还有一篇论文《对金瓶梅的再叙述》，考证的是西门庆与毕晓林、叶甫盖尼·奥涅金乃至美国上世纪年代垮掉的一代、艾伦·金斯伯格之间的渊源。吴聊道：现在的学术真奇怪，怎么谁鸡巴越硬越流氓他们就认为谁越有形而上的追求。我说：所谓胡操乱操，替天行道，枪杆子里面出政权，也出学术，这个道理弗罗伊德已经指出过了。吴聊更加恶毒地说：我看并非是论证鸡巴硬才形而上，而是想论证形而上的人鸡巴都硬，学者在那方面自信不足，所以用这个办法给自己壮壮声势。肖潇听了此言，孩子般的圆脸大耳涨得通红，说：你们不懂学术，我就不该和你们说，现在请你们不要乱说。

我们一直喜欢他这个样子，感到他可怜可笑又可爱，是个语言上的娈童，颇堪玩味。我就说：你们学院派即使和美国接了轨，也不要滥用话语霸权嘛，我们民间学者的话一定是乱说么？吴聊道：你真别说，学者的鸡巴也确乎不软，我的秘书，半年前我提出搞她的时候，害怕她个刚毕业的大学生和我玩儿气节，告我性骚扰，谁想人家小姑娘大大方方地说，来吧来吧，反正俺上学的时候和老师睡得，上班之后为什么就和老板睡不得？肖潇绝望得怯生生：师生恋也是有的吧？比如说鲁迅和许广萍？我说：狗屁师生恋，和老师睡是为了换学分，和老板睡是为了换工分，两腿一开，交换的都是数字。既然如此，需要量化，按抽插次数计价。吴聊兄，国外有没有安在女性生殖器上的打表器？进口一批，给我们母校的师妹们试用试用？吴聊道：这东西我们公司就能搞出来，出租车打表器改装一下而已。我说：为何不投放市场？吴聊道：你怎么连一点经济常识都没有？打表器按下蹦字儿，那性能力强的男人还不亏死？反而是超级大阳痿女人一脱裤子他就射精的那种占便宜，这样一来我们公司进口的性药品哪儿还卖得出去？我说：咦？你们公司还进口形而上壮阳药？吴聊道：你这么快就得吃药了？搞得如此不济。我说：目前倒还正常，只不过春宵一刻值千金，千金散尽又何其太快，我在这方面一向贪得无厌。吴聊道：给你搞一些也容易。我说：是不是蓝色的那种？

说完哈哈大笑，气氛一转融洽，笑声沆瀣一气，惹得邻桌的几个二十出头的小青年直向这边看。只有肖潇不停地喝水，害口渴一般地咽唾沫，并不停地眨着眼。那些小青年也许就是他学校的学生，难怪他如此尴尬。我和吴聊交换一个眼色，继续逗他。

我说：肖潇啊，你为什么一定要搞学术呢？学术能给你带来什么好处吧？肖潇头垂得低低的，几乎像个啮齿类动物啃着桌面，轻声嗡嗡说：我不好财不好色，这是我的人生追求。吴聊拍案叹道：

这个追求把你毁啦。肖潇说：学术哪点不好？我说：学术当然没甚不好，可惜缺了一样东西。肖潇说：缺什么？我正色道：眼儿！肖潇道：眼儿？什么眼儿？我把两根指头围成一个圆圈说：就是这个眼儿啊，hole。肖潇好奇道：何解？我说：吴聊爱钱，钱上有眼，所以唤作孔方兄，我爱女青年，也因为女人有三个洞。可学术有眼儿么？有眼儿么？没眼儿的东西自然没有妙处，所以说自古书生百无一用。

吴聊也说：还真是，还真是，眼儿这个东西还真是妙，有眼儿的东西都是人生的出口，没眼儿的东西只能把人生引向绝路，所谓无眼儿不入，没有眼儿，让我们往哪儿钻呢？然而肖潇到这个时候终于说出了一句有意思的话，自然也是刻薄话：这是蛔虫的逻辑吧？

我们意外地被他回了一句，两个人瞪着眼儿，对看一回，马上高兴得嘿嘿乱扭，好像两个曼妙的蛔虫。肖潇啊肖潇，吴聊说，你这个家伙还真是有趣得很啊。我也说：这些年过去，肖潇比过去更有趣了。肖潇不好意思：我随口说，随口说，无意讽刺你们，何必这么激动？我们说：本来没有意思的学术，经你这句话，好像有点意思啦。

这么一搅，我们更加热闹。只是我低头看了看表，都已经七点半了，陈青萍去哪儿了呢？有些问题我想说，我不能说，可是我还得说。再看吴聊肖潇二位，也是繁华散尽，露出一副欲说还休的样子。看来还得我说。我喝了一口茶，清清嗓子，宣布性地展开正式的话题：

咱们来这儿，不是扯淡，而是等人吧？那个人怎么还不来呢？

话音落后，半晌沉默。一会儿，吴聊道：也许堵车。肖潇道：也许倒时差，没把握好时间。

说完以后，我们又不再说，却又盼着别人说。吴聊整整西服，把手机打开又关上，啪嗒啪嗒；肖潇摸摸菜单，又把它们不识字一样翻来翻去，哗啦哗啦；我打量着这二位，把手指弹着玻璃方杯，叮当叮当。

啪嗒复哗啦，哗啦复叮当，足有两分钟，我们的桌上只有拟声词。肖潇必然在恨吴聊油滑，吴聊应该也在鄙视我的散漫，我则抱怨着肖潇木讷。我认为最先憋不住的会是肖潇，可却是吴聊首先停止了啪嗒啪嗒。我们见他要发言，立刻停止了哗啦哗啦和叮当叮当，全场肃穆地瞅着他。

吴聊把手机像惊堂木一样往桌上一拍，问道：陈青萍离婚回国，大家都知道了吧？

知道了知道了，我说，上回书交代过了。

他又说：咱们三个跑到这儿来，就证明还是贼心不死对吧？

也是也是，我又说，三个司马昭。

他又说：那这事儿就不好办了，就像几年前一样不好办。据我分析，当年我们谁都没追上陈青萍，是什么原因？有人认为是因为美帝介入，其实不然。试想我等之才，本应该在美国佬儿登陆之前就把战斗结束了啊，为什么久攻不下，反被外人占了先机？

我说：先别我们我们的，我们不是战友，我们是情敌吧？

吴聊一拍大腿：对啦！就是这个原因！本来凭我们三个，谁都可以追上陈青萍，可问题偏偏就出在三方面同时出击，又不可能协同作战，以至于互相牵制。你想啊，陈青萍看看这个不错，看看那个也不错，犹豫不决，此事一拖再拖，一直拖到美国佬儿来了，渔翁得利。当年痛失陈青萍，实可谓三国相争，一朝归晋啊。

我说：这不是废话么，难道这种事儿还能协同作战——咱是想追求爱情爱情对吧，毕竟不是轮奸吧。

吴聊道：协同作战当然要求太高了，其实这事儿只要有两个人发扬发扬高风亮节，主动退出，另一个人就方便了——

我说：这简直就是狗屁了。那你说谁发扬高风亮节？肖潇最有涵养，肖潇干么？

肖潇漠然。我又转回来问吴聊：那你这么说，就是你想发扬啦？

吴聊道：跟你这人简直没法儿说话。你要不想听别听，算我光跟肖潇说行了吧？

小马你就别忙着打岔了，肖潇开口道，吴聊说这么多肯定是有想法的吧？

我便对吴聊道：那你说，你说。

吴聊道：其实我的主意也很简单，无非是借用一下前人的伟大思想。先请教肖老师，所谓社会契约论，或者民主政治，是不是建立在人不利己天诛地灭和资源有限这两个前提之上的？

肖潇道：没错没错，这个思想是约翰·洛克和卢梭都提出过的。

吴聊道：你看，我功力犹存。不过我更会活学活用——以前咱们在追求陈青萍方面，有个君子协定吧？今天我们不妨把它再进一步，搞成民主选举，从三个人中间选出一个最应该、最能够也最适合的人去追陈青萍，其他人遵守规则，无怨无悔，有闲心的话还可以衷心祝福——当然不作硬性要求啊——诸君以为如何？

我笑道：哼哼，当年君子协定，如今民主选举，怎么越来越知识分子了？

肖潇道：知识分子有什么不好？这法子听起来倒很理性。

吴聊道：甭管知识分子不知识分子吧，总之这办法又有效，又不会伤哥儿几个的和气——毕竟这么多年交情了，伤了和气才是最可悲的。小马你想想，当年是谁借你钱的？我！当年是谁给你写哲学史论文的？肖潇！你忍心和我们伤和气么？

我说：当年我也没少帮你们吧？你那时候倒卖圆规光收钱不交

货让物理系的东北糙汉追着揍是谁在肌肉的狂欢里把你活着抢出来的?

吴聊道:所以说啊,万事和为贵,家和万事兴。考虑到爱情,又顾及交情,还要保证效率,我们只能用这个法子了吧?

我说:那行,那行,民主选举,怎么个选举法儿?提名候选人?我心目中的理想人选就是马小军同志,马小军同志最有战斗性,而且是老一辈无产阶级恋爱家了。

滚蛋。吴聊也笑了,你丫能不能在党内会议上严肃点儿?

那你们也甭指望我提你们俩人的名儿。我说。

是是,吴聊道,谁也没要求你流氓假仗义。咱们就是自荐,自荐完了再不存私心、实事求是地进行评选,这自然也要求与会人员具有较高的民主素质。

我说:那我自荐完了,我也没什么长处了。

这就是你的自荐?吴聊说,可见你丫素质真是不高——

那你给我来一素质高的?

我刚说完,一直没怎么说话的肖潇忽然抬起头来,真挚地望着我们的眼睛:那我说两句儿。

我说:行了,素质高的来了。欢迎肖潇同志发言。

肖潇却干望着我们,半天没说出话来,他只得又喝了口水开了开塞,一憋,又一憋,终于憋出一句话来:

我这些年都没有结婚。

哈哈哈。我和吴聊立刻停止互相攻击,一起拍桌子。我说:肖潇,你此言怎讲?没结婚的又不止你一个,我也没有结婚,吴聊结了么?吴聊也不言语,伸出左手,让我们看看光秃秃的无名指,示意他也是王老五。但他捎带又抖动了几下戴着白金戒指的其他两个手指,示意他与我们不同,是钻石王老五,只不过抖动手指的时候手形有些问题，好像在骂我们两个人是王八。

你看，你看，我说，无论有钱人还是没钱人，都知道结婚不好，因为有钱人有富乐子，没钱人有穷乐子，结了婚就是没乐子啦。

肖潇很茫然地又憋了一下，似乎在考虑自己是否辞不尽意。等他考虑好了，便说：

我这些年都没有恋爱。

哈哈哈。我和吴聊又拍桌子。吴聊这次的手势是把手一摊，又轻轻一挥，表达过眼烟云之意。我又在旁作注道：肖潇，你此言又怎讲？虽说我们两人都没闲着，但你是搞文学的，你应该知道，男女之间的感情多种多样，可以相互安慰也可以相互慰安。可就像纯文学一样，纯粹的爱情也只有一种对吧？我们在别人身上都没找到纯粹的爱情呢。从这个角度来说，我和吴聊也保存着一颗处男的心啊。

肖潇又被我们闷回去，开始干眨巴眼，脸上渐渐憋得有些发红，好像一只小螃蟹在被文火逐渐蒸熟。我们见他不再说话，相互一笑，可他却又迸出一句话来，说得格外坚决：

我是说，这些年来，我从没接近过其他异性，我是对得起陈青萍的。

我们都没想到他会说得这么直接，全吓了一跳。吴聊这次平摊出两只手，耸起肩膀，像美国人一样表示奇怪，我还没开口，他已经自己说话了：肖潇啊，你此言就更不知怎讲了。你的意思是说，因为你还是处男，所以在追求陈青萍方面，你有更大的合法性么？你就应该享受特权么？或者说我们就应该同情你，让着你么？这个逻辑很荒谬不是么？仆尝闻提拔干部时党员优先，却未尝闻追女人时处男优先啊，即使搞学术，也不要求童子身练功吧？

肖潇已经急扯白脸了，他呼哧呼哧地摸着头，两腮的肉几乎扇乎起来：我不是这个意思。

我接上去说：肖潇确实也不是这个意思，吴聊这样揣测别人，确实无耻。肖潇的意思是，他想给我们讲一个感人的故事，这个故事发生在上个世纪的几位文学家和学者之间。从前有个林徽因，长得又白又嫩且极其小资，这样就有很多人追。来了个诗人徐志摩，没追上，又来了个逻辑学家金岳霖，也没追上。可是徐志摩也不想吃亏，扭头就去搞了个bitch陆小曼，权且先使着。但是金岳霖这人实在啊，把爱情看得神圣啊，老人家就干等着，林徽因跟别人结了婚，他还在她家旁边守着，守了一辈子，终身不娶，元阳未泄。通过这个故事，肖潇要告诉我们，比起徐志摩，金岳霖无疑伟大得多，形而上得多，纯文学得多，所以老天有眼，应该给他一次机会，因为他要比徐志摩更爱林徽因。肖潇追求的就是这种绝唱般的深沉的爱情，对不对，肖潇，说到你心坎儿里去了吧？

肖潇喘得稍微轻了些，想摇头，又没摇起来，像个帕金森患者一样歪了两歪，说：也不全是这个意思。

我说：也不全是这个意思对吧？咱们还是有话直说好吗？

看他不言语，吴聊便说：那就更不对了，肖潇。既然你是这个意思，那你今天又干吗来了？你应该独自一人高山流水怆然泪下地等着守望着去啊，你要是再缠陈青萍想跟她发生点儿什么实质性的关系，你那绝唱般的伟大爱情不也就不够伟大了么？你不来就怕得不到爱情，来了爱情又不伟大不深沉了，这个问题在台湾学术界讲，应该算是一个吊诡吧？

这下肖潇就有点生气了，伟大的情怀被人讲成悖论，任谁都要生气。肖潇生气的时候也很可爱，你看不出这个人在生气，他还是闷闷坐着，脸上一团和气，只不过手指在紧张地攥着裤脚，眼神飘忽，不知看哪儿，终于锁住面前的玻璃方杯，出神了，入定了，不

— 13 —

理人了，自顾自伟大去矣。

三张嘴去了一张，接下来该吴聊发言。他现在兴头正高，所以开始赤裸地无耻：我倒不想说别的，我就想说说爱情。大家都是为了爱情来的，可是光讲爱情有意义么？爱情不能当饭吃，诸君这般年纪，也该琢磨过味儿来了。当然处男除外。

我说：你何必还挤兑肖潇。

他说：那我说的也没错儿吧？

肖潇压根儿不抬眼看他，我也只好说：基本没问题。于是吴聊继续道：既然爱情不能当饭吃，咱就只能谈经济问题了。肖潇也不要总回避政治经济学批评是吧？

我看看肖潇的神色，说：你要再说肖潇，我可急了啊。

吴聊道：好，好，咱论事不论人，论事不论人。你们想想，陈青萍这几年在哪儿生活？美国。跟谁生活？教授。美国教授别的不说，钱总是有的，一年十万美刀还是底薪不算加班儿。人家过的是什么日子？汽车、house、手挎 LV，身穿 CHANEL。从俭入奢易，从奢入俭难。她再找人结婚，得再找一个能提供这些东西的主儿是吧？否则生活质量下去了，天鹅变老鸹，大熊猫变成猪，她能乐意么？就是她乐意，在座诸君也不乐意吧？深爱着她的男人们，你们就不希望陈青萍过着幸福的生活么？

我说：你这意思，也就你吴聊养得起她，我们俩都得靠边儿站对吧？

他说：当然，如果不满足于靠边儿站，你们还有权祝福我们——这么说就太无耻了啊——我是说，二位也确乎是人中龙凤，只不过手儿也实在不宽裕，肖潇还是三千块钱一个月，据说学校改革还要拿你这样的开刀呢吧？小马现在还租着房子呢吧？你们还指望陈青萍跟着你们打一块二的车，吃六块钱一斤的肉，穿外贸店的衣服？

情况并不复杂，但现实还是很残酷的，money is not only money，money is all。

当然了，我说，money is all，不过吴聊，你也忽略了一点，陈青萍当年傍洋人傍大款，现在可今非昔比了啊。据我所知，美国离婚都得分钱，老婆分男人一半儿的钱，而且陈青萍自己在美国也有工作，她那人那么能折腾，还能少挣得了？所以她现在是女大款了，女大款不但可以不傍大款，还可以包养个把面首。

这时肖潇不知从哪儿神游回来，猛抬头来了一句：我不用她的钱。

我回了他一句：我用！我觉得软饭是世界上最香的饭。

嘿嘿，那倒有趣了。吴聊道：人家凭什么包养你呢？你有什么特长？money is all，我说的倒不是钱能买一切东西，我说的是经济上的成就总能代表一个人的某种价值吧？女人总喜欢有才能的男人，在这个社会上，什么才能说明男人的才能呢？

我揶揄道：怎么着也得中产阶级吧？

吴聊居然说：对啦，既然她还不认识李嘉诚曾宪梓。

我对肖潇道：瞧，多浅薄的中产阶级。

吴聊倒也洋洋得意：陈青萍也并不深刻，我早就看出来，她只是个小资女性而已，充其量也就是野心强点儿对物质要求高点儿的那种。

肖潇这时用捍卫真理的架势爆喝了一声：不要这样说陈青萍！吓得吴聊手舞足蹈，一时不知说什么好了。我看到火药味儿一下这么浓，连肖潇都红了眼，连忙出来打圆场：别别，别生气，我们不要这样赤裸好不好？毕竟还是战友关系。

吴聊挨了吼，就不敢再惹肖潇。他也知道老实人发了火更可怕，于是把气撒到我这里：我是赤裸了点儿，可我也是实事求是，肖潇倒还有点儿追求，你呢？成天就俩追求，一、女的，二、活的，有眼儿就是好窝头。

是是是，我说，我是不济，可你也得承认，人生还是很丰富的，除了钱眼儿以外，还有很多眼儿都很美妙对吧？否则你又干吗来了？所以咱也不能一叶障目，光拿钱说事儿吧？你吴聊确实比我们有钱，可是我们有的你也未见得有。

吴聊表现出一副很有兴致的样子：愿闻其详。

我又看了看表，差十五分八点了，这个陈青萍怎么还不来？她不来，我只好说下去。我把两肘架在桌上，下巴盖住玻璃方杯说：咱们还是来讲故事，昔年西门庆要淫潘金莲，托王婆说项，王婆道，让女人就范，无非五个条件。

吴聊道：哪五条？他抖擞身板，好像马上要参加检验。我说：当年西门庆也是这样问。那王婆就说：这五条，叫做潘驴邓小闲。我掰着手指头，一一道来：何谓潘？潘安之貌，这一条，我看大家都算了吧，我浓眉小眼，吴聊瘦长丝瓜脸，肖潇是个白面团。下面是驴，驴指驴大行货，生殖器像驴一样大，诸君都是黄种人，也该有个自知之明。这两条外，其余三条，我们可谓各得其一。邓指邓通之财，吴聊有钱；小指脾气小，肖潇有涵养；闲是有闲工夫，只能由我愧居，我这人别的没有，有的就是时间。这样看来，到了如今还是三分天下，成鼎立之势，谁也不要看不起谁。

吴聊便说：既然三分之势，也总得三家归晋吧，否则不又走上当年的老路了么？究竟谁上呢？

我说：依现在看来，还真是各有优势，相争不下，难于取舍，只好另想一个办法——当然也是君子协议。这个办法就是各尽其力，优化组合：吴聊得其邓，陈青萍花钱的时候可以找你，你当倾囊资助；肖潇得其小，陈青萍痛经头疼气儿不顺的时候可以找他，肖潇也必定会逆来顺受全身心地抚慰她吧？我既得其闲，也只能应付陈青萍闲着没事，又想干点儿什么事儿的时候，我鞍前马后，鞠躬尽瘁，不在话下。这个提议，诸君以为如何？

肖潇的鼻子里哼哼了一声，把头一扭，根本懒得说话。吴聊倒被逗笑了：狗屁，你想得倒美，我出钱，肖潇受气，你去做那闲来无事便特别想做之事，你当我们都是傻波依啊？

我嘿嘿一笑：我这也是没有办法的办法，看来你们都没有牺牲精神——

这样一说，三人又笑作一团，气氛重归融洽。不过看来一切民主到最后都是一团糟。吴聊提议，既然选举这条道儿走不通，我们就再换一个办法。

肖潇便问：什么主意？

吴聊道：我们轮流去追陈青萍，一个人追的时候，其他人不准插手，看谁能追上。每人一个月时间够用么？

我说：狗屁，那先上的人追上了怎么办，对后面的人不公平。

吴聊道：这个简单，我还有一法，也是 fair play。

可他刚要说话间，我忽然看到一个人在咖啡馆门口探头探脑，心下一紧，赶紧伸着脖子张望。我一翘首，那两人也立刻像牵线木偶一样扭了脖子去看，三个脑袋几乎从脖子上弹起来。门口那人便马上发现了我们，径直向桌子这边走来。这人一来，吴聊立刻眉开眼笑，嘴咧得脸像个掰断的丝瓜；肖潇也不禁喜上眉梢，但又不好那么露骨，便抿了嘴，倒像个捏紧了的包子；只有我傻了眼，心头一盆冷水泼下，冻成了个霜打的茄子。原来该来的不来，不该来的却从天上掉下来，来的正是我的妍居小伙伴，黑脸林黛玉。她今天无端又穿了一身白，黑里衬白，恰如一颗乌鸡白凤丸，香喷喷滚了过来。我目瞪口呆，想着足球、斑马、大熊猫等一切黑白相间的东西，但也没办法，恍然一眨眼，眼前还是她。

而吴聊却早早弯腰站了起来，殷勤拉椅子让座儿，也不管是谁家嫂子，张口便叫：嫂子，您来啦！

黑脸林黛玉斜眼看了他一眼，远远躲开，挨近我坐了。见状之后，吴聊更是大喜，幸灾乐祸，高声招呼服务员拿杯子和菜单来。黑脸林黛玉便趁此机会低声对我说：这就是你的同学？你怎么尽跟病人在一块儿？

我则直面这个打击，还不能醒过味儿来。惨淡的香水淋漓的唇膏，让我难以呼吸视听。我眨巴着眼，咂吧着嘴，半天才挤出一句：是啊，因为我就是个病人。

黑脸林黛玉一听我说话这么哲理，登时慌了，抚着我的额头说：看怎么弄的，凭白又发起哪门子痴了？我赶紧扭着头躲着，眼神去看肖潇。肖潇却只是温和地笑着，笑着，笑得既单纯，又什么意思都有了。而这时黑脸林黛玉已经摸到我的胸口了：我给你那块玉呢，莫不是又砸了？

我欲哭无泪，几乎是哽咽着问：你怎么来了？

黑脸林黛玉道：我下课回家，发现没带钥匙，你又不回来，直等了半个时辰，后来隐约想起你昨天说在这个咖啡馆会朋友，就过来寻你了。

我哼哼着说：你的记性可真好，可真好——这是钥匙，快拿了回去吧。

这时吴聊便大叫：怎么才来就走，且坐一坐么，嫂子贵姓？

黑脸林黛玉自然不去理他，径自向我这里蹩着脸儿，弱柳扶风。我只好咧着嘴说：嫂子不敢当，弟妹姓林。

姓林好，姓林好，一看就不是北方人吧？

我的嘴咧得连口水都拢不住了：江南人氏，坐船来的。

吴聊几乎手舞足蹈起来：坐船好，坐船好，沿途看看好风景。

黑脸林黛玉这时却问：哪个是坐飞机来的？

我看着吴聊肖潇两个，一副任人宰割的神情，只望他们君子气度，下手轻点。可这更让吴聊高兴了，他对我摇头晃脑，表示不可沽名学霸王，又对着黑脸林黛玉的黑后脑勺儿说：坐飞机来的？是有是有，你且坐一坐，吃碗茶，过会子就来了。

我只盼着黑脸林黛玉说声：我哪有闲心思看那坐飞机的稀罕人儿。可她说的却是：才跑了一天，我还没吃饭哩。

吴聊便道：那且叫了饭来吃，我们也是，聊到这么晚了，全忘了饿。一起吃来一起吃。你想吃什么随便叫，我做东。

我们便各自叫了饭。吴聊胃口大开，自己就要吃一张匹萨；肖潇倒还沉稳，只吃一盘意大利通心粉；黑脸林黛玉说饿，却只要了两样精细点心、一小碗海鲜汤。我虽然折腾了一天，却没有胃口，跟着肖潇也要了一盘通心粉，只吃了两口，越吃越是透心凉，再也不想动叉子。吴聊有奶酪香肠垫底，还要叫酒，不止啤酒，还有洋酒，不止自己喝，还劝我们喝。黑脸林黛玉自是吃不得，肖潇却也破例喝了啤酒。吴聊说，在座只有我有酒量，一定要我和他喝威士忌。我心下恨恨的，就都冲着酒来了，顺势不兑水喝了两杯，脸上像隔着被单的电褥子，分明从皮肤下烫上来。黑脸林黛玉又嗔我还没吃口子饭，又喝冷酒，还要用肠胃来暖它。我借着酒劲，劈头一句放屁，你见过谁喝煮过的酒？她一惊之下，又不好发作，闷声闷气地边喝汤，边记仇。我倒想赶紧惹恼了她，轰她走人，也不对她示歉。四人吃饭，三人闷着，只有吴聊臭美不止。

到吃过饭，我刚要对黑脸林黛玉说：你回去等我好了。吴聊偏又叫服务员来再浓浓沏上一壶茶：饭都吃了，又急着走什么。黑脸林黛玉刚一皱眉，肖潇人好，马上讲道：不要刚吃过饭马上喝茶吧，饭后过些时候再喝，不会伤脾胃的。一语合了她的心思。吴聊则赶着说：那再坐坐，等一会儿喝了茶再回去也不迟。我看着人，越来越颓丧，看着表，越来越绝望，又喝了满满一杯酒，脑袋几乎扎到裤裆里去。

陈青萍啊，如果你堵车，那就再堵一会儿吧，如果你时差没倒过来，那干脆就继续睡吧，让我们撑到美国时间中去见你好了。我一低下头去，就不敢抬起来，生怕看到门口再出现一个人影，生怕事情变得再热闹一点。可吴聊却在一旁大力制造着热闹，黑脸林黛玉也开始享受着热闹，肖潇兀自悠然自得，闹中取静。吴聊笑嘻嘻地对肖潇说：现在这里多了一个人，却只剩下两个。黑脸林黛玉酒足饭饱，也失去了戒心，问他说：这说法加减不分啊。吴聊说：我认为恋爱中的人是属于另一个世界的，不能在我们的俱乐部里充数。黑脸林黛玉说：你们是什么俱乐部？单身俱乐部？吴聊道：不全是单身俱乐部，我们这个俱乐部的名字不好说啊，不好说。黑脸林黛玉道：不好说，也总要有个名字啊。吴聊探过身来，拍着我的肩膀说：真的不好说啊不好说，对吧，小马？我向上撇着眼睛，含含糊糊地应道：啊啊——

这时黑脸林黛玉却忽然呀地叫了一声：啊，你们不会是——

吴聊问：你猜是什么？

不会是同性恋俱乐部吧？

连肖潇也扑哧一声笑了出来，问她：你看我们像么？黑脸林黛玉道：难道不像么？肖潇道：哪点像了？黑脸林黛玉道：不说倒罢，说起来还真是哪点都像。肖潇道：这是什么逻辑，没有理性的说法。黑脸林黛玉不悦道：同性恋本来就不在理性支配之内。吴聊插上来起哄：我们倒也罢了，对于小马你有亲身体会，总不能把他说成同性恋吧？黑脸林黛玉装蒜：什么体会？随即又很恐怖地说：难说难说，有些人就是阴阳电，你是不是？你是不是？

　　我被她惹烦了，说：是，是，行了吧？她如雷灌顶，惊叹道：这是真的？这是真的？我说：是真的，不过你放心，我每天晚上睡觉前都洗干净啦。她却再也无法接受失身于一个下水道疏通管的事实，被震撼得摇头晃脑，鬓发凌乱，只是轻轻叹息：啊，啊——

　　我终于拍案而起：我说你烦不烦？她眼泪喷出：我烦？我烦？我说：你不知道你表现得傻波依得要命么？同性恋个屁，同性恋能告诉你？她脸上涨红，犹如动物肾脏一般：你怎么能这样对我说话？从昨天晚上起，你就——

　　我吼道：怎么啦？奇怪啦？她说：你受了哪门子邪气？为什么偏要对我发？我给你气受了？吴聊又过来拉偏手：小马，你这样太不对了，对太太怎么可以这个态度？肖潇也说：情侣之间，要和而不同，互相谅解。我说：那好，我们回家去谅解好了。

　　与其坐在这里待毙，倒不如趁早回去。我低头一扯林黛玉，刚起身要走，迎面却扑来一股香风。我向下看到两条长腿，向上扫过一对酥胸，再往上看，被晃得几乎晕了。千盼万盼没盼来，紧躲慢躲没躲过，陈青萍偏偏在这个时候站在我的面前啦。

　　好了，同志们，让我们微笑着，沉思着，莫名其妙地，半死不活地重新落座吧，陈清萍出现了。我们必将死心塌地地围绕着她，因为她就是这样一个人儿：无论在哪里，都会让我们几个人只能用迷恋着她来证明自己的存在。这股迷恋时至今日也丝毫没有减弱。

　　我、肖潇、吴聊静静地看着她的脸，一言不发；黑脸林黛玉当然自惭形秽，又充满敌意。她似乎明白了一切，又不想承认，便极度怀疑地看着我。女人在这方面的感觉总是一针见血，她看我只需一眼，极度怀疑就变成了极度怨恨。

　　陈青萍慢慢地在一张椅子上坐下，排名不分先后地扫视了我们一眼。我们静等着她宣布一句：我回来啦。以便印证岁月如流水，回首往事上心头。可她的第一句话却是对黑脸林黛玉说的：

第一次见面吧？我来晚了，不好意思。

黑脸林黛玉面对陈青萍，却茫然失措，哼哼哈哈。狼狗面对抢了食的豹子应该也是这种反映——几乎是谄媚了。我忽然觉得她有些可怜了。于是我轻轻捅了捅她，也想没话找话，迎面戳来的却是彻头彻尾的怨毒的目光。真个是问世间情为何物，也许她在一分钟以前还是很爱我的，这个想法让我手脚冰凉。

而吴聊肖潇两个人的表情也开始走上正轨了，一个踌躇满志，一个目光哀怨。上大学的时候，就是这个样子。陈青萍也继续保持着她无限的神秘性，妙相庄严地对我们笑着，不言不语，又等着我们的千言万语。我又看了看黑脸林黛玉，她侧脸的线条像小学生做的木雕一样生硬，眼光好像没有射进空气一样，谁也不知道她在看哪儿。这个时候我忽然有了一种冲动，就是不再奉陪了，不再给陈青萍无偿捧场了，虽然她的各个部位各个举止还是那么顶呱呱，虽然我还是那么迷她。

黑脸林黛玉哼唧了一会儿却说：我去下洗手间。说完也不看人，径直走开了。

那么说话吧，同志们，总得有人说话吧，我们不能光凑在这里眨眼玩儿吧。可是我几乎一句话也懒得说了。陈青萍也自然不会说，优势的一方总不会先授人以柄，这是个基本的技巧。肖潇啊，你哀怨着，哀怨着，嘴角向下斜着，哆哆嗦嗦，已经千言万语难出口了吧？那么就吴聊说，自我感觉最好的人先说。

到底还是吴聊，这么勇于打开局面，这就是中产阶级的性格。吴聊的第一句话居然还是对我们大家宣布的：

看到陈青萍回来，才感觉时间过得这么快。

有人开了头，肖潇立刻接上：平时也许会感到度日如年，只有在这种时刻才会觉得弹指一挥间。他又深沉了一句：这就叫一日长于百年。

陈青萍又看着我，示意该我发言了。我却不想再配合她，低头喝了一大口酒，在嘴里呼噜呼噜地漱口。她宽容地笑了，也许认为我只不过想表现与众不同，暗示自己是这些男人中唯一与她肌肤相亲过的一个。

于是她说：这个感觉我也有，每个人到了这个年纪都会有。这些年你们过得怎么样啊？吴聊恐怕是最舒服的吧？听说你生意做得不错？

吴聊挺着肚子说：勉勉强强、凑凑合合吧。肖潇也像一切无怨无悔的受害者一样说：还好，还好。我干脆仰着脖子，大张着嘴，呼呼地漱着口。

陈青萍问我：你怎么啦？怎么这么不正经啊？

我把酒咽下去，奇怪地问她：我怎么不正经了？我一直挺正经的啊！

吴聊道：这位老先生，当然不可以常人论。然后转向陈青萍，示意该感慨就继续感慨，反正以目前的状况，已经可以不带我玩儿了。

陈青萍却说：我知道为我当初出国走了，你们一定会怪我。只不过小马率性为真，不像别人不好意思说出来而已。

我阴阳怪气地说：不敢不敢，我哪儿敢啊。吴聊忙不迭道：没有没有，绝对没有。肖潇还是那副忍辱负重的样子：我没有。

陈青萍笑道：咱们不用客气，我自己也知道当时做得有点儿过分，我挺后悔的。

吴聊马上推心置腹：不用这样想，陈青萍，我现在能理解你了。人总得往高处走吧，谁不想混得好一点呢？

陈青萍说：你们怪不怪的，我也觉得对不起你们。在美国时也会想起你们来，所以刚一回来，就找大家聚一下。

肖潇调整好呼吸说：能见你一面就很好了，真的。

他们两人欲擒故纵地煽着情，让我感到越来越幽默，不禁哈地笑了一声。而陈青萍似乎对我有些不满了，她这次都没理会我，只和肖潇吴聊两人你一句我一句地假仗义着，任由我龇牙咧嘴用牙签抠耳朵。他们的主题除了致歉与谅解，就是感叹逝者如斯夫。陈青萍说：我觉得我都老啦。吴聊道：哪儿有，我看你是越来越年轻啊，美国的转基因食品养人。陈青萍道：我是说我的心态都老啦。肖潇说：唯一能让时光倒流的也就是人的心灵啦。陈青萍道：那你们也老了吧？吴聊道：成熟罢了。肖潇道：初衷不改。

这么说了一会儿，他们也觉得无趣了，便又一齐看着我，好像我是一只奇异的生物。我对他们眨着眼，一言不发。陈青萍忽然说：咦？刚才那姑娘是谁的女朋友啊？

吴聊马上指我：他的！

我对他说：你急什么，我搞的又不是你女儿，怕我不认账似的。

陈青萍又问吴聊：你都有女儿啦？

吴聊连忙大叫：他放屁！

我说：我放屁，我放屁。看来还真是放到你脸上了，否则你哪儿会这么激动。

陈青萍道：你们两个别斗嘴啦。我是说，那姑娘上个厕所，怎么上了二十分钟还不回来啊？

那还用问，当然是气跑了。我仿佛看到黑脸林黛玉一个人跑到街上，迎风流泪。我说：那我哪儿知道，女性上厕所应该多长时间？我对女性的构造不熟悉。

肖潇又来做好人：你就不要耍贫嘴啦，快去找找吧。

我便来到卫生间门口。卫生间里也没有人。于是我就问一个服务员：那朵黑牡丹被风吹到哪儿去了？

服务员说：哪朵黑牡丹？

我说：一身白的那朵。

他说：特像马来西亚人的那个？下楼走啦。

我说：走多久了？

他说：十多分钟了吧。

于是我到吧台借了个电话，打通马来西亚林黛玉的手机。她愣头愣脑地问：谁？

我说：我我我。你怎么先跑了？

她立刻吼叫起来：你问你自己去！

我说：我怎么了？你要去哪儿啊？

她叫道：去死！

我心怀歉意，便低三下四打哈哈：啊哟，好好儿的死什么呀？

她说：滚你妈屄吧，我算知道你什么东西了，王八蛋一个，还他妈敢骗我，不是说来的都是男的么？那女的是怎么回事儿？再瞧你丫跟她那贱屄样儿，我他妈看了都想吐！

我从来没听过她这种风格的语言，居然被逗笑了：敢情你会说人话啊。

她最后吼了一句：少你妈扯淡，咱俩拉倒算！

看来她这次是真急了，但这也不奇怪。姑娘们总是用震撼人心的方式和我分手，她不是第一个被我伤害的，我也不是最后一个被别人伤害的。我承认我对不起这姑娘，但也认为自己没资格在感情上自责下去，因为也没有谁会真对得起我。我早就应该习以为常、坦然处之了。我看看吧台镜子里自己的脸，那种哭笑不得的表情已经挂了很多年了，而且还会越来越深，成为一记烙印，像黄种人的肤色一样无法磨灭。我放下电话，走向那张桌子。桌边的三个人已经显得很荒诞了，空空荡荡的心态不但让我鼓足了攫取的欲望，也还由然滋生了一丝破坏欲。我似乎在盼望事态变得更荒诞一些，荒诞到他们也无法接受的地步。

陈青萍倒是满脸的关心，探起身来问我：没事吧？她去哪儿了？

我大大咧咧地落座，今天晚上从来没有坐得这么舒服：伊倦了，便先返去了——不用管这些，咱们继续，继续吧。

于是陈青萍重新开始她的话题。这一次她脱离了泛泛的、大而无当的抒情，一转成为更具文学性表述。她还是像接受采访的成功女性那样诚恳地说：

说了这么多，你们知道我现在最怕什么吗？

我说：蟑螂老鼠痛经？

不不不，小马不要开玩笑。陈青萍说：我现在最怕的就是眨眼。

吴聊道：怕眨眼？为什么怕眨眼呢？

陈青萍说：因为时间就是这么一眨眼之间溜过去的。一年，两年，五年，一眨眼之间，全溜走了。你们用显微镜观察过细菌病毒微生物么？我在美国做过。做这种事就最忌眨眼，一眨眼之间，镜下的那个切片里，可能就地覆天翻，换了人间，也许艾滋病毒已经钻进了淋巴细胞，也许阿米巴变形虫已经一分为二了。难道人类的生活不是这样么？一眨眼之间，中关村变了样，北京市的路我也不熟悉了，我们也已经变成了现在这个样子。全在一眨眼之间。所以我最怕眨眼，我害怕不知哪次上下眼皮一碰，生活就重新组合，成了另一个完全陌生的世界了。

吴聊啧啧道：啊呀，听你一说，眨眼确实有点可怕了。

而肖潇则说：我也害怕眨眼，但我也庆幸自己眨过眼。

陈青萍问：此话何解？

肖潇道：就像陈青萍说的，眨眼像是一个时间的隧道，轻轻一眨，世界就此改变，但从另一个角度来讲，眨眼又像是按下了照相机的快门，就在生活变换的瞬间，拍下了以前的世界最后一个镜头，并把这张永恒的照片不可磨灭地印在了我们的记忆中。眨眼让时间不经意地流逝，但又把时间封存在了人们的心中。如果没有这张照片，我们必将面对虚无的、没有意义的生活。

陈青萍啊了一声，连赞肖潇深邃：确实是这个道理。

但我早已经不耐烦了，我们来的目的是爱情或性生活，这两位，却引入了哲学讨论。吴聊则更有同感，因为这种情况发展下去，势必会被肖潇占了上风。好在陈青萍又把话题引回了具体的层面上：假如说这几年就是一次眨眼，那么你们眨眼之前留下的照片，拍到了什么呢？

我问陈青萍：先说你，你的照片是什么？

陈青萍说：当然是我走时，在飞机场。候机厅里有很多人，跑道上有很多飞机，中心景物应该是一架编号 Z-743 的波音 747。可我却不记得它是否存在了，如果它在，那么我还在地上，如果不在，那么我已经到天上了。

她又问大家。吴聊道：IBM 应聘会的门外，那是你陪我一起去的，也是我们最后一次见面。门里门外都有很多人，拿着求职的履历表。可我却不记得你在不在了，如果你在，我还没有进去应聘，如果不在，那我已经落了选。

轮到肖潇，他想了想说：我们系的办公室，桌子后面坐着那个浑身是病的女教务。那好像也是我们最后一次见面，我却也忘了画面中有没有你了，如果你在，那我是去领出国留学的成绩单，如果你不在，那就是我去开保送研究生的证明了。

陈青萍似乎有些失望：看来我是若有若无的啊。我说：你讲点理好不好，你的照片里也没别人。她说：那么小马呢？你的照片里有没有我？

我说：没有。

连若有若无也不是？那你拍到了什么呢？

我说：黑咕隆咚一大片，近处是杂乱的黑影，远处是大片的黑影，还有一根大黑柱子的影子支在我脑袋后面。

吴聊道：你说的是你夜里掉湖里那回么？

陈青萍却笑了。只有我和她明白，在我的照片中，她虽然不在视觉上存在，却在触觉上真切无比。那是她告诉我她要跟洋老头儿出国的那天晚上，我们在湖边树丛里最后一次美妙的野合。

肖潇挠挠脑袋说：我一向认为小马在艺术上是个现代主义者。

我说：不过我也不喜欢眨眼。

陈青萍问：为什么？

我说：因为我不喜欢过去的生活，也不喜欢将来的生活，我压根儿就不喜欢生活。

吴聊的中产阶级思维感到不可理喻：不会吧，你说得太绝对了吧？

肖潇又说：果然是现代主义者。

陈青萍说：我在过去总渴望未来的生活，到了未来又感到过去流逝得太快了，还没咂吧出味儿呢。因此，也许我也变成了一个不喜欢生活的人。她说完话，就 excuse 了一下，去洗手间了。吴聊舒了口气，认为比较费劲的讨论可以结束了。但他才沉默了一会儿，忽然又一激灵，凑过来对我和肖潇说：主意有了。

什么主意有了？

吴聊道：君子竞赛的公平方法啊。你看，她来之前，我们的既定办法是一人追她一个月，谁追到算谁的，但先追的占便宜，后追的吃亏对吧？我提议，为了解决这个问题，我们干脆再来一个小竞赛，决定次序。

肖潇问：什么竞赛？

吴聊道：就是不准眨眼。我们比一比，看谁坚持得久，谁最后眨眼，谁最先上，谁先眨眼，谁最后上。这样比耐力比决心，比谁更咬得住牙，公平吧？

肖潇沉思道：也是个办法。

我说：狗屁，还是我吃亏，我眼睛小，撑不住。

吴聊道：你还有脸挑三拣四？按说都不应该让你参赛——你和那黑姑娘断了没有？即便要断，也不可能这么快吧？我们组委会也是看在多年交情上，兼之你赖在这里，决心可嘉，才勉强给你一个报名资格的。

我又一想，这个游戏也有点意思，就说：那就这样吧，吃点亏就吃点亏好了。

肖潇人实诚，却也仔细，他此刻告诫吴聊：谁也不准用手扒着眼皮啊，这事儿你干得出。

吴聊又告诫我：谁也不准用低级下流的手法干扰对方啊，这事儿你干得出。

我说：什么时候开始呢？

吴聊道：陈青萍回来落座伊始。

大家同意，分头热身酝酿。我做了一节眼保健操；吴聊疯狂眨了一百来下眼，储存起来备荒备战；而肖潇干脆拿出一瓶随身带的眼药水来给自己滴，工作性质让他具备了装备上的先天优势。

陈青萍回到大厅的时候，吴聊便宣布：预备了啊，预备了啊。我们一起给陈青萍数着步子：五，四，三，二，一，臀部着凳，开始。

于是大家同时运气，用力，进入状态。陈青萍坐下一会儿，奇怪于我们都不说话，扫视一圈，马上就注意到了六只炯炯的眼睛，其中两只滴溜圆（肖潇的），两只三角形（吴聊的），两只还眯缝着，怎么也撑不大（我的）。她奇道：怎么啦？你们的眼睛怎么啦？

吴聊道：我们在进行一个小比赛。

什么比赛？

肖潇道：不准眨眼。

为什么啊？

我说：刚才不是对眨眼进行了相当深刻的讨论么？为了纪念过去，展望未来，把握正在流走的时间，我们兴致所至，决定进行这项竞赛，谁输了谁请客，周末吃饭。

陈青萍哈哈笑道：太幼稚了吧。但她随即又说：不过你这么说，也挺有意义的，那我也参加吧。

吴聊道：你参加有什么用？

陈青萍道：怎么没用，大家都要纪念过去，展望未来，把握正在流逝的时间呀。

我们都在运功支持，便不再多说。陈青萍就宣布：那我现在也不眨眼睛啦。

这下变成了四个人八只眼睛，都一动不动，间或一轮，表示还活着。这个游戏还真是累，看来眨眼和喘气放屁一样，也是人类必不可少的要求之一。我撑了一会儿就感到酸得要命，便拼命想鱼想鸡，希望那些没有眼皮的动物能给我以鼓舞。

而陈青萍这时说：光干坐着，也没意思。咱们还是边比赛，边聊天吧。看来这个游戏对她来说很容易，也许因为她的眼睛大？抑或双眼皮的结构适于内部支撑？总之，她谈笑风生，我们也只好陪着她，又开始聊天。

那么又要聊些什么呢？我们已经聊过了往事，聊过了人生，按照常理，早就应该聊到床上去了，而现在谁也没有得手，只能干瞪着眼被迫聊，可见吴聊的说法还是有理：互相掣肘，内耗使然。所以我倒格外看重这个小游戏了，希望不管谁赢，好歹分出个胜负来，倒也痛快。当然我也不希望自己输，已经是君子的游戏，还要比别人更君子，那就是百分之百的纯傻屄。吴聊肖潇二君也是这个念头，三人更加充满决心地瞪起眼，太阳穴上都一突一突地了。

陈青萍与我们不同，优势者永远可以没有功利目的，纯为艺术而艺术。她显得轻松得多，甚至还表现出了百无禁忌，主动把话题引向了爱情。爱情啊爱情，总算由她说出来了，倒把我吓了一跳。

她就是直接说：那咱们再谈谈爱情吧。

吴聊登时像被捅到了哪块内脏，无端打起喷嚏来，一发不可遏止。那时节，可真为难他了，也让我们见识到了人类脸上最奇异的表情。因为他在张嘴耸鼻子之际，还必须对上半张脸的肌肉严防死守，所以效果是一脸对半分开，上边铁桶箍就一般，听任着下边兵荒马乱，皮肉乱窜。只有马、驴和骡子打喷嚏才是这个样子。

肖潇则还保持着常年以来的深沉，越到要命处越深沉。脸上还是止水，哪知内心澎湃，此项学术会议上的功夫如果练到了家，即使射精的一瞬间也不会啊啊地叫。

我听她这么一说，却未免有点忿，心想不妨挑开，便对陈青萍说：你想谈爱情？你想听什么？听我们说自己爱过谁？这个话题在咱们中间只是一句废话吧？以你陈青萍之智，是喜欢听废话的人么？

陈青萍反也被我唬了一跳，她往后侧侧脖子说：小马今天怎么火气这么大？谁招你了？

我说：不好意思不好意思，你没看我玩儿命瞪着眼么？可能看起来有些怒气。

吴聊这时捂住鼻子，止住喷嚏说：累了？那你就别硬挺着了。

我说：咱们谁挺得更艰苦一些呢？

陈青萍道：我想说的不是具体的爱情，只是抽象的爱情。我想问问你们，抽象的爱情在人生中占多大的分量呢？

我说：什么逻辑，爱情怎么还分具体和抽象呢？爱情本身就是抽象的，具体的不叫爱情。

陈青萍问：那具体的叫什么？

我说：生物学叫交配，气象学叫云雨，历史学叫洋务运动。

陈青萍又有点不满了：你今天怎么了，老和我对着说。

我却发现把话题挑明开来，有一种让人振奋的快感，于是又说：我们一向思想不合，但不妨碍在别的地方的和谐吧？

吴聊说：什么地方？陈青萍则已经隐含着愤怒，大眼睛有些收拢。我又想到把有些层面挑开了，却也不好，我总不能告诉那两位我们在交配、云雨和洋务运动上很和谐吧？于是只好岔过去：友谊啊，当然是友谊了，我们的友谊难道不和谐吗？

把那话岔过去，吴聊便问陈青萍：那你说，抽象的爱情和具体的爱情分别是什么呢？

陈青萍说：说不好。具体的爱情就是你爱的某一个人，抽象的爱情就是你对某一个人的爱？也不能这么说，成了车轱辘话了。

肖潇说：我所理解的具体的爱情是及物的，抽象的爱情是不及物的，对否？

陈青萍说：对对，还是肖潇准确。

我又说：不及物——你倒会把自己撇清。

大家又尴尬地看我。肖潇也哽着嗓子说：小马今天是怎么了？

吴聊一字一顿地用重音对我说：在比赛结束之前，你说这个不太好吧？他又对另两人建议：甭理他，他是有具体的人了，咱们来讨论抽象吧。

我又说：你们都多大的人了，这岁数还讨论爱情，可笑不可笑？

肖潇诚恳地对我说：请不要这样了好么，小马，这样反而显得很做作。

陈青萍也说：是啊，抽象的爱情有什么不好的呢？难道不是每个人都需要它么？

我说：抽象的爱情——不及物的爱情？难道你们没有仔细考虑过它究竟是什么吗？什么叫不及物？不及物就是不及某个具体的物，也就是能及这世界上任何一物，不及物的爱情也就是对任何一个异性或纯粹的"异性"的爱情——鸿渐的一句话，压根儿的生殖冲动，中产阶级倒是很需要这玩意儿。

吴聊马上道：你干吗对中产阶级有那么大的敌意呢？

没有敌意，哪儿会有敌意呢？我说：中产阶级是这个社会的阳具，定海神针，能长能短，伸缩自如，我们大家都很景仰它。

那也不要对抽象的爱情有那么大的敌意好不好？陈青萍说：就算它是属于中产阶级的，你也不要有偏见嘛。

人类总是共通的。肖潇说。

是，是，可是讨论它又有什么意义呢？我的眼睛已经瞪得发抖了，太阳穴好像要爆炸了一样，现在看起来一定目眦欲裂，极其凶恶。

怎么没有意义呢？那三个人一起问我。

爱情有眼儿么？我大声问。

什么？眼儿？陈青萍说。

对，眼儿，hole！我对吴聊说：刚才不是说过？有眼儿的东西才是人生的出路，爱情有眼儿么？爱情只是人生的死胡同。

我说过这话么？吴聊道：这话倒像是个肛门科大夫的口径。

你要不承认就算了，我说，那你们讨论你们的吧，我对抽象的爱情不感兴趣。

我想，也许你是眼睛实在累得不行了，想故意打个岔吧？陈青萍说：你还是这样，一着急就爱打岔，胡言乱语不知所云。

嘿嘿，还是你了解我。我往上翻着眼皮说。

于是他们就开始谈抽象的爱情。小河流水哗哗响，远方传来驼铃声，大抵是这些意象。我看得出来，肖潇和吴聊两个人也很乏味，也不知道陈青萍在卖什么药，他们只是像撑着眼皮一样勉强迎合着她。我半趴在桌上，打量着他们的眼睛。肖潇的眼睛瞪得鼻子都开始抽筋了，而吴聊的眼球已经在充血，仿佛时刻就要滚下来，掉进茶杯里。可奇怪的是陈青萍，她这么长时间以来，一下眼也没眨，怎么毫无倦态呢？她还在说啊说啊，没话找话说：具象的爱情转瞬即逝，抽象的爱情却能长远地埋在人们的心间，心间！

我的眼皮几乎成了两个小黑洞，要把整张头皮都吸进去。越看着陈青萍那双不费吹灰之力的眼睛，我越感到没信心，认为自己快顶不住防线了，于是我把脸扭过去，向别的桌张望。这时在我们不远处，坐着几个奇异的男青年。我有生以来，从未见过这么多的优质肌肉堆在一起，真是太壮观了。他们一定是健美队的运动员，一个个像牛一样壮，又穿着比兔子皮还小的紧身背心，油光锃亮，棱角分明，两块胸肌似小山，八块腹肌如铁板。而这些肌肉在做什么呢？他们在一边吃一块比洗衣板还厚还硬还大的牛排，一边讨论肌肉。成龙？不行，没看他的胸肌都是椭圆的么？一看就透着东亚病夫的劲儿。唱戏的出身，那能叫胸肌么？那只能叫鸡胸！成龙不行李小龙总还可以吧？太瘦了太瘦了，成龙好歹还是一肉鸡胸李小龙就是一柴鸡胸。按你这么说咱中国人的肌肉是没前途了？我没这么说，我只不过说前人在肌肉上走了太多的弯路而已。那你说，什么样的肌肉叫肌肉？咱就谈谈阿诺吧，人都五十多了，你看那两大块儿，还是那么浑厚。你太崇洋媚外了吧？阿诺那两块大是大，可谁知道现在还硬不硬啊？没准儿还得带乳罩撑钢丝才能保持造型呢吧？我们得承认，在肌肉的道路上，我们必须得崇洋媚外，阿诺用那两块东西就能夹死李小龙。我就是看不上你这一点，真的，只追求体形是不好的，据说很多以块儿著称的洋爷们儿都十分脆弱，他们大量注射肌肉催化剂，导致睾丸缩小得像两颗花生米。

我一边对那些肌肉瞪大了眼睛，一边听他们争论，感到十分有趣。我们的生活就是这样，抽象的爱情与肌肉并存。但这下也惹了麻烦：我的左眼突然抽起筋来了，一扯一扯跳得厉害，我又不敢去动眼睛，只好用手去拽鼻子，希望能牵制一下眼睛。而此时那个主张全盘西化的巨型肌肉男已经注意我很久了，他忽然盯住了我，腾地一下跳了起来：

你丫照谁呢？

我照你了么？我说。再一想也是，我的眼睛一定已经变得奇形怪状，任人都会感到挑衅的，但我情绪不好，趁着火气，依然在对他照眼儿。

非但照我，你丫还敢跟我学李小龙！

李小龙？我被他像我大腿一样粗的肱二头肌以及呲来呲去的腋毛晃得睁不开眼。

对，李小龙！你那只手为什么放在鼻子上？是不是在学李小龙？有些中国人就是这操性，蔑视肌肉，看到大块儿肌肉就幻想李小龙和俄国大力士——

我借着酒劲儿说：不要说放在鼻子上，就是放在你妈屁上也不犯法。可还没说完，就已经颈上一紧，脚下一松，让他生生拽着领子从椅子上提了起来。

我像坐电梯一样骤然失重，才醒过神来。看来这位仁兄是在肌肉的本土化和西方化论争中很不愉快，正要拿我撒气呢。我的两条腿已经像一只实验用的青蛙那样悬在半空了，不时抽动一小下。这只青蛙当然有两只鼓眼泡，因为它太长时间没有眨眼，又突遭巨变，心情激荡，头部充血，两眼登时红彤彤肿胀起来。这更加惹怒了肌肉道路上的全盘西化者，他把我拎近一些，脸对脸地鼓起两块马一样的咀嚼肌，从嘴里威严地挤出话来：

你——丫——还——敢——照——眼？

这种情况下，我也没动一下眼睛，因为肖潇是吓傻了，吴聊却还有余力，一边站起来劝道：别打架别打架，一边紧密地监视着我的眼睛。

他嘴上说着，手上已经抚摸起那汉子提着我的那只手臂来。面对这钢铁一般坚硬、树干一般粗壮、釉器一般光亮的手臂，他还能做些什么呢？难道指望他能把它掰开不成？他能做的只有温柔地抚摸而已。摸了几下子，吴聊赞道：真个天生神力。

狗屁！肌肉男哼道：这是后天努力的结果，还需要先进的饮食计划。

那好，那好。吴聊敬佩地说，同时幸灾乐祸地看了我一眼。这时我已经被勒得翻白眼了，不但要竭力撑大自己的喉咙，还要和慢慢下滑的眼皮们做斗争，哪有力气理他。只听得他试探性地问道：

开个价儿吧？

开什么价儿？让我给肌肉开价儿？那汉子勃然大怒，手上更紧了，摆得我四肢一齐乱筛，全咖啡馆的人都在震惊地看着这边。

不不不。吴聊说：肌肉无价，我是说——给他开个价。你们要多少钱，才能放过这厮？

咦？吴聊的论调倒让肌肉男也感到很奇异。他仔细评估了我一下，说：真开价儿，还不好说，你先说一个吧。

那我就说了啊，你们别嫌少：两百，够么？

不行不行。肌肉男手腕一抖，让我摇着头：这么一大活人就两百块钱，太便宜了吧？

吴聊道：您是不知道，我可知道他。就他这样儿的，各方面都无过人之处，能值多少钱？两百还是看情面呢。您看着办吧，过一会儿死了可就连两百都不值了。

不成不成。肌肉男说：好歹你再加点儿，把我们这顿饭结了。他影响了我们的情绪破坏了我们的晚餐，总得给个赔偿吧？

行，行，多少？

四客牛排八瓶啤酒，一共三百二。

就这么着吧，拿走。

肌肉男左手接钱，右手一松，我一屁股坐到地上，头晕眼花，金星乱飞，待到喘上气儿来，眼前的雪花儿逐渐聚焦成人形，便痴傻儿一样望着天花板，眼睛涨得更大了。

这个举动被那个肌肉男看到，他倒乐了，饶有兴致地蹲下来说：你看你看，他还照眼儿呢。

吴聊赶紧弯下腰来说：你就眨眨眼行么？不然这事儿完不了了。

那肌肉男却伸出两个手指头，像逗小狗一样挠着我的下巴：真是挺好玩儿的啊，他这眼睛怎么就这么奇异呢？来照一个照一个——

话音未落，我就出嘴如电，一口咬住了他的手指头，接着就像夹紧的钳子一样，再也不松开了。那感觉又咸又软，好像一块饼干，看来再强的肌肉也有漏洞。他疼得嗷嗷乱叫，旁边两个人忙上来要掰我的嘴，被我一晃头，呜呜两嗓子恐吓开。吴聊解释道：他这意思可能是，你们要动他，他就把这俩手指头咬下来。

那不成那不成，我还得抓杠铃呢。外强中干的肌肉男慌了。我眼前就是那条无比强壮的胳膊，但现在它却显得如此孱弱。

那，要不，您再开个价儿？吴聊对他说。

肌肉男还没来得及想，我一用力，嘎巴一声，他就哆嗦着跪到地上。他连忙说：得了得了，我三百二再买回来这俩手指头行么？

吴聊便问我：意下如何？

我死咬住不撒嘴，仇恨地摇了摇头，扯得肌肉男也大幅度摆动起来，饶你钢铁铸就，也成了牵线木偶。

那不好办了。吴聊说：这哥们儿是流氓无产者，不在乎钱，只为一口气，看来您得服个软儿才行。

肌肉男刚一疑惑，我又一用力，他马上哀声伏地，低三下四以妾妇之态求道：大哥您牛逼，我错了行么？

我这才心满意足，轻快地张开嘴，吐了两口血水，对吴聊说：今儿让你见识到什么叫以弱胜强四两拨千斤了吧？

真牛逼真牛逼。围观的群众也说。可还没赞完，大家又看到那肌肉男忽然面露凶色，左拳抡了个弧线，夹着呼呼风势，给我来了个千斤打四两，一拳正砸在我左眼之上。

我脑袋里轰隆一声，眼眶处喀嚓一响，就登时黑成一片，身体沿着地面平行飞去时，似乎听见了他的一声怒吼：打不死丫王八蛋！

然后就是陈青萍的喊叫：911——不对，110！

等我醒来以后，马上看到的就是三双瞪得分外夸张的眼睛，看来虽然遇到了意外情况，我们的比赛还在照常进行。只不过男运动员们已经筋疲力尽，吴聊的眼角都在不断地抽动，而肖潇干脆变成了一只可爱的小白兔——眼球充血过多，一片通红。奇怪的还是陈青萍，她的眼睛也是一眨也不眨，此刻却依然异常轻松，表情柔和，游刃有余，真异人也。

Are you all right? 她摸着我的额头说。

我晃晃脑袋，感觉它像一个存钱罐，里面有几个钢镚儿东撞西撞，哗哗作响。看来那一拳可能把我的某一部分大脑给震下来了。但我还是说：没事儿。

哎，哎，肖潇一贯在事发的时候不敢吭声，事后摇头兴叹：你老是爱惹事儿，这么大岁数了还不改。

我说：这证明我还有一颗年轻的心。惜乎身子骨不行了，如今坏在鼠辈手里。

吴聊开口说：歇了吧你，我就没见你跟人打架赢过。顺便告诉你一句，这比赛你输了啊。

我怎么输了？我立刻像弹簧一样挺起来吼道：我一直都没眨眼。

对对，你的意志品质确实可嘉，但有的时候客观条件还是会限制选手的发挥——你难道还没意识到么？你的左眼看得见东西么？

我听言四下看看，果然只有右眼还能视物，左眼一片黑洞洞。

对啦。吴聊兴高采烈地说：你虽然没眨眼，可那一拳把你的左眼打得肿得像个桃子，上下眼皮膨胀，合到一起，连条缝儿也没留。

是这样么？是这样么？我踉跄着爬起来，拿起一个光亮的金属盘子，照照自己的脸。果然如此。但我还是申辩说：不行吧，这可不能算眨眼。

怎么不算眨眼？吴聊说：眨眼的定义是什么？就是上下眼皮合在一起。

不能这样定义吧？那睡觉呢？睡觉能算眨眼么？

睡觉只不过是时间长一些的眨眼么，一眨眼沧海桑田，一觉醒来换了人间，这两者在哲学上和修辞上都是一样一样一样的。无论如何，你就是输了，小马同志不要不认账。要不我们表决一下，认为小马同志输了的请举手。

吴聊说着举起手，肖潇看看我，也慢慢举起手来。陈青萍做了个美国式耸肩，表示放弃表决权。

好，多数。吴聊说：大赛组委会宣布，小马同志输啦。虽然您与金牌无缘，可是您已经充分发扬了体育精神，虽败犹荣，我们可以考虑授予您一个最佳风格奖。

滚你大爷的吧。我悻悻地接受了现实，玩儿命眨着完好的那只眼睛说。

那现在怎么着？吴聊虽然眼睛也累得像两个拉了一天稀的肛门了，但此刻精神却格外饱满：你是继续列席比赛还是退场治疗？我建议你还是以身体为重，很多著名运动员的运动生涯都是因伤——

得了得了，我烦躁地说：我他妈不玩儿了，跟你们玩儿真没劲。

吴聊说：没劲没劲行了吧，我也觉得没劲。

我撑着哗哗响的脑袋，看看四周，咖啡馆里已经没几个人了，几个服务员盯着我们这里。客人们也许都被刚才那场武戏给吓跑了。再一看墙上的钟，都已经十一点多了，看来我这一昏迷，时间还真不短。而另三位不眨眼的比赛已经持续了三个多小时，的确让人叹为观止。

那我先滚了。我从椅子上抓起包，摇摇晃晃想往外走，但脚下却像上了镣，一绊，上身轻飘飘就往地上拍过去。我还没反应过来，已经被人托住。正是陈青萍，她伸手扶住了我的肩膀，我趁机在她的胸脯上狠嗅了一口。ｃｄ香水也掩不住那股熟悉的、清新的肉香。这女人总能让我感慨良多。

不行，她说：你都这样儿了，哪儿能让你一个人走啊。我送你吧。

这话立刻让吴聊和肖潇傻了眼。他们费尽全力地瞪着陈青萍，吴聊干巴巴地说：那，那还是别走了吧，我们让小马再休息一会儿。

算了。陈青萍看看表，晃晃头发说：时候也不早了，我时差还没倒干净，先回去吧。小马住在五道口？和我顺路，正好我送他。

不不不，吴聊被这个变故弄得手足无措：要走一起走吧，我开车送你们，送你们好不好？

不用了。你住哪儿？建国门那边吧？陈青萍干练地说，嗓音脆生生：这两天听说四环路修路呢，你送我们的话，就得绕道儿，特别不好走。合理的安排不正应该是你送肖潇，我送小马么？

吴聊还想说，陈青萍又接上：今天就到这儿好了，见到这么多老朋友，我挺高兴的，也挺温暖，觉得回国以后并不孤单。我们的友谊值得让我们 keep in touch 吧？

值得，值得。吴聊变得垂头丧气了。他忽然又问：那我们的比赛呢？比赛还没进行完呢。

一个小游戏，何必那么认真？陈青萍目光炯炯，眼皮动也不动地说：玩儿玩儿算了，都快玩儿出人命来了，还嫌不刺激呢？你们要真想把它继续下去，那也可以分头进行，谁先挺不住了，就赶快给对方打电话认输好不好？君子比赛，重在自律，这不也是大家一贯的风格么！

自律，自律。吴聊无可奈何了。他如果再坚持下去，就显得太做作了，只好作罢。陈青萍便扶着我宣布：

那我们走啦？

现在轮到因祸得福的我笑嘻嘻了，我也热情地招着手说：走啦？

而那两个人干瞪着眼，动也不动，这可不是因为还在坚持，而是愣了神，忘了眨了。

这样愣了半分钟，陈青萍又说：那我们走啦？

我重复：走啦？看到那两人还没表示，干脆拉着陈青萍就走。刚走两步，陈青萍忽然停住，又转过身来说：还有一件事，忘了告诉大家。

我靠着她的肩膀问：什么事？

陈青萍说：我这次回国，是来找我的新未婚夫结婚的。他现在也在大学里做访问学者。婚礼的时候，大家一定要来。

我听到这话，立刻尖声尖气地大笑起来，笑得都控制不住自己的声带了。有趣，太有趣了。而我想到更加有趣的是另外两位同志的反应，便抬头去看吴聊和肖潇。只见那两位已经完全变成了雕像，仿佛已经在原地站了上千年。随着咯吱咯吱的响声，雕像们略微有了点动作，吴聊挂上了索然无味的苦笑，肖潇则慢慢低下了头，头发耷拉下来，几乎看不见他的脸。大家又是费尽心机地白来一趟，刚才为什么要表现得那么积极踊跃呢？可怜的吴聊和肖潇，他们必须用油滑和深刻来接受这个事实。这个过程无疑是尴尬的，尴尬的事情重复一遍就会加倍尴尬，尴尬得连话也挤不出来了，只剩下我的怪笑：哈哈哈，哈哈哈。当你投入玩笑中以后，就会发现生活还是很有意思的。

陈青萍也让我们弄呆了。她非要在临别时宣布那个消息，也暴露了她的刻意。这也让她尴尬了起来。在失去了一贯的游刃有余之后，她好像也后悔了，只能瞪着眼，与我们对视。现在的八只眼，只有我的右眼可以自由地舞蹈，只有我的左眼可以坦然地睡觉，吴聊和肖潇则是还不能接受生活的幽默感，忘记了眨眼。

有人在沉默中爆发，有人在沉默中灭亡，有人在尴尬中装疯卖傻或意志消沉，那么就有人会由于尴尬而酝酿一次感情的小规模井喷。这口喷井就是肖潇。可以说，他一直在深沉地酝酿着，把抽象的爱情等等东西压在学者的内脏里，这个时候终于憋不住了，似乎是陈青萍真正让他开始抱怨上天不公了，他终于找到了节点，扣动了扳机，拉起了阀门——我们都眼睁睁地看到，肖潇同志的两颗红灯泡眼睛忽然像破裂了一般，喷出两股水儿来，喷得又高又远，弧线如同儿童小便，飞了三四米远，正滋在陈青萍的胸膛上。

而肖潇同志随即便像初生的婴儿一般哇哇大哭，像初生的小狗一样扑倒在陈青萍脚下，又像初生的小羊一样一边吃奶一边抬头仰望着上方那个伟大的雌性动物。

陈青萍这时才慌了，也许她从来没想过如何面对这样狂烈的感情，也许她一贯把我们看作懦弱、虚伪和唯性主义者的分别代表人物，才有那么大的自信心。而现在她真不知道如何是好了，只能哎呀哎呀地叫着：这是怎么回事？这是怎么回事？

喝多了喝多了。毕竟是吴聊，中产阶级都是一些现实主义者，总能迅速地接受现实，并回到现实中来。他疲倦、但又无可奈何地跑过来，抱住肖潇的腰，像拖麻袋一样拽着他：肖潇这人从来不喝酒，没想到今天喝了一点儿，就喝成这样。理性一点，肖潇，别太激情了好么？

而肖潇只是哇哇大哭，汁液横流地拥抱着陈青萍裙子底下那两根神柱，蹭来蹭去，不能自制。

我也忍住笑，弯下腰去，一根一根地和肖潇较着劲，把他的指头掰开，然后对陈青萍说：快走快走。

陈青萍跑开两步，恐慌地望着三个滚做一团的男人。肖潇还在哭着吼着挣扎着，表演着古来圣徒理想破灭状，我和吴聊一个人压他上半身，一个人压他下半身，九牛二虎，终于将其制住，如同即将宰杀一只宁死不屈的食草类动物。

你一个人弄得住他么？我问吴聊。

弄不住。吴聊没好气地说。

那我也不管了，你一人慢慢儿弄吧。我按着肖潇的背勉强蹲起来，又对吴聊说：对了，你获胜了。

什么获胜？

不准眨眼的比赛啊。你看肖潇是不是闭着眼号呢？闭了吧？他这一疯，自动弃权了。君子协议，你可以先上，但今天的善后任务也落在强者肩上了。我说完，一跃而起，拉着陈青萍说：咱们走吧，这儿交给吴聊好啦。Go go go。

背后传来吴聊的声音：操蛋，事儿怎么都这么操蛋。

就这么操蛋，怎么着吧。我躺在出租车的后座儿上，身旁是陈青萍，而她的手就放在我两个大腿根儿之间。这可不是我不君子，而是她主动的，不能赖我吧。就这么操蛋，怎么着吧。

对于陈青萍的此举，我既毫无防备又感到极端坦然，甚至认为自己早已看出她是预谋已久的了。我仿佛回到了几年前。而陈青萍的目的不正是重构几年前的格局么？既然她有此意，那就让我们该做点儿什么就做点儿什么吧，这一直就与君子协定没有冲突，只要我不对陈青萍说我爱你就可以——我又把手插到了她的屁股底下。

在我的配合下，陈青萍的脸又恢复了满足而高深莫测的神态，她作不无遗憾状说：想不到肖潇会变成这样。

他也许是最接受不了现实的吧。我说：他以为你会在离婚回国之后，在我们三个人之中的某一个那儿找回真爱呢，而他自认是最能提供 pure love 的一个。

这是多么荒唐的想法。陈青萍又耸着肩膀说：有些人我是永远也理解不了。

有些人我也永远理解不了，比如说陈青萍。但那千篇一律的生理构造却值得反复研究，我干脆把手插进了她的裙子里，同时问她：这回跟你结婚的那位是什么人啊？

还是美国人，美国老头子。陈青萍格格笑了：而且还是你们最反感的那种外国老头子——一个海外汉学家。

我们什么时候反感过海外汉学家？你这个论调真奇怪。我故意皱起眉头来说：那老头儿是谁啊？长得有你第一个体面么？

肉体上肯定是平庸之辈，即便是白种老人，你也不能指望他们个个儿都像肖恩·康纳利。不过这个倒与前总统里根有共同之处。

那不挺好的，里根以前也是好莱坞——

我说是轻度老年痴呆症，目前还有越来越严重的趋势。我还真得赶紧把婚结了，要不等哪天老人家忘了我是谁了不全抓瞎了。

准备什么时候结？

就这两月了，反正他也在北京。他是我前夫那个系的系主任，名字咱们上学那会儿就听说过——尉迟敬德。

如雷贯耳。明清色情小说研究那学霸是吧？比你前夫强多了，恭喜你在学术上更上一层楼。不过老人家要是真傻了，傻到哺乳动物怎么交配都忘了的话，他的研究资料不就全都得烦劳你掌管了？

我在美国已经给他做了一年半的助手了，为了学术牺牲牺牲也值得。

我们一起在后座上哈哈大笑。我望着车窗外缓缓掠过的灯火，清华大学外的那些酒吧正是热闹的时候，文质彬彬的大学生们像我们当年一样进进出出，固守或追逐着那些身穿毛料裙子和棉布衬衫的姑娘们，还有一些不三不四的女青年，头发五彩斑斓，皮鞋又尖又长，成群结队旁若无人地沿着便道旁的栏杆走过，到某个偏僻的小巷去执行任务。这时车在我住处附近慢了下去，我对司机说：一直往前走。陈青萍随即给他指出了通到她家的那条岔路。我侧脸看了看她，她的大眼睛像车灯一样亮着，能量充足，连晃都不晃一下。

陈青萍的住处是一幢新建的高层住宅楼里的两居室，可能是她回国之前托亲戚帮她买下的。她在楼下给我指了指八层上的那个阳台，屋里黑着灯。我明知故问道：尉迟先生不住这儿？

他住在学校的宾馆，也不知道我有这套房子。她扶着我坐电梯上了楼，打开门进去。房间里家具摆设还不多，但已经让小时工收拾干净了。我打开冰箱，拿了听可乐坐到沙发上，让自己醒醒神。陈青萍问我：眼睛要不要敷药？我说不必，同时盯住了她的眼睛，端详许久。

有什么异样么？她亮闪闪地问我。

你没觉得异样么——我是说，你怎么到现在还不眨眼，游戏都已经结束了呀。

是么？她歪歪脑袋，这儿看看那儿看看：我给忘了。不过也奇怪，我一点也不觉得累，挺自然的。

那就自然一点吧。我点上颗烟，把烟灰弹进可乐空罐里：刻意眨眼那就是挤眉弄眼或结膜炎了。

她坐了坐，转身去洗手间放水了。我又拿了听可乐，把它按在眼上敷着，一阵冰凉侵入眼帘。我需要认清现在的形势，也需要明确自己当下的任务——勃起。还好，虽然挨了揍，可是我还能。我唯一百折不挠的东西就是阳具而已，我明白，它的精神是迟早会感动生活，赢得回报的。而面对回报，我更不需要想太多，生活的惩罚与回报什么时候有过理由呢？在某些场合，我们只需要用龟头思考，对某些事情，又何必经过大脑？我蹑手蹑脚地走到洗手间门口，隔过毛玻璃用一只眼睛勾勒了一下灯光与水雾中的身体曲线——还是那么跌宕起伏、峰回路转。我还闻到了热水与泡沫从大块人肉上蒸腾出来的香气：扑面而来，浓郁得让人头晕。我大大方方地拧开了洗手间的门，而她也确实大大方方地没有上锁。

坚持住坚持住，就两步了，考验你肱二头肌的时候到了。

这些年来功夫从来没荒废过，起码比起老年白种人还具有一定优势。我绷着劲儿横抱着陈青萍往床的方向走去，憋着气说。

这些年来也没少抱过异性吧？她的眼睛又大又圆地说。

那也不是为了重大赛事热身么。我说：我不能丢中国人的脸啊。

算了吧你。偷情就是偷情，别老跟狭隘的民族主义纠缠在一起。

对对对，还是单纯一点好，我也觉得以两个基本退役的美国老将为假想敌并不光荣。

话里带刺儿——你怎么老这样？纯粹一点儿行么？她勾住我的肩膀笑道。

哎你发现没有，你今天添了些许舞台剧演员的风采？

你又想说什么了？她被我轻轻放在床上，拧开床头灯：我承认我今天对你们几个表现得有点儿虚伪，最后还把戏演砸了，但我有什么办法，有些事挑明了没意思，但又不得不挑明吧？

不不不，我说的不是这个，我看着被灯光染上一层红晕的各个组织器官，激动得喉咙直哆嗦：我是说，你的眼睛——笑起来都瞪得滴溜圆。

是么？她奇道：我没感觉啊，我还没有眨过眼么？

我盯住她的眼睛，她也盯住我。那双眼睛好像两个深不见底、轻易就能把我囫囵吞下去的井口。我忽然有点心慌了，从脚下往上轻轻打了个寒战：你在美国没做过什么眼睛方面的手术吧？

她说：是不是玩儿那游戏的时候，玩儿出了点儿小岔子，搞得神经有点紊乱，暂时丧失眨眼的功能了？

有可能。你不是说怕眨眼么？这下不用怕了吧，时间不会弹指一挥间了，祝你青春永驻，小姐——你眼睛不觉得干么？

不觉得，可能液体分泌比较旺盛吧？

是么？有原来那么旺盛么？我手向下摸去，她的身子缓慢地呈麻花状扭动起来，但目光依然炯炯，如同冷酷地审视着我。我强迫自己不去看她的眼睛，而只专注于身体，但这无疑是一个莫大的遗憾：纯肉体的、外科手术式的性生活每每无法欢畅。我知道不应该和陈青萍谈爱情，但这一点也是事实。于是我又探起头来，凑近脸去吻她。

但这样一来，那双眼睛简直就显得恐怖了。它们在我眼前奇大无比，绷足了劲儿一动不动，充满威慑感，如同某些蝴蝶翼上用以自卫的大花纹。我不禁闭上了眼睛，但随即感到别扭，问她：

你怎么还睁着眼睛？我从来没见过一个女性睁着眼接吻的。

这是一个男性中心主义的观点。她搂住我的肩膀说：也好也好，我闭上。

我又把脸凑上去，咬着她的嘴唇，慢慢睁开眼，但却再次看见了那双瞪圆的眼睛：纹丝不动，极近地与我对峙着。

我说：你不是说闭了么，怎么还睁着——不是我事儿多——

不对不对。她的声音也有点慌张了，急促地说：我不是不想闭，而是我闭不上了——眼皮怎么不听使唤了？

还有这等事？我只听说过先烈们死不瞑目——我说着向她眼睛吹了口气：再试一下。

她抿着嘴，皱着眉头，显然在用着力。过了几秒钟，太阳穴都抽动了起来，最后却还是说：不行，真怪了，怎么就闭不上了呢？

怎么会闭不上呢？我用胳膊肘把上半身撑起来，轻轻勾勒了一下她眼皮的轮廓，研究了一会儿。那是一双标准的善睐明眸，黑白分明，妩媚灵巧，善于表达感情或激发别人的感情。

你放松一下，放松一下，用平和的心态，轻轻闭上眼睛，不要太用力，心里想着蓝天白云炊烟袅袅母亲在招呼孩子回家吃饭——对，别太紧张，像个了无牵挂的老人一样试着闭一下眼。我双手在她眼前比画着，形同催眠，引导着她。陈青萍面部的肌肉缓缓松弛下来，垂在额头的湿漉漉的头发也显得无力了。但她悠长地深呼吸了两口之后，又紧张起来，嘴角紧绷地说：不行，还是不行，这眼睛好像不是我的了。

怎么会不是你的，你不是还看得见东西么——这是几？我竖起中指问她。

Fuck you——你别闹了。我能看见东西但我确实又控制不了它们了。

我又俯下去，盯着她的眼睛仔细看。那两个美丽的玻璃球岿然不动，一转不转，和我对视着。我想让目光逐渐深入到它们的内部去，但马上又被一层无形的薄膜状物体拒之门外了。她说得对，这双眼睛确乎不再属于她了，而仅仅是租用了她头骨上的两个深坑而已。它们分据一头，各行其是。

怎么办呢？我闭不上眼睛了。陈青萍的声音里滑出了一丝悲伤：怎么搞的？这是怎么搞的？

没关系，没关系，别着急慢慢来。我把手指向下移，蹭了蹭她的嘴唇，让她稳定下来：咱们试一下别的方法好不好？你看，我用手把你的眼睛合上，轻轻地，然后你只要保持着不睁开就可以了。

行，行，你合吧。她略微仰起脸说。我像处理遗体一样把手掌从她额头上抹下来，合上了她的眼皮。但手一拿开，露出的还是两只硕大的圆眼睛。

不行不行，还是不行。她急躁了，手挠着床单。

别这样好不好，陈青萍同志？我也有些烦了，就点了颗烟：我觉得你好像在跟我开玩笑呢，你是不是逗我——

狗屁！我有那么无聊么？只有你们几个才会无聊到玩儿什么不准眨眼的游戏。她勃然大怒，一下子滚起来，披头散发，气势汹汹。

我立刻又谄媚了：别别别生气好么？我心爱的女郎，请原谅我这黑奴的鲁莽——我其实不是那个意思，只不过是想换个办法，给你点儿心理暗示，帮你自我调节一下——

好了别说了。陈青萍又躺下去，直愣愣地听任眼睛们看着屋顶：但现在怎么办呢？还是不行啊，我忽然觉得特别可怕了，你不觉得可怕么？试想一个人闭不上眼了——

别害怕。我又鼓起精神来：那让我们再试一下好么？这次我捏住你的眼皮，捏的时间长一点，帮它们固定在关闭的状态下，而你只需要放松，放松就行。我说着就那样做了，她很配合，眼皮轻而易举地被捏上，并没有丝毫阻力。

怎么样？我说：闭上了吧？重新回到黑暗之中，是否心中充满了光明？

行，行。她说：我觉得行了，把我放开吧。

我刚一松开手，那双眼睛就像安了弹簧一样啪的一声开启了，而且显得更加巨大，更加明亮，简直是凶光四射了。我们愣了一下神，沉默了几秒，都不知道说什么好了。

怎么会呢？不会有那么操蛋的事儿的。我又点上一颗烟，尽量不去看她的脸。我假装思索着研究着，但却已经对她的眼睛失去了耐心。我意识到，今晚的活动有点儿跑题了，我来这儿不是关心两只永不瞑目的眼睛的。我只是个业余女性生理学家，不是中科院动物所那些感光生理学家。

于是我扭过头，看着陈青萍的胸脯说：我觉得你闭不上眼睛哈，完全是因为你现在太想闭上眼了。你的注意力都在眼睛上了，越集中注意力，越欲速而不达，这个道理你也懂吧？

我懂。陈青萍像没听见一样机械地回答。

那就让我们干点儿别的什么吧。我说着把手放在了她的胸脯上：我是说，该干点儿嘛干点儿嘛吧，也就是一兴奋一疲倦一忘乎所以，它们就自然而然的好了？对不对？

她转过头来盯着我，片刻之后说：好吧。

　　于是我又把烟掐了，重新在通往主题的大道上一往无前。陈青萍瞪着两只大圆眼睛，像盯住猎物的狸猫一样把我压在身下，叼住了我的嘴。眼睛太矍铄，太明亮了，让我不得不闭上了眼。当我们几个摸爬滚打、腾挪雀跃，我又把她压在身下之后，我还是闭着眼。这感觉不太好，让我感到不是在搞别人而是让别人搞。直到热身活动做完，选手们走上跑道的时候，我才歉意地说：让我们关了灯吧。

　　你就那么怕看我的眼睛？

　　不不，我只是想回味多年前的那些夜晚——头顶上只有月光。我不由分说关了灯，紧接着便带着她起跑了。她上面的眼合不上，下面的眼也很容易打开，所以我们进入高速奔跑的状态很容易，配合也依然严丝合缝。我们的头顶只有月光，我渐入佳境，忘我地挥汗如雨，呼吸越来越宏大，看到她也在全身心地奔跑着，被不可遏止的力量催动，御风而行。她的声音像歌声一样从胸膛深处飘上来，缠绵婉转，四下传开。但此时我却看到了不止一个月亮——三个，一个在窗外，两个在床上——不止是月亮，简直是两部探照灯。

　　我吓得又立刻闭眼，躲避着她又深入着她，在欲进又退欲退又进中越陷越深，终于舍生忘死地起飞了。

　　完事之后，我都没有再去吻她，而是背对着她躺着，点上了一颗烟。陈青萍喘息渐渐平息，从后面抱住了我的肩说：

　　别走了。

　　不走不走。我看着烟雾被照得像舞台效果一样明亮，说：我什么时候说我走了？这么晚了我去哪儿啊？

　　那就好。陈青萍贴着我说：我害怕。

　　你——好点儿了么？

　　和原来一样，闭不上眼。

　　没事儿，没事儿，一会困了睡一觉就好了。我也担心，如果她这样持续下去，又怎么睡觉呢？对于一个初次丧失闭眼能力的人，我们没法指望她像鱼类或者张飞那样安然睡去。但我也没办法，我觉得自己没力气也没必要考虑那么多了，便把手伸到背后搂着她：睡吧，睡吧，明儿就好了对吧？

对，对。她颤颤巍巍道。

我果然自己先被催了眠，轻轻睡去，梦见了汽车前灯、两个太阳或双筒猎枪追着我满街乱跑，不知过了多久，直到汽车关灯太阳陨落猎枪双管齐发，砰的一声，我才醒来。左眼疼得厉害，我勉强睁开右眼，看到陈青萍脸色煞白，端着瓶威士忌酒坐在床边。她转过头来，两眼庞大无比，几乎像遥远的外星朋友那样占据了整整半张脸，但却已经干涩，没有光辉了。

不行，她哽咽着，一句三颤地说：我还是闭不上眼，我睡不着。

我开了灯看看表，已经夜里三点了。

那也不要喝这么多酒。我夺下她的酒瓶子，那里面几乎没有酒了。我把剩下的就一口喝了，说：我操，这是怎么搞的。

我怎么知道！我就是睡不着！她猛跳起来，对我尖利地吼叫，声音在黑夜里几乎震碎了玻璃：你说，你们为什么玩儿那个混蛋游戏？

好了好了。我按捺着情绪，把酒瓶扔到地毯上：我不也没问题么，只有你闭不上眼。

那我为什么闭不上为什么闭不上呢？她歇斯底里地跳着，扯着自己的头发，还试图用头撞墙。我把她拽到床上，按住她：那咱们就粗暴一点好不好？我说着跑到厨房，找了两个塑料夹子：

我们把它们夹上好不好？

她大口喘着气，也不反抗。我就用夹子一边一个，咔嚓咔嚓，把眼睛夹上了。

不管用！不管用！她猛地又叫嚣起来，没头没脑地乱抓乱打。我挨了两个嘴巴之后，重新把她按住：这个不管用咱们就用钉书器！

陈青萍悲伤地哀号起来。我看到她的两只眼睛又在一动一动，像两只即将破壳而出的小鸡那样锲而不舍，片刻之后，一边一个，咔嚓咔嚓，夹子居然被它们挣脱了，眼睛又露了出来，大得能装下一只拳头，昂然瞪着。

而她却安静下来，一句话也不说。我望着她，等了一会儿，刚要躺下，又听到她说：

太可怕啦。

怎么可怕啦？我说：不还是闭不上么？

不光是闭不上，确实太可怕啦。她紧紧攥住我的手，指甲几乎全抠进肉里：我感觉不到时间的流逝了。

什么？

我是说，时间在我眼前停住了。我看得见周围的东西，却看不见它们在动了。

那这是什么？我把手伸到她的眼前晃着。她回答说：是，我是看见了手，它像照像底片一样在我眼里出现了，一动不动。

我把手拿开，她说：手从底片上消失了。

完了。她接着说：我感觉不到时间在走，我觉得我被封闭在一团琥珀里，一动也不动了。我周围的一切都是凝固的了。

我有些明白了。陈青萍不能眨眼，所以她的时间停止了，她失去了时间。这不是科学中的问题，而是人生中的道理。我可怜起她来，低下头亲了亲她的额头说：没事的，这只是你的感觉吧，你没听见钟表还在走么？

她说：钟表在走，但所有的滴答声连在一起，没有间隔了。

那也没多大事儿，世界也该停止了。我说着，低头看她，却看到她的眼睛里有极深极小的一道光，越来越近，越来越多，不一会儿，眼睛湿润了，眼泪从眼眶里滚出来。一颗接一颗，最后像渐大的雨一样连成了线，涌过脸颊、嘴角、脖颈和胸脯，滚滚不止。不一会儿，她的半个身子和一片床单都湿透了。她为什么会流眼泪呢？

陈青萍解释说：我都有多少年没哭过了，似乎是从八岁那年起。他们都说我是个怪人。你觉得奇怪么？

那就是了，你在补偿没流过的眼泪啊，姑娘。你看，你都流了这么多眼泪了，流完了就好了，把该流而没流的眼泪流出来，你就可以正常地睡觉了。

于是陈青萍就一声不吭地流着眼泪。那里面有疼痛的眼泪、难过的眼泪、丢了东西之后的眼泪、被人非难之后的眼泪，肯定还有爱情的眼泪，越到后来，爱情的眼泪就会越多。而一个人这么多年应该流多少眼泪呢？也许一个水缸也不能装下那些疼痛、委屈、欣喜和爱情。

我不断拍着她的肩膀说：姑娘，这就好了。

你叫我什么？

姑娘。

陈青萍忽然小声说：我爱你。

我想动一动，却被自己的身体粘住了。

小马，我爱你。她又说：那时候到现在都是。你对我最好了。

我也爱你，姑娘。我说。我们好像对这句话默契很久一样，静静地说。但我知道，我听到了一句曾经渴望过、一直没把握、现在又不能接受的话。我轻轻搂着她，看着眼泪们前仆后继，不留痕迹，但却想象着她与我非常遥远，咫尺天涯。这些年来，我也没有流过一滴眼泪，我成功地摆脱了感伤主义情绪，也习惯于在不断的贴身而过中寻找动态平衡了。归根结底，我和她曾经是一类人，归根结底，我们现在又是两类人了。虽然我还愿意搂着她，观赏那些眼泪，但仅限于看看——绝不呼应。

时间毕竟还在流动，因为眼泪没有停息。过了很久，陈青萍说：我好一点儿了。

是么？那就好。

但头晕得厉害，浑身都没劲儿。

现在你能闭上眼了么？

她试了试，又说：不能。

那我们还是找个医生看看吧。

不用了吧。她说。

还是看看吧，这样下去，也许会失明。我把她放好，站起来，给一家上门服务的私人诊所打了电话。

怎么这么晚了还打电话？一个中年妇女的声音没好气地说。

晚么？搁美国这是白天啊。我说。

那你干吗不给美国医院打？

病人虽然处在美国时间，可却在中国得了病。

外宾啊？什么毛病？

闭不上眼了。

闭不上眼了？那可不好说，主要分两种，神经性的和精神性的，其区别您能分清楚吧？这是医学常识，当然神经性也会诱发精神性，精神性也会导致神经性——

您真专业——快点儿来好么？病人都快不行了，我说了地址。行行行，二十分钟以后我去接你一下，接不着您就直接上来好了，屋里也有人。

我回到床边，陈青萍已经背对着我躺着了，听到我的声音也不动。她也许是因为脱水晕过去了，也许是瞪着眼睡着了。我叫了她一声，还是没有应。我便又把手伸到她的脸前晃了晃，也没有动静。她不会就此死了吧？这个念头让我一身冷汗，但下一个念头却在催我了。我慢慢穿好衣服，向门外走去。快到门口时，我又回头看了她一眼，此时她的声音却飘了过来：

小马，你去哪儿？

我去接一下医生，怕他找不到门儿。

你还回来么？

回来。我说着，又转身出了门。我匆匆走下楼梯，来到外面。正是黑夜最浓的时分，路灯成群结队，却分外孤独，大路上一辆车也没有，却清晰昭显着无数人的足迹。我点上一颗烟，也不选方向，飞快地沿着路走起来。陈青萍住的那幢楼离我越来越远，不过这一次是我把她抛在了身后，准备一个人走进变化无穷的黑夜，并等待着在某一个地点，时光突然停止。

五年内外

上：张磊被捶记

那是我进入最高学府以前的事儿了。当时我无所事事，对未来的梦想鼠目寸光，只想当一个成功的地痞流氓——谁敢和我照眼儿，我就用大皮鞋的跟儿打爆他的头。但每天必须上学的现状又让我痛感英雄无用武之地：连逃学都不敢，还当什么地痞流氓啊。在我生活的那个部队大院儿，最有名的流氓是一个被称为"鲁泡儿"的家伙，他有名儿，是因为他敢打他爸，每天都打，往死里打。

大院儿里渴望成为后起之秀的小伙子议论起鲁泡儿的时候，都会装作不屑一顾："打爹有什么牛逼的，爷五岁就打过啦。"

那当然，人人五岁的时候都打过爹。当时大家还是小鸡鸡迎风抖的小屄崽儿，路过小卖部的时候会尖厉地喊叫："买糖糖，买糖糖！"

作为父亲，一般会装模作样："不给买，不给买。"

大家都会抡起婴幼儿王八拳，吼叫说："坏坏坏，打打打！"

作为父亲，一般又会哈哈大笑："儿子打老子，有本事，给你买俩泡泡糖。"

而鲁泡儿则将这童真而又温情的一幕保持到了胡子拉碴的年龄，只不过台词略作修改。他总是搂着某个不三不四的女青年，一脚踹开家门说："老丫的，给爷腾出屋儿来，不准偷看。"

他爸则每次都会说出程式化的台词："畜生，我跟你拼啦。"

这时候鲁泡儿也会程式化地摇摇头，蹲下去，脱下大皮鞋，抡将起来，一下正中他爸的秃顶。一下不行两下，两下不行三下，一直打到他爸坐到地上为止。

然后他爸就会爬到楼道里，对过往来宾哭诉："谁来管管呐！"

邻居会劝他说："你干脆报警吧。"

还没说完，就见鲁泡儿只穿一条裤衩，一手拿着大皮鞋，一手拎着一条胸罩跑出来，目空一切地问道："谁敢报警？"

邻居一看，纷纷逃窜，鲁泡儿就用大皮鞋敲着他爸的脑袋，好像领导生了气要拍桌子一样，叫声响彻楼道："谁——敢——报——警！"

据说有一次，鲁泡儿的仇家拎着菜刀上门寻仇，隔门听到里面大皮鞋敲秃顶的声音，马上不战而退："这种人，什么事儿干不出来。"

说来说去，我认为我当一个有名的流氓的希望不大，连这点儿愿望都不能实现，这让我那时候的生活就充满了失败主义情绪。我只能在夏天的傍晚来到大院儿的操场上，买一盒地痞流氓最喜欢的"希尔顿"牌香烟，一边躲着熟人抽，一边躲着姑娘看。李白那一辈子的心态莫过如此。

当时和我同样郁郁不得志的还有一些男青年，其中跟我最熟的一个叫作张磊。他也很有名儿，因为他家有一套最高级的家庭影院，原装索尼背投电视，博士音箱，松下录像机。他用这些东西招待大家看黄色录像，那效果真是没得说。第一次看的时候，我激动地指着脚下说："你听呀，你听呀，声音多逼真，就好像在你跟前干一样。"

张磊洋洋得意地挥挥手说："这有什么，你知道以后电视的发展方向是什么吗？就是立体影像！一放毛片，就会在客厅中间出来一个光屁股大美妞，跟真的一样。"

随着科学知识的增多，张磊后来又说："更高的发展方向知道吗？就是模拟触觉系统，不光客厅中间会出来一个光屁股大美妞，而且摸上去也像真的一样！"他说着就向空无一物的眼前伸出手去，凭空狂抓："真的肉呀，真的肉呀！"

我说："那岂不是一放毛片，我们就能真的干那女的了？"

张磊说："对呀，对呀，到时候我们就不用拍婆子啦，回家一开电视，往地板上一趴，一使劲儿，跟真的一样！"

但是他马上又看着电视发起了愁："不行，这毛片里还一男的呢，瞧这爷儿们多壮，咱可能还真打不过他。"

对科学技术的幻想终归会唤起对现实的惆怅，我跟张磊硬邦邦的，苦于生不逢时。看毛片的结局往往会变成张磊从书包里摸出一瓶珍宝威士忌酒，大家嘴对瓶口，仰天长饮，然后在"涅槃"乐队的伴奏中轰然而倒。

经常和我们一起厮混的还有一个不需要看毛片的男青年，在大家都是处男的年代，他第一个变成了实干家。那家伙叫做高飞，他不仅有性伴侣，而且还有两个。显摆的时候，他从钱包里拿出一张照片说："看，妞头一号。"然后又拿出一张照片："看，妞头二号。"

到底是妞头一号漂亮呢，还是妞头二号漂亮？我和张磊对比了一下，发现实在说不出谁更漂亮——而且分不清两者有什么差别，完全就是同一个人穿着同样的衣服的同一张照片。我说："明明是一个人。"

高飞用神秘烘托淫荡："双胞胎。"

张磊说："那不能算两个——都是一样的。"

我则对高飞搞上双胞胎的方式疑问道："你是怎么搞她们的？分别还是同时？"

高飞似乎对我的问题很吃惊："当然是分别了，哪儿有这么淫荡的姐妹？"

我说："就算是分别，你总也给她们留了照片吧，她们拿出来一对，不就穿帮了吗？"

高飞用淫荡揭穿了神秘："我也冒充双胞胎。"

"你凭什么能搞上女人还一下两个？"我们一边喝"珍宝"威士忌，一边愤愤不平地质问高飞，"你又不是鲁泡儿。"

高飞搔首弄姿地说："因为我皮白肉嫩。"

我们说："像个假娘儿们一样。"

高飞又说："因为我有胸肌。"

我们又说："椭圆形的不叫胸肌。"

高飞最后挤眉弄眼地说："因为我有两个鸡巴，行了吧，满意了吧？"

我们沮丧地说："我们加起来也有两个鸡巴。"

怨天尤人是没有用的。想把梦想变成现实吗？不要犹豫，请拿起电话，拨打01096168参与有奖竞猜，大奖多多，女人多多，屁股多多，乳房多多，等着你哦！

一天傍晚，两个红眼病兼性饥渴患者轰走高飞以后，躺在地毯上发呆，嘴里喷出便宜洋酒的味道。

"拿起电话，拨打01096168吧。"张磊愤然坐起来，对我说，"我们要去拍婆子了。"

我说："拍婆子？"

张磊说："对！当不成流氓，连婆子也拍不上，人生真是太失败啦。"

我也坐起来说："去西单还是去动物园？"

张磊说："哪儿也不去，就在咱们院儿拍。"

我又躺下去："那你去吧。"

张磊说："你为什么不去？"

我说："全都是熟人，第二天就会有人告诉我爸：恭喜你，你儿子当流氓啦。"

张磊忽然蹲下来，用醉鬼式的严肃凝视着我："我知道你为什么老拍不上婆子了。"

我说："为什么？"

张磊说："因为你当不了流氓，流氓都有婆子。"

因为不敢拍婆子，所以不是流氓；因为不是流氓，所以永远拍不上婆子。我在十六岁那年第一次明白什么叫循环论证。而跳出这个怪圈的方法也很简单：放下酒瓶子，跟着张磊出门。

我们嚼着口香糖，跑到操场上，在"团结紧张，严肃活泼"下面坐好，目睹黄昏把大地夹在腋下。

这个时候的操场，大概有如下几种人物：

一、毛主席，雕像，巨大。

二、老头和老太太，退休干部，放大屁的时候旁若无人。

三、狗，跟在老头和老太太后面吃屁。

四、少女，打羽毛球。

五、保姆，和少女打羽毛球。

六、小逼崽儿，比我们还小两三岁，喜欢吹魔幻现实主义牛逼。

上述人物之间缺乏公共交流的可能性，比如说老头只和老太太与狗说话，少女只能和保姆说话，毛主席和谁都不说话。缺乏公共交流，这才是拍婆子的实质性障碍。作为不成功的流氓，我们只能和小逼崽儿说话。眼巴巴地看了半天，张磊叫过来的只能是一个十三四岁的小孩儿。这孩子他爸好像是总务处的，八一建军节的时候会给各家发富士苹果。

"那孩子你过来。"

那孩子立刻被吓坏了，可他走过来的时候，我们也吓坏了。他居然不能像正常人那样脸朝前行走，而是像螃蟹一样横着挪，而且动作连贯，驾轻就熟，好像打篮球的滑步防守一样。

我和张磊面面相觑："我操。"

那孩子挪到跟前，我们才看出端倪。原因是他的眼睛长得有异常人：左眼球偏向最左边，右眼球偏向最右边，根本无法直视。如果直着走的话，他势必死于撞击电线杆。那孩子还以为我们要劫他的钱，或者干脆为了练兵而爆捶他一顿，所以一上来就吹魔幻现实主义牛逼："东四六条和展览馆那边儿都是我兄弟，十三匹狼二十六个猎手听说过吗？板儿刀剁手指头，一天两百多根儿。"

我笑着点上一根"希尔顿"烟："那是专切六指儿的大夫。"

张磊则笑嘻嘻地给了他一个代号："螃蟹男。"

"哎。"螃蟹男势如破竹地崩溃了，抽着鼻子说，"大哥我没带钱。"

"不要钱，咱们都是一个院儿的我要你钱干吗？"我拍拍水泥台阶说，"坐坐。"

螃蟹男战战兢兢地在我们中间坐下，张磊递给他一颗"希尔顿"烟："来一颗。"

这下螃蟹男就受宠若惊了，他闪烁着两只背道而驰的大眼睛分别仰视我们："谢谢大哥，谢谢大哥。"

张磊这时钩住螃蟹男的脖子说："认识什么婆子吗？"

螃蟹男在香烟的鼓励下，又开始吹起了魔幻现实主义牛逼："东四十条和展览馆那边儿婆子太多了，简直是婆子的大本营，婆子的集散地，八鸡十六只鸳鸯听说过吗？简直就是打泡儿机器，一天两百多泡儿二十四小时不合腿。"

张磊用一记现实主义的嘴巴把螃蟹男抽醒："别扯淡，说点儿实在的。"

螃蟹男委屈地说："大哥，我要有姐姐肯定给你们使。"

我说："这个我信，你女儿也行，不过我们等不了那么久了，只争朝夕。要不你帮我们一个忙吧。"

"把她们叫两个过来。"张磊指着正在打羽毛球的少女们接茬说。

螃蟹男说："我不敢。"

张磊用烟头在他眼前晃了晃："再说不敢？"

螃蟹男只好走过去，没几步又不转身地挪了回来，哭丧着脸说："大哥我还有二十块钱。"

我说："不是钱的事儿，赶紧去。"

这下螃蟹男真哭了，但我们毫不怜悯，连打带踹地给他加油。螃蟹男用左眼看看少女们，又掉了个个儿，用右眼看看同一拨儿人，啜泣着问："叫哪个？"

叫哪个呢？既然要叫，还得挑挑。我们看了半天，摇起了头："Oh, fuck。"

"都没发育。"张磊说。

"或者发育得偏离了轨道。"我说。

"再看看。"

过了一会儿，张磊一拍大腿吼道："可算赶上这拨儿了。"

"全是咸带鱼？"我顺着他指的方向看过去，天哪，那简直是我见过的最漂亮的二十岁以下的女人。她梳着齐肩短发，腰细腿长，胸挺臀翘，提着一个"贝纳通"服装的带子从操场一侧的林荫道走来，身后还跟着一个扎着马尾辫，看样子还上小学的小姑娘。

"就是她，把她叫过来。"张磊急促地掐灭烟头，又点上一颗。

这下螃蟹男反而笑了，他说："这个简单，让我兄弟叫过来就行了。"

这时他朝远处的一群小逼崽儿招招手："过来！"立刻跑过来一个皮肤黝黑，结结实实的小逼崽儿，高声呼应着他："欧巴，欧巴！"

这个小逼崽儿一只手拿着一只蜻蜓，一只手攥成拳头，跑到我们面前立正。螃蟹男说："这是小哑巴。"

小哑巴说："欧巴，欧巴。"

螃蟹男说："那俩婆子，一个是他大姐，一个是他二姐。"

小哑巴说："欧巴，欧巴。"

螃蟹男说："把她们叫过来，就说大哥想认识认识她们。大哥还想告诉她们什么？"他这时已经像一个得意洋洋的龟奴了。

张磊说："你能让他告诉什么？快去吧。"

这时我们又看到了惊人的一幕：小哑巴"嚯"地吼了一声，好像振奋精神一般蹾了下地，然后飞快地把手里的蜻蜓塞到嘴巴里，又张开另一只手，露出两只甲虫，也塞到嘴巴里，嘎吱嘎吱地嚼了几下，才一边吞咽着一边跑开去了。

张磊作呕吐状："怎么现在的小逼崽儿都他妈基因变异啦？"

螃蟹男解释说："他从小就不会说话，但他认为吃虫子能治好。"

我说："一天吃多少只？"

螃蟹男说："七八十只吧。"

张磊说："他会演变成青蛙的。"

我们遥遥地看着极度的丑向极度的美飞奔过去，小哑巴在林荫道旁站住，理直气壮地欧巴欧巴了几声，然后就一意孤行地跑回来了。那个大美妞和小女孩儿交流了几句什么，居然也跟了过来。

"婆子来啦，婆子来啦。"张磊正襟危坐着，紧张地抽着烟说。

五十米，三十米，二十米，yeah，婆子近在眼前啦。我们眼巴巴地仰着头，都不敢站起来，因为她长得真高，足有一米七五，腿像仙鹤一样倔强地立着。面白无瑕，眼睛大得像非洲羚羊。

在我们咽口水的时候，大美妞对我们说话啦："你们是我弟弟的小伴儿？"

这立刻就让我们沮丧了，她把我们视为和小逼崽儿同样的存在物。

大美妞继续说："你们应该互相帮助，让他改改吃虫子的坏习惯。"

张磊这才想起来，应该像老流氓一样从容，他站起来，弹弹烟灰说："我们应该向他学习，他是一益虫。"

大美妞立刻尖笑起来，简直让我心荡神驰。她说："蜻蜓也是益虫，他要真是益虫，就应该吃大蛆。"

张磊慢慢进入状态了："广东那边管这叫肉芽。"

大美妞又尖笑起来："别逗啦。"

张磊渐入佳境，继续逗："你以前当过模特吗？"

大美妞说："我有那么老么？我是准备当模特。"

张磊还想说，大美妞却一扭，回眸，甜笑："你们玩儿，我先回去啦。"

张磊立刻追上去："我送你回家。"

大美妞没有拒绝，张磊就像豹子后面捡食的豺狗一样嗅着追了上去。他一边摇头摆尾地跟着，一边对我回过头来唇语："哥儿们先探探路。"

拍婆子对他来说已经很简单了，对我来说却仍然万分艰难，我只能坐在台阶上，身边围着螃蟹男、小哑巴和十一二岁的小女孩儿。我重新被失败主义笼罩，无所事事地抽起了"希尔顿"香烟。螃蟹男一只眼睛看出我情绪不好，所以心惊肉跳，但另一只眼睛却有了新发现，所以热情洋溢，他对小哑巴说："瓢虫瓢虫！"

他斜侧面的花坛底下，爬行着几只斑斓的七星瓢虫，小哑巴闻讯立刻冲过去，把它们抓在手里，然后像吃 M&M's 巧克力豆一样细细享用。这时我实在不想看他两个，就扭过头去看小女孩儿。她表情倔强，但眼神空洞，一副看破一切的颓废神童的样子。对于一个食蚁兽一般的弟弟，她见怪不怪，好像什么都没发生一样，过了一会儿才幽然说：

"今儿晚上夜宵又省了。"

发现我看她以后，她依然面无表情，却向我伸出两个半透明的手指："发根儿烟抽。"

我打开烟盒，抖出烟来，看着她熟练地抽出一颗点上。薄薄的嘴唇似动非动地喷出一股浓烟，接着小巧玲珑的鼻孔也开始冒烟。我还以为她就是想抽着玩儿呢，没想到她连"过桥"都会，俨然一个无所用心的老烟枪。

"这两年的'希尔顿'不好抽了，有股臭味儿。"她瓮声瓮气地说。

我说："你道儿还挺深。"

她说："我平常都不抽外烟儿，我抽云烟。"

我说："你从几岁开始抽的？"

她说："八岁。"

"你们家人不管你？"

"青春期抽烟才是坏孩子，我还没到青春期呢。"

"你们家人还真想得开。"

"那还能想不开，难道我戒不了他们就自杀？"

我说："以前没怎么在院儿里见过你们，新搬来的？"

她说："原来住'二炮'，清河那边儿。"

我说："你们家孩子够多的。"

她说："计生办不敢管我们家。不过我们家孩子都有毛病，我抽烟，我弟吃虫子。"

我说："你姐呢？你姐看着挺正常的啊。"

她压低声音说："我姐是个自残爱好者。每天晚上都玩儿，没人看着的时候就用刀片割手指，用绳子捆大腿，让肌肉坏死。"

我难以想象那样的姑娘会有这种爱好："为什么啊？"

小女孩儿声音更低了："她说她饿。"

这么说完，小女孩儿的身体忽然在晚风中瑟瑟发抖。此时正是夏天，白天暴晒的酷热未消，操场上绝不冷。我想她是被这里泛着青草味儿的忧郁击中了，和我一样，所有的年轻人都躲不开这一击。从这个角度讲，她已经进入了青春期。

小女孩儿说："再给我一颗烟。"

她点上烟后，又说："我的辫子松了，你给我系一下。"

这是我第一次为异性梳理头发，虽然对象只是个十一二岁、喜爱抽烟的小女孩儿，但留在我指尖的触觉仍然薄若蝉翼，柔如月光。她耳朵的后轮廓和颈上的绒毛闪闪发亮，微微颤抖，头像小猫一样低伏。我恍然若失，系风捕影般地帮她绑了几次都没有绑牢，最后终于勉强完成。

"你是第一次帮我绑辫子的人。"她用夹烟的手抚摸着辫根说。这话让我像跳进秋天的湖水一样，所有的感官都透亮了。

在"团结紧张，严肃活泼"下面，我们目睹着天色像手旋开关的电灯一样变暗，往常到了这时候，我和张磊都要去食堂的小吃部要一把羊肉串，喝两瓶啤酒。但张磊还没有回来，看来他进展得很顺利，今天晚上不会和我去共享低级感官娱乐了。多么荒诞的生活，只要死皮赖脸地跟着一个姑娘，你就能如愿以偿。

在小女孩抽完第十二根"希尔顿"香烟时，我站起来，拍拍屁股，想要回家了。我走过小花园，穿过小树林的时候，才发现她一直在后面跟着我。

"你怎么不回家？"我说。

"回家也没事儿干。"她说。

我说："我有事儿。"

她说："那你忙去吧。"说完她轻轻地转身走了回去，像野猫一样轻盈地跳过花园，融化在篮球场的白炽灯光下了。

我到军人服务社买了盒烟，又在院儿里转悠了一圈，然后独自到食堂吃了羊肉串，喝了啤酒，嘴里寡淡无味，仍然不想回家。此时已经九点多钟了，我到张磊家楼下看了一回，他房间的灯还黑着。我抽着烟，重新回到操场。

刚一到操场，那三个小孩儿立刻像灯光下的蛾子一样围了过来。螃蟹男一边横着跑一边说："大哥，大哥，出事儿了。"

小女孩儿严肃地指责我："你刚才为什么不在？"

小哑巴说："欧巴，欧巴。"

我说："怎么了？"

螃蟹男说："跟你一块儿的那个大哥让人打了。"

我说："让谁打了？"

螃蟹男耸人听闻地说："鲁泡儿，鲁泡儿！"

"我操。"我也吓坏了，"鲁泡儿？我那哥儿们怎么惹鲁泡儿了？"

小女孩儿说："他跟着我姐回家，鲁泡儿在楼道门口等着我姐呢。见面儿什么也没说，脱下大皮鞋就打，登时就花了。"

"我操，"我只能说，"我操。"

螃蟹男问我："那怎么办？"

"什么怎么办？"我说，"现在他们人呢？"

螃蟹男说："鲁泡儿把那大哥揪走了，说要跟他好好谈谈。"

这不是很简单嘛，张磊同志完蛋了。我无可奈何地摊开了手。螃蟹男却非常信赖地说："现在怎么着？咱们怎么把他救出来？"

救出来？我心慌意乱地说："是得救出来。到哪儿救去啊？"

螃蟹男说："咱们到鲁泡儿家去，抄了丫的。"

这时候我知道他又要进行魔幻现实主义叙述了。果不其然，螃蟹男两只斜眼扑朔迷离，唾沫星子飞溅地说："可惜我六条儿那帮哥们儿不在，否则三十多把板儿刀，丫鲁泡儿就是每只手长三十根儿手指头也不够他们剁的。我在护城河那边儿还有俩叔叔，都是四张儿多的老泡儿，'文革'的时候霸占西单游泳馆，血染游泳池，一人一把军刺——"

我懒得搭理他，把小女孩儿拉到一边儿："你姐呢？"

小女孩儿说："出事儿以后，我姐也没回家。不过我能找着她。"

我说："先找你姐去。"

我跟着小女孩儿往军人俱乐部方向走去，螃蟹男喋喋不休，和小哑巴跟着我。我停下来问："你们跟着我干吗？"

螃蟹男说："我不是一直就跟着你吗？我是义无反顾了。"

说实话我是真有心置张磊于不顾了，不过螃蟹男像个比皇上还积极的太监，让我没法儿不表现出一点儿仗义。他一路上一直讨论着我们应该如何"铲了丫鲁泡儿"。

军人俱乐部后面有一个破旧的停车场，我们在丛生的杂草中走过去。小女孩儿夹着烟说："我姐老偷偷来这儿。"

借着月光和俱乐部背面的探照灯光线，我看到巨大的木质车库门下蹲着一个人影，她的头发在晚风里微微抖动。我忍住战栗的冲动，向那个曲线飘逸的人影走过去，认出正是小女孩儿的姐姐，张磊试图尾随的大美妞儿。她靠着墙角蹲着，手撑在下巴上，虽然表情模糊不清，但让人感到眼神专心致志。

但走近之后，我看到她托住下巴的手里还拿着一样东西，在月光下幽幽发亮。一直走到面前，我才看清那是一个刮胡刀片。她专注地凝视着刀片，就像收藏家在灯下鉴赏古玩，或者少女把玩着情人的信物。看上一会儿，她便会张开嘴，伸出舌头，馋嘴样地去舔刀锋。刀锋过处，舌头立刻被割出了细小的伤口，血珠从她的指尖滑落，而地面已经密布了一片血迹。

我像受惊的动物一样无法言喻地惊叫起来，她好像这时才发现我，扭过头来，粲然笑了，连牙齿缝都是鲜红一片。

还是螃蟹男勇敢地说："我大哥让人打了。"

小女孩则像问陌路人一样对她姐姐说："那人让鲁泡儿带到哪儿去了？"

小女孩儿的姐姐仿佛倍感无聊一样说："又没我事儿，问我干吗？"

我嗓子哽哽的，还是说不出话来。小女孩儿的姐姐对我说："你想找谁，就到他们家找去，我哪儿有心思管这些破事儿。"

我立刻掉头就走，恍惚感到地上开满了梅花。

回到操场，螃蟹男说："大哥，怎么办？"

我这才缓过神来，看看表，还不到十点。不管怎么样，都得去找找张磊。我说："你们先等着，我到图书馆拉俩人来。"

螃蟹男登时振奋地说："我打过群架！我给你们搜罗板儿砖去。"

小女孩不做一声地跟着我。我穿过晚上格外浓密的树影，走出院门，来到隔壁的医学院图书馆。我认识的不少人都喜欢在这里的录像厅看美国电影。我对小女孩说："你在门口等着我。"然后向看门人出示了阅览证，到录像厅转了一圈，但时间太晚了，看录像的人都回家了。那些人绝对不会到楼上去和医学院的学生一起上自习的。我明知这点，但还是上了楼，在巨大的期刊阅览室里逛游着。没走几步，却听见有人言之凿凿地说：

"梅毒三期！你看烂成这样儿，这就是梅毒三期！"

另一个人说："不会是开水烫过吧？"

我循声过去，看见两个男青年正在捧着一本英文期刊，一本正经地研究一副女性阴部的照片。他们看到我，惊奇地说："你到这儿干吗来了？"

这两个人是另一个院儿的，我们曾经一起在游戏厅勒索过小学生。胖一点的叫孙亮，瘦一点的叫熊伟。我对他们说："有点儿事儿。"

"什么事儿？"他们露出苦于没事儿干的仗义。

我说："张磊让人捶了。"

"你找人干的？捶得好！"孙亮击掌喝道，"我他妈早就想捶丫的了。"

我说："不是不是，我是帮张磊拉人来的。"

孙亮愣了一下，马上说："你的事儿就是我的事儿！"

熊伟和道："谁敢捶张磊，我们非花了丫的。"

于是我就带着这两个没理性的仗义狂下了楼，但没敢告诉他们要去找鲁泡儿。我知道，那样的话他们很可能会立刻逃窜的。

在楼下看到叼着烟沉思的小女孩儿后，孙亮用鉴赏的口吻说："你马子？有气质。"说完以后表现出一副对朋友妻的尊敬态度——两眼深沉地看着自己的鼻梁。

从这个细节里，我感到生活简直荒诞得不可言喻。我很想把他

— 71 —

们带到亮处，让孙亮看看"我马子"还没发育呐。但想到孙亮这种傻屄会干脆将我当成一个纯情的流氓，我就没信心跟他较真儿了。

于是我带着两个迎风流着口水的男青年，伙同抽烟不止的女青年回到院儿里，和螃蟹男以及小哑巴会合。孙亮果然煞有介事地指着螃蟹男问我："你小弟？一看就是猛将。"

他和熊伟摆出了一副其他地盘的老大的样子，表情肃穆，就差摆出一个关二哥像了。

而螃蟹男他们高兴得简直像过节一样，他们认为自己终于和真正的流氓混在一起了。螃蟹男横着递给我们一人一块砖头："我在礼堂后面的工地偷的。"

一块儿砖头能卖八分钱呢。孙亮派头十足，极其满意："会办事儿，哥儿几个会办事儿，上次二院的几个孩子拉我们过去碴架，连家伙都没备，哥儿们差点儿跟他们丫的翻脸。"

熊伟掂量着砖头问："张磊呢？给人花成什么样儿了？"

我说："到地方就看见啦。"

于是我们在凉爽的晚风中，行色匆匆地向鲁泡儿家走去。路人看见我们，居然熟视无睹，一个老太太和蔼地问我："还不回家看电视去？"

我说："不看啦。"

她说："上几年级啦？"

我说："高一啦。"

她说："上高中以后，男生的成绩就要比女生好了吧？"

我说："对呀，女生总是肚子疼。"

一直到了鲁泡儿他们家楼道口，我才对孙亮说："就这家儿。"

孙亮看了看门牌号，深沉地点了点头，随后对螃蟹男说："你们俩一个站在街这头，一个站在街那头，帮我们望风儿，一会儿打起来，警卫连的大兵一过来，你们就打个匪哨儿。"

螃蟹男拍着胸脯说："我一人就能同时望两头。"

孙亮说："有潜力。会匪哨儿吗？"

螃蟹男指着小哑巴说："他会。"

刚说完，小哑巴就张大了嘴，尖叫起来，简直像动物园野禽馆里充斥的那种叫声。大家被震得直捂耳朵："我知道他为什么不会说话啦，他长得根本就不是人的声带。"

最后，孙亮冷静地对小女孩儿说："女的就别去了。"

我走上鲁泡儿家的台阶，准备敲门。鲁泡儿家住一楼，我回头望望孙亮和熊伟，他们手拎砖头，翻着白眼儿，轻松自如。敲了几下，没人回声儿，我又回头看看孙亮和熊伟，他们手拎砖头，翻着白眼儿，轻松自如。我改成大力拍门，高声叫骂："孙子，开门！"一边骂一边再回头看孙亮和熊伟时，这俩孙子已经没影儿了。

我赶紧追出楼道，看见孙亮和熊伟一路没命地跑着，一边跑，孙亮一边对熊伟说："还拿着砖头干吗？"

说完两个人就把砖头扔到路边的草坪里。螃蟹男奇怪地问："大哥，跑什么？"小哑巴兴奋地又叫了起来。强弓硬弩一般的尖叫声中，小女孩儿抬起手，手指轻脆地一弹，烟头就迎风飞去，划了个星光点点的弧线，正好落进孙亮的后脖梗子里。孙亮一边跑，一边被烫得乱蹦乱跳，嘴里咝咝有声，好像被踩到尾巴的蜥蜴一样。

而我刚想和他们一块儿逃跑，鲁泡儿已经拎着菜刀出来啦："那孩子，你过来。"

"那孩子，说你呢。"

"那孩子，快点儿。"

"那孩子，进门吧。"

鲁泡儿又肥又白，光着膀子，胸毛比腋毛还丰盛，让人怀疑他自己刮过。他懒洋洋地拎着一把破菜刀，菜刀的刀刃儿破了好几个口儿，也不知是剁排骨的成果，还是剁人的成果。我心里一片冰凉，跟着他进门，刚想有礼貌地把砖头放在门口，他大大咧咧地说：

"砖头就拿着吧，我还怕你拿砖头？"

我只好双手端着砖头，好像送餐的服务员一样跟进了门。他家里平庸无奇，像大院儿里的其他干部家庭一样，摆放着国产名牌家具、日本电器和一辆"捷安特"山地车。鲁泡儿弯下腰去，脱下著名的大皮鞋，我刚想也跟着脱，他又说：

"别脱啦，你脱鞋有什么用？"

然后他就一手拎着菜刀，一手拿着一只大皮鞋，一脚高一脚低地把我带进了客厅。更让我恐惧的地方，在于客厅的沙发旁边，居然仰面躺着一个老头儿。他紧闭双眼，两腿僵直，秃顶上的乱发向一边耷拉着，夏天还穿着一件毛背心。

我正不知所措，鲁泡儿却毫不见外地说："愣着干吗？还不快帮把手？"

说着，他就把两只手插进老头儿的腋下，憋着劲儿搬起来。我赶紧把砖头放下，抱住老头儿的两只脚，跟他一起用力，一二三，把老头儿放在了沙发上。

刚一放下，老头儿就醒了。他捂住脑袋顶，含糊不清地说："家门不幸啊！"

"让你丫再说。"鲁泡儿说着就抡起大皮鞋，照着他爸头顶就是一下，砰的一声，比敲鼓还响。在老头儿的耳朵里，这一下可能比打雷还响——或者根本就没有响声——打多了，习以为常了。

老头儿挨了打，脑袋一歪，又躺在沙发上，却继续说："有没有人管管啊！"

鲁泡儿同情地说："没人管。"说完又是砰砰两下。

老头儿正在继续感叹，这两下儿顿时让他咬了舌头。他吸吸溜溜地捂着嘴，非常害羞地说："你看我这爹当的。"

鲁泡儿这时把大皮鞋递到他爸嘴边，说："咬住。"

他爸像挑食的孩子一样躲开说："不咬。"

鲁泡儿循循善诱地威胁道："那就别说话。"

接着他又把菜刀递到我面前，我立刻张开嘴说："我咬，我咬。"

鲁泡儿像宽容地对待痴呆患者一样笑了："不是让你咬。"

我说："那干吗？"

鲁泡儿说："剁手啊。"

我说："剁——哪只手？"

鲁泡儿说："这倒是个问题。你是不是左撇子？"

我说："不是。"

鲁泡儿说："那你就是准备用右手拿板儿砖拍我了——剁右手吧。"

虽然已经料想到这种结局了，但我还是一身冷汗，僵在原地了。鲁泡儿看着我，我也看着他，却不敢盯着他的眼睛。我只有一只右手啊，剁完了之后，很多事儿就不能干了：不能打键盘，不能弹钢琴，不能打篮球。但是鲁泡儿正在坚决而又温和地敦促着我，让我想不出拒绝的理由。

这时候还是老头儿打破了僵局。他忽然大恸地喊道："孩子，这可是犯法的啊！"

鲁泡儿耐心地向他解释："是他自己剁，剁自己不犯法，我也不犯法，我们都不犯法。"

老头儿还是说："孩子，咱可千万不能惹大事儿啊！"

这时鲁泡儿忽然奇怪地说："咦，谁让你说话啦？"

老头儿像狡黠的孩子一样抱紧了大皮鞋，紧张地盯住鲁泡儿，示意他已经缴获了儿子殴打他的工具。而鲁泡儿则无奈地摇摇头，脱下另一只脚上的大皮鞋，照着他的脑袋顶，砰砰，又是两下。

鲁泡儿一边打，还一边对我说："你剁不剁？剁不剁？"

我拿着菜刀，忽然意识到自己除了剁自己之外，还有一个选择，就是把鲁泡儿给剁了。但是老头儿推心置腹的劝告仿佛又是对我说的："孩子，咱可不能惹大事儿啊！"

本来我就没那个胆量，现在就更没胆量了。但是这时候，门突然又被敲响了。鲁泡儿纳闷地说："怎么还有人？"他拿着大皮鞋，威风凛凛地走出去开门，剩下我和老头儿两个家伙，对视着，不知道说什么好。

过了一会儿，鲁泡儿带着莫名其妙的表情走进来，摇头晃脑地说："我操，现在怎么什么人都想当流氓。"

后面跟进来三个人，正是小女孩儿、螃蟹男和小哑巴。小女孩儿还在冷漠孤傲地抽着烟，螃蟹男兴奋地横着走，小哑巴则手持两条蚯蚓，仰着头，慢慢地把它们放进嘴里，接着像吃面条一样，吱溜一声，吮了进去。

对于这几个孩子，鲁泡儿只能哭笑不得地说："你们他妈要干什么？"

螃蟹男兴高采烈地说："拍你丫的。"

小女孩儿对螃蟹男说："歇一边儿去。"她看了我一眼，什么也没有说，我感到她的眼神儿都快把这间屋子变成冷库了。

老头儿这时对鲁泡儿说："你要有火儿，打你爸就行啦。"

小女孩儿却对鲁泡儿说："咱们谈谈吧。"

鲁泡儿当然对这个提议不屑一顾："还是让你姐来跟我谈吧。她老躲着我干吗？"

小女孩儿说："那是她的事儿。我想跟你谈谈。"

鲁泡儿说："等你长到戴胸罩的年龄再跟我谈吧。"

螃蟹男这时赞叹道："纯流氓，纯流氓。"

小女孩儿说："等那时候就晚啦。"

鲁泡儿说："你这么迫不及待？"

小女孩儿这时问鲁泡儿："你今年多大啦？"

鲁泡儿说："二十九，怎么了？"他忽然不愉快起来，好像认为回答了小女孩儿的问题很丢人。

小女孩儿说："再过十年，你就三十九啦，那时候我们一个二十六，两个二十三，一个二十二。再过十年呢，你都快五十了，我们也就三十出头。那时候你打得过我们吗？"

鲁泡儿忽然笑了："你想得还挺长远！"

小女孩儿说："所以你今天有两条路：一、把我们都杀喽，一个别留；二、让我们走，这事儿就算了。要不等到十年以后，二十年以后，你就变成他这样啦。"她说着指指老头儿，"他过去也没少打你吧？"

老头儿顿时触景生情："对呀，我那时候怎么不打死你呀？"

鲁泡儿正想勃然大怒，小女孩儿却伸出一个指头让他安静下来："别激动，有点儿理智，考虑考虑。"

老头儿老泪纵横，后悔了一会儿，却扯扯鲁泡儿的大裤衩："说得有道理呀，儿子，等你变成我这样儿，后悔都来不及。我劝你还是给自己留条后路吧。年轻打人，老了被人打，我犯过这个错误啦，你可不要再犯呀。"

鲁泡儿一把甩开他说："你他妈什么时候关心过我？"

老头儿委屈地说："我一直都关心你的嘛。"

鲁泡儿怒吼道："放屁，你那时候一直忙着搞小老婆，搞打字员，搞秘书，现在倒说关心我啦。"

老头儿说："我又没搞出第二个儿子，当然还是关心你啦。你的大皮鞋是谁给你买的？从小你就爱穿大皮鞋，所以我每年在你生日的时候，都会送给你一双大皮鞋。"

这个时候鲁泡儿往窗台上望去，只见那儿齐刷刷地摆着一排大皮鞋，有陆军配备的作训靴，有翻毛登山鞋，还有昂贵的"CAT"牌皮鞋，足有十几双大皮鞋。这些大皮鞋一定陪伴他走过了十几年，也在他爸的头顶上印下了无数鞋印。他看看大皮鞋们，看看老头儿，又看看我们，最后目光又落在客厅中央的一幅中年妇女半身像上面。他忽然像无缘无故裂开的鸡蛋一样，嗷嗷两声，一只眼睛留下了一滴眼泪。他悲痛地说："妈妈，你死得早啊！"

老头儿趁机说："所以只有我们两个相依为命啦！"

鲁泡儿说："所以你才会出去乱搞啊！"

老头儿说："我那是想给你找一后妈呀！"

鲁泡儿说："所以我才会变得这么混蛋呀！"

老头儿说："这不怪你，我也有责任，我没照顾好你呀！"

鲁泡儿忽然悲切地说："爸爸！"

老头儿伤感地喊出了儿子的乳名："泡泡儿！"

鲁泡儿说："我已经这么混啦，估计也改不好了，以后可能还会打您，所以我要送您一个安全帽儿，我一打，您就戴上它。"

老头儿说："没关系，我习惯啦，不打两下还会偏头疼呢。"

他们说着说着，就开始抱头痛哭起来啦。鲁泡儿一边儿号啕，一边儿用大皮鞋打自己的脑袋："混蛋混蛋混蛋！"

老头儿从鲁泡儿的肩膀里挣扎着钻出来，攥住鲁泡儿的手，并对墙上的遗像深情地说："他妈妈，咱们的孩子长大啦！"

我操，都快三十了，才刚他妈长大啦。我和小女孩儿他们忽然像被世界上最强的幽默感集中了，面面相觑，互相只有一个冲动，就是疯狂地哈哈大笑。为什么这个世界上到处都有亲情大戏，不光电视里有、舞台里有、无聊的书里有，就连流氓家都有，而且开演的时候，一点兆头都没有，突然之间，亲情就来啦，比狗和狗翻脸还没理由。真是他娘的太幽默了。我们想笑又不敢笑，想笑又觉得不合适，最后只能干抿嘴。

鲁泡儿捶胸顿足了一会儿，才算看见我们，奇怪地说："你们他娘的怎么还不走？"

我们只好把砖头捧起来，迅速往门外走。临走的时候，螃蟹男还说："既然这样，等你老了我们就不打你了。"

而那老头儿居然心满意足地说："孩子们，要好好学习呀！"

我们出了门，大家立刻咯咯地笑起来，小女孩儿说："刚才那一幕怎么这么假呀，他们丫的是装的吧？"这还是我第一次看见她开怀大笑呢，好像怒放的梨花一样清丽动人。

而在我和小女孩儿对着火点烟的时候，张磊忽然又出现了。他的眼睛被打得像浣熊一样，鼻子都歪了，鼻血一直流到嘴里，脑门上还清晰地印着一个大鞋印。他手里拎着一把菜刀，咬牙切齿地吼道："鲁泡儿，我非劈了你丫不可。"

我心不在焉地拍拍他的肩膀说："算啦，鲁泡儿已经被我们铲了，你听，打得丫挺的在家直哭。"

这时候，我觉得浪子回头实在是世界上最傻逼、最无聊的故事，当流氓也是一件最没劲的事了。连这个理想都让人提不起兴趣了，我只能回到学校，奋力考取高等学府了。

下：人人热爱老迈克尔

我在高等学府一待就是四年，成绩优异，傻逼呵呵。我在课堂上说，我要献身学术；我在班会上说，我要献身理想；我在社会活动上说，我要献身市场经济大潮；我在志愿者协会说，我要献身爱心行动；我在女朋友的耳朵旁边说，我要献身给你。

这一献，就是四年，光献给女朋友，就献了四个，平均一年献一个。献到后来，我发现，现在无论什么单位、组织还是个人，没谁真心实意地愿意接受你的献身；而这个世界上想要献身的人又太他娘的多了，在哭着喊着献身的洪流中，多了一个不多，少了一个不少，谁也一点便宜都别想沾着。

而在第四年，幸亏及时发现，干净利索，我才阻止了一次迫在眉睫的献身——我女友的子宫里，一个胎儿正准备献身于这个充满幽默感的世界。我在课余时间献身了电视台的编辑工作，用以出资让她暂时献身妇产科手术台，当然还要信誓旦旦地保证，我将永久性地献身于她。

但在毕业的那个夏天，我果断地退掉了租来的房子，辞掉了找好的工作，停用了手机，将她永远扔在了火车开走的方向。我又一次悬崖勒马，终止了献身给婚姻的路程。

发现没地方去了之后，我才回到了从小生长的大院儿。这时候我被烙上了雅皮士的油腔滑调、轻浮的笑以及假装推心置腹的态度。作为一个体面人，我和原来厮混的人早就断绝了来往，但当很多年以后再听到他们的消息后，才发现同龄人都在奔向体面的道路上一往无前。孙亮和熊伟一个成为了解放军中尉，一个成了国家机关的部门乒乓球明星；最夸张的是张磊，他已经成了一家小型私有企业的老板，买了一辆二手别克汽车，多次因夜间酒后驾车被捕，接受盘问时诚恳地对警察说：

"咱们这不都是为了事业么。"

他还对警察说："男人压力大啊。"

至于著名流氓鲁泡儿，他和他的大皮鞋以及爸爸在院儿里消失很久了，留下一套空房。有人说他们移民了，还有人说鲁泡儿把他爸打死了。

这个时候流氓最爱的"希尔顿"牌香烟也在烟摊上绝迹了，我在电视台熬夜的时候，改抽了日本"七星"牌。我抽着烟，从出租车上下来，慢慢地走进院儿门，望了望自己家的窗户。窗口黑暗，楼下的车位空着。我爸妈一定开着那辆所有中年人都喜欢的大排量本田轿车到郊区去住了。

假如这个时候上楼，我一定会被恍若隔世的感觉击昏在地，有可能再也醒不过来了。于是我把装书和 CD 机的背包放在门口，自己晃晃悠悠地来到操场。

我坐在"团结紧张，严肃活泼"下面，看着毛主席、老干部和打羽毛球的少女们。毛主席好像永远在打车，老干部退休了一茬又一茬，但永远有资格响亮地放屁，少女们都带着保姆。新的小逼崽儿也出现了，他们的耐克鞋款式已经和我们当初的差别很大了。坐了一会儿，我想到食堂小吃部去吃几串羊肉串，喝一瓶啤酒，但走过去却发现那儿已经承包给了一个温州人，改成了"干部足疗俱乐部"，校官以上可以打八折。

我像多年以前一样颓唐，走回操场，但在这时却听到了轰隆轰隆的音乐声。

操场旁的林荫道灯光辉煌。一辆出租车毫无预兆地突然停住，跳出来几个十七八岁的孩子。他们都穿着无比肥大的裤子、超大款"洛杉矶湖人队"或"休斯敦火箭队"的队服，还有的穿着卡腰立领的复古衬衫。他们的腰上都挂着磨旧的金属链子，背着足球运动员训练用的枕装包。他们的头发五颜六色，有红的、黄的和绿的。一个瘦高瘦高的红发姑娘手里拎着一个便携式 CD 唱机，那就是震耳欲聋音乐的源头。

由于经常在电视台的音像资料室里和一个姑娘吃盒饭聊天，我能听出 CD 机里放的是一个美国人艾米纳姆的说唱乐。由于没有参加过托福听力考试，我除了"fuck"之外，根本听不懂那些高频率念出的歌词在说什么。

那些年轻人像一撮雨后的毒蘑菇一般，鲜艳夺目地走到操场上来。随后我立刻认出了他们，因为我看到了螃蟹男。此时的螃蟹男，居然能骑着一辆小型摩托车跟在出租车后面，由于视野的限制，他没法儿正跨在车上，只能像电影里的民国村妞儿骑驴一样，侧坐在车座上，用一只手握着车把。

螃蟹男斜着伸出脚踩刹车，并在摩托车歪倒之前跳到地上。他横行霸道地钻进同伴之间，紧贴着拿 CD 唱机的姑娘走。而那姑娘立刻也亮出了招牌动作：她掏出一个火苗粗壮的打火机点燃了一颗烟。

我眯着眼看着他们走过来，他们走到篮球场上停了下来，几个人不屑一顾地扫着我。我听到他们小声说：

"那孙子坐那儿干吗呢？不知道咱们天天在这儿呀？"

"给丫轰走。"

最后还是那姑娘说："算了算了，甭理丫的，该干吗干吗，都快比赛了，别惹事儿。"

他们浑身不自在地跳上"团结紧张，严肃活泼"的主席台，把音乐声放得更大了。然后螃蟹男居然抽起筋来，一边抽一边对大家说："这是一种南美的舞步。"

其他人则有模有样地开始操练北美街舞，无非是模仿机器人、太空人或以头为轴在地上作陀螺状那一套。跳得最投入的是长壮了许多的小哑巴，他的T恤衫上画了一只巨大的蜻蜓，嘴里欧巴欧巴地乱叫，汗水乱溅。

而螃蟹男的特长仍然是语言，他不但发扬了吹魔幻现实主义牛逼的传统，而且还能有节奏地吹、压着韵吹。这种吹法儿也就是hip-hop音乐的诀窍：

"yo—yo—台下的傻逼现在不要走—不要害怕我的粗口—不要东张西望也不要回头—不要不给面子我们一起点点头—跟着音乐点点头—再点点头—你可能会流汗—因为碰见我cram man—让我每秒钟念上八十八个字把你吓翻—你可以打听一下—近到展览馆—远到玉泉山—我的说唱独一无二魔力无边……"

他一边说，一边剧烈地抽筋，好像出了故障的电动玩具一样。这个样子真是让我想大笑个两分钟。我想起上高中的时候，我们也是用这个态度模仿摇滚乐的，我和张磊脑袋上扎着一块红布，一人拿着一把扫帚，在他们家的组合音响前乱吼：

"可是进进出出才知道，是无边的空虚——"

那个时候可真是空虚呐。

我不禁扭过头去，看着那些狂跳街舞的年轻人，这才发现抽着烟的小姑娘也在看着我。她果然就是那个小女孩儿，她从小就冷漠地抽烟，有一个自虐狂姐姐，曾经娓娓道来地向鲁泡儿讲道理。

我的脸僵了好久才对她露出一个笑容，她立刻轻快地跑过来说："优等生。"

我说："我什么时候成优等生了？"

她瞪大眼睛，惊诧地说："你不知道啊？从你考上高等学府以后，我们院儿的家长都拿你教育我们。"

我只能说："何足挂齿。"

她说："瞧，你现在说话多文气。"

我挺起腰来，在晚风里舒展了一下身体，拿出烟来递给她。她看了看牌子说："抽我的。"接着就递给我一盒"玉溪"牌香烟。

"档次够高的。"我一边点火一边说。

"我爸的。"她说。

她的红头发在消瘦的肩膀上披散着，瑟瑟飘荡，曾几何时，我第一次为她扎起了辫子。她一口一口地抽着烟，烟雾中唇红齿白，目光冷漠。

我问她："你姐姐呢？"

她说："上法国去了。"

我说："出国了？"

她说："明儿下午回来。"

我这才知道，她姐姐没有成为模特，而是当上了一名空姐。假如飞机上不让随身携带刀片的话，她会在卫生间里如饥似渴地用舌头舔什么呢？

我说："那你呢？你在哪儿上学？"

她说了一所大学办的高中预科班，那儿的学生只学外语，然后可以到英联邦的三流学校留学。不光是她，还有螃蟹男和小哑巴，都准备自费去新西兰留学了。当然小哑巴不用学英语了。新西兰的蜻蜓和蟑螂格外大，够他吃个饱的。

问完这些，我沉默了一会儿，又没话找话："你们在这儿干什么呢？跳街舞为什么不去 JJ DISCO？"

她说："我们在练习呢，我们要参加电视台的青春舞蹈大赛，获奖的话可以去舞蹈学院进修，那样就不用出国留学了。"

我说："获奖了吗？"

她说："刚开始预赛，还有复赛和决赛呢。两千多个人里面选十个，太难了。"

我问："这比赛，哪家电视台办的？"

她说了一家电视台，正好是我做编辑的那家。而那个街舞大赛的筹委会正好在我所在的节目组隔壁，我总能看见一群行动缓慢的胖子在那儿复印照片，打印文件，打电话订盒饭。其中一个胖子总和我探讨阿尔·帕西诺和罗伯特·德尼罗谁是好莱坞最性感的老头儿。我告诉小女孩儿，他们比赛的事儿，我可以帮上忙。我给爱好好莱坞电影的胖子打了个电话，告诉了他小女孩儿他们的身份证号码。

"预赛归我管，通过没问题，复赛以后是舞蹈学院的专家负责，那时候就只能听天由命了。"

"没事儿，过一关是一关。"我说。然后我只能承认，罗伯特·德尼罗比阿尔·帕西诺更抢眼一点，因为他个头儿高。

小女孩儿兴奋地抱住我的胳膊："谢谢大哥。"

"别客气，这都是大哥应该做的。"我舒坦地笑着。这时候螃蟹男和小哑巴他们已经停止练习，跑到篮球场上去打篮球了。他们的超大款队服晃晃荡荡，他们的复古耐克鞋吱吱作响。我和小女孩儿也跑过去，跟他们一起投篮。螃蟹男和小哑巴也认出了我，浑身是汗地过来打招呼。我们一个接一个地在两分线附近投篮，螃蟹男没法直视，只能侧着往篮圈里扔，小哑巴则是个运动健将，投篮姿势标准，命中率极高。我在高中和大学低年级的时候，还是一把好手，但现在明显两臂无力，经常投得像肾虚患者的小便一样。小女孩叼着烟，冷漠地用两手把篮球往圈里扔，大多数都没有投到。

螃蟹男一边忙不迭地抢球，一边和其他两个孩子争论，到底是科比·布赖恩特的技术好，还是文森·卡特更出色：

"丫卡特就是一农民，仗着跳得高，在人家脑袋上乱扣，其实技术特次。"

"科比关键时刻老犯晕，浪费机会，没有奥尼尔，丫什么都不行。"

他们争论了一会儿，还不忘对我表示尊敬："大哥你说呢，你支持谁？"

几年前，我也热衷于收看 NBA 篮球比赛，但后来自己不打篮球了，就没原来那么爱看了。科比·布赖恩特和文森·卡特这些年轻球员，我只会偶尔在运动鞋柜台前看到他们的广告，至于比赛基本上没看过。我愣了愣，回想自己很久以前看过的比赛，最后说：

"迈克尔·乔丹，我还是觉得乔丹最好。"

小青年们大失所望："操，乔丹都是什么年代的人了，现在都四十了吧？跳都跳不起来，退役好几年了。"

我说："我就看过乔丹的比赛。"

小青年们说："您不知道江湖后浪推前浪啊？"

我说："后来的人我都不认识了。"

不过小青年们还是很给我面子，螃蟹男做出公允的样子说："不过得承认，乔丹还是历史上最好的得分后卫。"

我说："就是，那时候我们宿舍都挂着乔丹的海报。"

小青年们又兴奋起来，纷纷表示，他们也看过乔丹的精彩片断录像，一边说，一边模仿起乔丹空中换手上篮和后仰跳投篮。

玩儿了一会儿，大家决定分拨儿打三对三斗牛比赛。我和螃蟹男、小女孩儿一拨儿，小哑巴和另外两个黄头发的小青年一拨儿。打起来之后，我才发现小女孩儿和螃蟹男完全是毫无用处的队友，他们只会乱叫着挥舞胳膊，小女孩儿叼着香烟，不停地尖叫，虚张声势，总是被晃得团团转。好在另外两个黄头发的小青年也是半瓶子逛荡，只能煞有介事地运球，投篮并不准。比赛很快变成了我和小哑巴之间的竞争。小哑巴确实是个高手，他速度比我上高中时还快，跳得比我高很多，频频在我上方出手。但我这种年纪的人，多半会变成所谓的老球痞子，跑不快跳不高，却能适当地拱一下对手，用有犯规嫌疑的动作阻止对方的进攻。还好小哑巴是个脾气很好的人，对于我的小动作也不生气，只会尽量用更快的速度摆脱我。而熟悉了球性以后，我的拿手好戏三分球发挥了作用，就像临近退役的乔丹一样，能够用远投命中率弥补身体的乏力。虽然时准时不准，但我还是接二连三地投中三分球，尤其在零度角尤其准确。每投进一个，小青年们都会大叫：

"老乔丹发飙啦！"

大家叫我老乔丹，这让我既得意又悲情。乔丹退役以后，变成了一个穿西服、打高尔夫球的典型美国阔佬，和下一代年轻人的爱好格格不入。老乔丹又投中了三分球，老乔丹再过两年，就不用穿运动鞋啦。

而我躲在三分线外放冷箭的策略让小哑巴很不满意，他欧巴欧巴，示意我三对三老远投就不好玩了。这时候老乔丹感到年轻球员在蔑视他了，他们认为他不是飞人了。于是老乔丹趁小哑巴一不留神，突然切入内线，使尽全身力气，回忆起在高中篮球场上的英姿，愤然跳起。我自己都吃惊于能跳这么高，自打上大学以后就没跳得这么高过，手举起来，简直都能摸到篮圈了。小哑巴赶紧也跳起来防守我，不过他跳得比我慢，让我还有机会空中换手、收腹再展开，做了一个香港解说员所谓的"拉杆"动作，几乎把腰都闪了，最后还是在他的指尖上方将球投进了。

这种感觉真是爽歪歪，我又体验到了当年第一次摸到篮圈时的兴奋。我的耳边呼呼作响，全身过电，嘴巴张开大喊："哦哦哦！"

但是落地的时候，我却听到咔嚓一声，心想，坏了。一看脚下，果然坏了，我一脚踩在小哑巴的脚面上了，右脚向里折了进去。还没感到痛，我的腿已经软了，等到感到痛，我已经一屁股坐到地上了。

"快脱鞋快脱鞋！"螃蟹男经验丰富地扶着我说，"踩在别人脚上最容易崴了，你还没穿球鞋。"

我赶紧脱了鞋，不敢让自己的伤脚活动。螃蟹男继续兴奋地指挥："买俩冰棍买俩冰棍。"

小哑巴像赛跑一样往院儿门口的小卖部跑去。我挣扎着想站起来，小女孩儿过来扶着我的肩膀，把我的胳膊放在她的肩上。

"我沉吧？"我疼得哽着嗓子说。

小女孩儿低头扛着我："我连冰箱都扛得动。"

"你没事儿扛什么冰箱啊？"

"以前自己在外面住过。"

我踮着脚，跳跃着来到"团结紧张，严肃活泼"下面。小女孩儿自己先坐下，然后把我扶到台阶上。我试着活动了一下脚踝，立刻疼得钻心，但看样子没有骨折，这才放下心来，跟小女孩儿继续聊天。

"干吗自己在外面住？"

"你不也在外面住吗？"

"我都上大学了。"

"我男朋友也是大学生。"

"这么迫不及待？"

"是时不我待。"小女孩浅笑了一下说，"他是加拿大人，在中国交流一年，然后就没机会来了。我想，以后我就算出国也不去加拿大，这段感情只有一年的期限，到时候就玩儿完——所以就住到一块儿了。"

"住到他回国，然后就分手？"

"已经分了，大家相处愉快，毫无怨言。他们家在那边也是底层社会，他也找不着什么差事干，肯定会变成一个开二手雪佛兰、吃超大号汉堡包、买特大桶可乐的白种胖子。那时候我肯定就不爱他了，还不如抓住现在尽情享受呢，到分的时候谁也别想不开，各走各的。"

"你当初爱上他哪儿了？"

"他有一身像艾米纳姆一样的刺青。"

"就这么简单？"

"也是一原因。"

我笑着点起烟，递给小女孩一支。越战电影里，受伤的美国大兵躺在泥塘里的第一件事就是抽烟。我接着跟她聊天。

"你的爱情观倒挺有意思。"

"反正是宿命难抗，顺其自然吧。"

"除了这个国际无产阶级，你还有别的男朋友吗？"

"宿命难抗的多了。所谓宿命难抗，就是看上了就好了，吵一次架、忽然没感觉或者暑假没一起旅游，都可以告吹。"

"有那么多男朋友，你就不怕怀孕吗？"

小女孩从屁兜里摸出一个避孕套来，纯真地笑了："我随身带着。而且我会对他们讲：要么戴套，要么结扎，选吧。"

我被逗得乱笑起来。这么多年，我都没有和这种一派天真、纯洁烂漫的女孩儿交往过。我畅快地抽着烟，感到自己变成了一个看日本漫画、听 hip-hop 音乐长大的美好少年——出生在 1985 年以后，对二十年以来的变化毫无沧桑之感。

小女孩忽然低下头，抽了一口烟，然后慢慢地喷到我的伤脚上。我感到脚上一阵清凉，好像秋天的风裹着荒草味儿在脚边吹拂。我看着她细致的发梢和耳垂，它们在球场灯光下几近于半透明。

我问她："你的男朋友也帮你扎过辫子吗？"

小女孩儿指指自己的红头发："只扎过这种颜色的，你上大学以后，我就染成这种颜色的了。"

这时候小哑巴捧着一大堆冰棍跑过来，螃蟹男停止了扔篮球，拿出两根对我说："敷在脚上，这样可以防止毛细血管破裂，否则就要肿了。"

我看看自己的伤脚："已经肿了。"

大家低头，啧啧赞叹我馒头一样的脚踝。螃蟹男说："还是敷着吧，对消肿有好处。"

然后大家拆开红豆口味的冰棍吃起来。我一边吃冰棍，一边看着球场上空的探照灯。小哑巴又跑到草坪里去捉虫子了，螃蟹男首先吃完，然后站起来说："我要练习走路了。"

他说着，慢慢地向前迈腿，试图直着走路。一边走，一边对我解释要领："学会用余光就行了。我现在每天走二十步，明年就能变成正常人了。"

但我用余光看到球场上多了几个人，他们围住那两个仍然在扔篮球的黄头发孩子说了几句话。我还以为他们认识呢，没想到那几个人向我们走过来。

为首的一个十七八岁的戴耳环的孩子对小女孩儿说："你过来一下。"

小女孩儿头也不抬地说："干吗？"

戴耳环的孩子说："没事儿，就是过来聊聊。"

小女孩儿耸耸肩，叼着烟，低着头往院儿门口走去。那几个孩子都穿着紧身背心，夏天还蹬着靴子，不停地玩儿着 zippo 打火机。螃蟹男看到他们好像很紧张，偷偷对我说："他们是太平路中学的。"

在我上中学的时候，太平路中学就是一所有名的流氓学校，那儿的学生都是附近工厂的孩子，经常跟我们这些大院儿子弟打架。我抬头对小女孩儿说："别去了，咱们还没聊完呢。"

戴耳环的孩子回头狠狠盯了我一眼，我眯着眼睛对他吹了口气，他又露出委屈的神色。小女孩儿轻快地跑回我身边说："没事儿，这孩子非想认识我，跟了我半个月了。"她说完又抽着烟向门口走去。

我看着他们越走越远，在门外的灯光下站住，高高低低地说话，好像在讨论严肃的问题。戴耳环的孩子不停地做着手势，借以增强表达效果，而小女孩儿歪着头抽着烟，即使离得这么远，我也知道她没有表情。

一会儿，小女孩儿忽然低着头往回走，那孩子猛地拽住她的胳膊，把她迅速拉了回去。小女孩儿好像没事儿一样又往回走，再次被拉回去。但拉回去以后，那孩子什么话也不说，只是紧紧盯住小女孩儿的脸。

这时螃蟹男说："我操。"他横着飞快地走过去，扎到院儿门口的人堆里，还没说话，就被其中一个孩子使了绊儿，摔倒在地。

小哑巴立刻嗷嗷叫着冲上去，嘴角还挂着两只昆虫翅膀。他身高体壮，很快按倒了对方两个人，但又随即被更多人按倒，戴耳环的孩子指挥众人，把他紧紧压在身下。小哑巴刚开始还在乱踢乱踹，无奈对方好几双手一起打他，渐渐就变得只能招架，没有还手之力了。

而在打斗的过程中，小女孩儿一直抽着烟，冷漠地看着，好像被按住的不是自己的弟弟一样。

我扭过头去找篮球场上的另外两个黄头发孩子，但却发现五年以前的一幕再现了：那两个孩子早已跑得无影无踪了。

无奈之下，我只能站起来，一瘸一晃地向院儿门口走去，就像那时候我硬着头皮走向鲁泡儿的家门一样。脚上刚刚被冰棍敷过，疼得更清楚了，但我不想让他们看到我像打桩机一样跳着过去，便忍着疼，尽量走得平稳一点，瘸得有尊严一点。

那些孩子甚至没有看到我走过来，他们只顾着踢打地上的螃蟹男和小哑巴，戴耳环的孩子尤其投入，简直是怕一旦停止打斗就要面对失恋的悲伤。

我悄无声息地瘸到他们身后，对他们说："哎，停一会儿。"

他们听到了我的声音，但不知为什么无动于衷，于是我只好弯下腰，揪住最长的头发，奋力向上提。被我揪的孩子却还没察觉，直到刺啦一声，头发扯掉了一大把，他才嗷嗷乱叫地扭过头来。

"我说停手。"我说。

那些孩子立刻站起来，在我面前拉开架势。戴耳环的孩子龇牙咧嘴地说："你丫找死呢？"

我飞快地抽了他一个嘴巴："我找死，你给得了么？"

他立刻想冲上来，我又抽了他一个嘴巴，把他打蒙了。我伤了一只脚，假如跟他交上手，毫无疑问会被立刻掀翻在地，但这时候想跑也跑不了了。好在其他几个孩子偷偷拉住了他的胳膊，冲他努努嘴，示意他，我是一个年纪比他们大得多的人。

戴耳环的孩子斜着脸跟我照眼："这儿有你什么事儿啊？"

我说："我没事儿找事儿。"

戴耳环的孩子说："你想干吗呀？"

"不想干吗。"我说着指指自己，"你知道我是谁吗？"

戴耳环的孩子挤出一个笑容说："我他妈知道你是谁？"

我又做出抽他嘴巴的姿势，他反射性地捂着脸退后闪开。我再次问他："知道我是谁？"

戴耳环的孩子分明先软了："你是谁呀？掺和我们的事儿干吗？"

我说："算啦，你们知道我是谁也没用，赶紧滚吧。"

然后我就不看他们了，转身对螃蟹男和小哑巴说："没事儿吧？"

螃蟹男光荣地跳起来，抹着嘴角的血说："大哥，捶他们丫的。"

我说："捶他们干吗呀，可别惹事儿。"

戴耳环的孩子尴尬地站在旁边，忽然大声对我说："你知道我大哥是谁吗？"

我说："那你说，你大哥是谁？"

戴耳环的孩子响亮地说："我大哥是开茶馆的张磊。"

嘿嘿，我一听就笑了。张磊这个家伙真是太空虚啦，他一边信誓旦旦地要当个民营企业家，一边却还忘不了给傻孩子当大哥，当年没当成流氓一定是他最大的遗憾，所以这时候还想过把瘾。我说："就是有一辆破别克的那个张磊？"

戴耳环的孩子中气登时虚了："我大哥一个电话，就能叫来一车人。"

"他那车也就能带来三四个人。"我说，"那你现在就给你大哥打个电话吧。"

戴耳环的孩子彻底害怕了，躲着我的眼神。我催促他："快打呀，快打呀。"

戴耳环的孩子犹犹豫豫地拿出手机，拨通了一个号码，我伸出手去，他立刻把电话交给了我。电话里传出张磊的声音："又他妈在哪儿犯事儿了？"

我说："张磊，你都当大哥啦。"

张磊愣了一下，才反应出是我："我操，我操，你回来也不告诉我一声。"

我说："你什么时候当大哥的？"

张磊说："你别开玩笑啦，咱们都这么大岁数了——"

我说："你也知道你都二十多了，你说你多扯蛋吧。"

张磊说："这不是你们都不在么，我没事儿的时候玩儿什么啊？"

我说："得了得了。现在买卖怎么样？"

张磊说："还凑合，就是还不专业。你认识懂功夫茶的人么？电视台那个茶道节目的顾问什么的，约他吃顿饭。"

我说："先别说这个啦，你的兄弟要捶我呢。"

张磊说："你就别笑话我啦，我跟他说吧。"

戴耳环的孩子接过电话，张磊立刻在电话里吼起来："你瞎了眼啦？自己剁两手指头再回来见我。"

戴耳环的孩子立刻傻了眼，在这些兄弟中间，张磊一定把自己塑造成了一个强奸拐卖走私贩毒无所不为的老流氓，弄不好还会雇一个老年民工冒充亲爹打给他们看呢——他所用的一定是大皮鞋。我含笑看着戴耳环的孩子，他的脑门上都流汗了，结结巴巴地说："大哥，大哥。"

而我说的话连自己都觉得可笑，我发现我不一定有资格讽刺张磊无聊："算啦算啦，你们都是小辈，不懂事儿也不奇怪嘛——反正我早就收山啦，你们也不用剁手指头了，留着摸鸡巴玩儿吧。"

说着我一瘸一拐地往操场走去，螃蟹男和小哑巴赶紧跟过来。小女孩儿抿着嘴和我交换了个眼神，我朝她撇撇嘴。她又用肩膀顶着我，帮我走稳一点儿。她的红头发在我脸旁飘动，刮得我微笑不止。

"这孩子是有点儿傻。"我对她说。

"不过也挺好玩儿的，谁知道又是不是一个宿命难抗呢。"她朝我瞥过来一个青春洋溢的笑意。

而那些被我们抛在身后的孩子一直大气都不敢出，我都走出挺远了，才听见一个孩子说："这不会就是传说中的那个鲁泡儿吧？"

小女孩儿他们轮换搀着我，陪我到家门口拿了包，又把我扶到院儿门口。我伸手拦了一辆出租车，小心翼翼地坐了进去。小女孩儿、螃蟹男和小哑巴在外面对我挥手。

"什么时候还回来？"小女孩儿抽着烟问我，眼睛弯成月牙状。

"你出国以前。"我说。

螃蟹男侧着身，左右眼轮流看着我说："谢谢大哥。"

我说："你客气啦。"

小女孩儿清纯亮丽，好像从来没有过冷漠的表情一般笑着，她从打开的车窗里把嘴里的烟递给我，我接过，放在嘴里抽了一口。

她说："再见。"

我也说："再见。"

车子飞快地开动了，我抽着小女孩儿给的烟，看着烟雾缭绕盘旋，仿佛时光在手指上方徘徊。我感到自己事隔五年，终于超越了一个流氓的境界，这个感觉将让我在充满幽默感的世界中无所畏惧。

乌龟咬老鼠

报社忽然停电的时候，小马正坐在电脑前面看着一叠《北京青年报》。他来这家地方报纸实习已经有三个多月了，到目前为止，他的工作就是看报纸，一天要连着看十几份，再把那些新闻逐条记录下来，交给一个版面编辑写成新闻综述。毫无疑问，这是一个让人哈欠连天的工作，也让这个年轻人落下了某种小小的职业病：就是在半睡半醒之间，会有一线口水不知不觉地从牙缝里爬出来，啪嗒一声落在某张著名的脸上。为了不被人发觉，小马在很多天里一直坚持带着口罩上班，然而戴上了口罩，口水偏偏又没有了。这倒是很像他在排泄方面的习惯：每天早上使劲挤，也挤不出来，但却总在没有厕所的地方急得要命。常年以来，小马一直在和自己任性的肛门斗争着，非但丝毫不见成效，如今战线又进一步转移到了嘴上。在这场斗争中，小马已经绝望地承认了失败。今天索性把口罩也摘了下来。所以当女记者陈兰婷朝小马走过来的时候，正看到他的嘴里慢悠悠地拉出了一根银丝，在阳光里忽明忽暗地摇摆着。停电的那一刹那，小马猛一抬头，那道柔和的银光准确地甩到了报纸上。

小马听到高跟鞋的声音，完全顾不上自己，而是先替报纸上的某个斯文的中年人擦嘴。但结果只能是欲盖弥彰，新鲜出炉的报纸油墨未干，三下两下，那人被抹成了一个张飞，又抹了两下，干脆变成了一团裹着汉字的烂泥。小马窘迫地用手搓着那摊泥，可是陈兰婷却像没事人一样，拍了拍小马的肩膀说：

今天早上我起床，一看我们家乌龟，你猜怎么了？

小马抬起头来，这才发现办公室里一片昏暗，只剩下他们两个人。其他人大部分在外面采访，还有一些已经趁乱跑回家去了。陈兰婷好像刚写完稿子，迫切地想找一个人来说点废话，对于这种女人来说，无论什么样的听众实际上都是摆设，只要能让她的嘴有个理由不停地说说说——就足够了。但是对于小马来说，这实在是一个难得的机会，他今年只有二十一岁，却对所有三十上下的女人跃跃欲试。陈兰婷已经拉过一把椅子，挨着小马坐下来。她有一张和Ａ４打印纸一样平坦、宽阔的脸庞，但身体却呈现了与之相反的立体感。她的两个乳房突兀地悬在桌面上空，好像一对在槽上耳鬓厮磨的马头。小马立刻注意到了它们，他的身体也渐渐呼应了一个相得益彰的突起。他连忙把报纸放在腿上，这样看起来，报纸就好像是被他的那玩意儿给顶漏了。

看到小马愣神，陈兰婷一把把报纸夺过来，放在桌上说：小孩儿，跟你说话呢，听见没有啊？

听见了。你们家的乌龟对吧？

对对，陈兰婷兴致勃勃地说。她一高兴，就会把手指放到舌头上舔一下，然后来回乱晃，好像在空气里作画。这个动作给小马的刺激更大了，那个没见过世面的东西岂止是蛙怒，简直要像青蛙一样跳出来，不巧今天他又穿了一条宽松的棉布裤子，所以需要身体前探，两腿夹紧才能掩饰住。幸亏这时候热线电话响了，他马上跳起来，在空中抖落了两下，去接电话。他接电话的时候背对着陈兰婷，右手不知不觉就在裤兜里握住了那根东西。我的妈呀，从远处看不出来，陈兰婷还这么有性感，如果她走在街上，势必像一个阅兵式上的领导人，身边是齐刷刷一片林立的大枪，所有的男同志都在对她行着持枪礼。

小马这样想着，同时听到电话里一个男人悲愤的吼叫声：你们这儿是不是《都市晚报》？

对，对。您要反映什么事儿？小马回头看了一眼，陈兰婷的表情显然很不耐烦，她把手放在脖子上摸来摸去。

我让人打了你们管不管？

小马用手指把那东西偷偷按下去，但它马上不屈地弹了上来。他决定赶快打发掉这个热线，就说：您快点说，我记着呢。

那边说：我就是问你，我让人打了你们管不管？

管，当然管。您说吧。

管就行，那不多说了，你们快点儿派个记者来吧，我在紫竹桥呢。

小马无奈地说：您也得说，为什么让人打了，让谁打了，在哪儿打的，用什么打的啊，我们总不能稀里糊涂就派人过去吧。但是他马上意识到，如果对方一样一样地叙述一遍，会拖延更多的时间。每个举报者都是不厌其烦。于是他把右手抽出来，重复了一次按的动作，只不过这回按的是电话。

小马回到他的座位上，跷起了二郎腿，那个东西被重重地压在下面，却不自量力地想要把大腿也撑开。不要急，不要急，我们要等待时机。小马像给战士做工作的指导员一样轻轻安抚着它，同时对陈兰婷说：

接着说，你们家的乌龟怎么了？

陈兰婷微微闭上了眼睛，但又没有闭牢，能看见里面的白眼球。

这真像一个接吻时的表情。但她实际上是因为被打断了兴致，需要重新酝酿一下。她很快再次欢欣鼓舞，兴奋、飞快地把乌龟的话题进行了下去：

话说今天早上她一个人醒来（很可疑），忽闻厨房有窸窣的响声，过去看时，却见到了奇特的景象。原来陈兰婷养有一只巴西龟，是她丈夫出国之后买的，此龟平时盘踞在水池的一角，与世无争，今天却不知怎地，来了两只老鼠咬它。再说那两只老鼠，一身灰毛，两眼如豆，一人叼住乌龟的一条后腿，拼命地向后拉，仿佛要把乌龟从壳里面搜出来。那乌龟脖子伸得长长的，两只前爪死命拉住水池的边缘，宁死不屈地摆动着脑袋。陈兰婷说，她本来对老鼠这种动物害怕得要命，但是现在被它们的流氓行径激怒了：怎么能活脱脱地扒乌龟的衣服呢？于是她就拿起一支筷子，对着老鼠的脑袋"噗噗"地戳了两下。老鼠大骇，好像两个灰色的乒乓球一样蹦蹦跳跳地滚下地，转眼不知所终。

讲完问小马：你说神不神？你说老鼠为什么想咬我们家的乌龟呢？小马眨巴了半天眼睛才挤出一句话：谁知道啊。这显然不是他关心的问题。小马疑心的是，作为一个暂时单身、胸部和钱包一样丰满的女人，陈兰婷可以养猫、养狗，养什么不好啊，为什么要养一只乌龟呢？众所周知，陈兰婷几年前嫁给了一个麻省理工毕业、常年住在美国的软件工程师，而且她没过两年就用行动让那个倒霉蛋做了乌龟（确切地讲是一只海龟）。所以说陈兰婷选择乌龟作为她的宠物，实在是一个绝妙的象征。这个想法让他对乌龟的问题充满了激情，但在他还想说些什么的时候，热线电话忽然又响了起来。

刚才那个男人气势汹汹地问：电话怎么就断了？

不知道。小马赖不唧唧地说：您问电话局去。

算了，不跟他们计较了。那边宽宏大量地说，马上又接着吼叫起来：你们记者来没来啊？你们到底派不派人来啊？

小马说：关键我们还不清楚是怎么回事儿呢，我们也有我们的纪律对吧，得先把您的事儿记下来，再跟领导汇报，领导批准了才能采访去呢。

那得什么时候啊？

三天之内跟您联系。

三天？别他妈逗了。那个男人嘶哑地说：你跟你们领导说，我这是特殊情况，因为我正在跟踪打我的那俩孙子呢，你们一来，肯定逮个正着。

小马又看了看陈兰婷，她已经有些恼怒了，把手放在锁骨上不停地搓着。于是他飞快地说：那就更难办了，我劝您这事儿还是先找警察局去吧，我们是新闻单位，只能做报道，不能执法，警察才能抓人呢。您听明白了吧？我们这儿热线忙。他说完就再次挂了电话。在放下话筒的那一刻，那个男人像坠入悬崖一般号叫着：

我可是见义勇为才——

在刚才短短的时间里，小马已经暗自打好了一个腹稿，他对陈兰婷说：老鼠咬乌龟，这倒是一个闻所未闻的故事，但我们可以尝试某些更加艺术的方法，把这个故事讲得更有情趣。

陈兰婷不解：何谓更加艺术的方法呢？

这就是小马的特长了。他实际是在提醒陈兰婷，自己是一个名牌大学中文系的学生，并不应该坐在这个无聊的办公室里。他说，如果故事让他来讲，他会采用《聊斋》的笔法：

有女兰婷，夜宿庵中。夜来风动，门外犬吠，隐有人声。出视之，见二贼人，着青衣，强拉一女尼欲狎之。兰婷怒，大喝，贼人遁走，转不复见。次日呼村人来，问尼。尼反曰：何有此事！疑为南柯一梦。复见檐下一龟，长不过寸耳，周边爪痕零乱，又有灰毛，以之告尼。尼笑曰：娘子见者莫非此物乎？龟亦灵物也，求救娘子，此有缘也。视其龟，颔首再三，似拜谢。兰婷遂挟之归，号为"龟奴"，后其家富贵，三年巨万，肥马轻裘，生二子，皆中举人。及兰婷死，龟亦不知所终。

很遗憾，陈兰婷听完之后皱起了眉头。小马有些后悔，看来这个卖弄有点晦涩，对方根本没有听懂。但陈兰婷却非常认真地说：你认为我说的事情是编的么？你得清楚，我并不是在讲故事。所以我不需要什么笔法，更不需要半文言。

小马有些负气地说：难道不是编的么？哪里会有老鼠咬乌龟的事情？

陈兰婷一字一顿地说：为什么不会有呢？我说的就是亲眼所见。再说我哪有那么无聊，编造这样的故事说给别人听。

小马知道争执下去是没有意义的,他承认说：好好，就算是真的。

陈兰婷还想再说，但电话又不屈不挠地响起来了。这一次那个男人已经有些神经质了：

不行，这回你们必须得来。

小马已经烦躁了起来,他粗声粗气地说：我们凭什么必须得去？

那边理直气壮地说：你们是不是人民的报社？

这个说法几乎让小马笑了出来。他重新耐下性子解释说，我们当然是人民的报社，所以我们也在尽力地反映人民的生活。关键是反映哪一部分人民的生活，才能让所有的人民都喜闻乐见呢？从这个要求出发，我们显然需要反映比较美好的，大家都在向往的那种生活。这一部分人代表了绝大多数人对未来的希望么。他一边说一边想，如果这样，我们最好直接反映美国人民的生活。

那个男人郑重地说：难道人民不需要伸张正义么？

需要,需要,可您不是已经伸张了么？就不需要我们再伸张了吧？

我伸张完正义，就让人打啦。

没跟您说，那就找警察去么？他们也是人民的。

那个男人绝望地说：我哪儿敢找警察啊？

你为什么不敢找警察？该不会打你那俩人是见义勇为吧？那我们更帮不了你了。

当然是我见义勇为！那边斩钉截铁地说：可我就是没法找警察，我也有我的苦衷，找警察我得不偿失。想来想去，也就你们能帮我了。你相信我，我要不是真没辙了也不会麻烦你们。我觉得我这事儿也挺有报道价值的，而且现在离你们报社特近，我都跟到公主坟了，快来——

这时小马看到一只手从他的腿旁伸过去，清脆地把电话给挂了。他甚至产生了瞬间的幻觉，认为那只手正冲着他的那玩意儿抓过去。但陈兰婷马上把手缩回去，翻着白眼说：甭搭理他，现在有病的人多了。

是有病。小马咽着口水说。突然之间，他想到了一个话题：你们家怎么会有老鼠呢？

众所周知，那只海龟给陈兰婷留下了一套外销公寓，里面有德国木地板、美国整体卫浴和全套日本电器，那种地方怎么会出现中国老鼠呢？

可陈兰婷却也尖叫了起来，好像她也刚发现这个事实：啊呀，我们家居然有老鼠了！现在小马已经有信心确定了：她是真的在装傻，话中之意，不言而喻。他马上说：

没关系，我们可以到外面买一些老鼠药。我还可以到你家里去，帮你把药放上。

当他们一拍即合地站起来，办公室里所有的灯也像揭开谜底一般全亮了。灯光让小马的眼睛稍微有点不适应，但他更担心陈兰婷会把黑暗之中说的话当成玩笑。他飞快地穿上外套，背上书包，先走了两步，再回过头来敦促地看着陈兰婷。这时候陈兰婷果然矜持了起来，但她还是跟在小马后面出了办公室。总的来说，这是一次非常美妙的停电，甚至在小马刚刚开始的一生中都起着举足轻重的作用。小马又一次用手背蹭了蹭那东西，它的前途也明朗了起来：就像一只可爱的小老鼠，正在兴高采烈、无怨无悔地奔向老鼠夹子。这难道不是小老鼠应有的宿命么？

他们来到楼道里，小马像一个酒店服务员一样弯腰侧对着陈兰婷，殷勤地按下了电梯按钮。但对方的表情却很自然，他找了很久都没有找到那丝理应藏在嘴角的微笑。看着那张光洁、僵硬得像釉质瓷器的脸，小马又心虚了起来。他是不是过于乐观了呢？这样的事情是他一直盼望的，但还从没经历过。在他脑海里预演过的无数次情景都不能作为实际的指导。既然是摸着石头过河，那么我们能不能先摸那么一小下呢？令他悲哀的是，自己连这个勇气也不具备。

他们走进电梯，里面仍然只有他们两个人。如果要试探一下，再也不会有更好的机会了。而且这实在大有必要：如果证实了自己判断失误的话，那么又何必到陈兰婷的家里充当一个义务劳动者呢？他尚可全身而退，去找上个月认识的那个大一小师妹从人生开始谈起。

陈兰婷挺立在电梯的一角。如果真的要试一下，又应该从哪里着手呢？首选目标当然是她身上最醒目的那一对建筑物。阿拉伯人就是这样做的，那么陈兰婷会不会同样将这个举动视为一次恐怖主义袭击呢？我们还是不要太冒险，任何事情都不是一蹴而就的。小马斜视着陈兰婷，一边察言观色，一面把手悄悄地向她的手伸了过去——中途停顿了一下——接着又悲壮地前进。

这时候电梯里忽然一片漆黑，紧跟着脚下疯狂地颤动了两下。

一定是电路又出了故障。他们两个人在头顶上嘎嘎的巨响声中都忘记了尖叫，直到电梯在某两层楼的中间定住了，陈兰婷才长叹一声：

我的妈呀！

小马贴着墙根摸索了半天，抓起了紧急电话，但是拨了几遍都是忙音。看来他们被暂时遗忘在这里了。他索性伸着两只手，慢慢地向陈兰婷所在的角落摸索过去。这个时候摸到哪里都情有可原。然而他一摸之下却扑了个空，随即感到那两个高耸的建筑物主动撞上了他的胸口，右手也被对方熟练地抓住，武断地、不容争论地被拖向一个更加隐秘的所在。陈兰婷好像压抑了很久一样，肆无忌惮地长吁短叹了起来。小马感到一股热流正在全方位地向自己挤压过来，他的身体之中也相应地涌动出某种液态的力量，好像被放进暖水瓶的温度计一样飞快地飙升。他没有找到地方，却已经像上了发条一样乱动了起来。陈兰婷非常不耐烦地纠正着他：不对，不对！他顺从着她，驾驭着自己的激动，却反而想要纠正一下对方：实际的情况哪里是老鼠在咬乌龟呢？老鼠只是一个懦弱的小动物，想要欠招一下，却被乌龟一口咬住，囫囵拖进了那个既坚硬又柔软、既干热又潮湿的小壳儿里，每一次奋力地脱身，又被对方一把拉了进去。

而早在一个小时之前，另外一个故事就已经在我们的城市里蓄势待发了。当小马刚刚翻开一叠《北京青年报》，准备流下第一道口水的时候，在他脚下大约三十米的距离，两个男人正在大摇大摆地走出报社的正门。他们目光如炬，带着对新闻的敏感性和对生活的攫取欲东闻西嗅，表情恰似两只身强力壮的大老鼠，只不过一只主要由肥肉构成，另一只则肌肉多一些。肌肉多一些的老鼠积极地跑到路边，向路上的出租车挥舞着手臂，但是主要由肥肉构成的老鼠粗声粗气地对他说：还是打黑车吧，我们只有五十块钱的交通费。

由于这个限制，连续过来的三辆车他们都没有坐上去。当最后一个司机骂骂咧咧地开走以后，肌肉老鼠提议往前走两步，到黑车扎堆的那个路口看看。肥肉老鼠显然不愿意走路，但也没有办法，只好活动起短小的四肢跟在同伴的后面。没走多远，他们忽然看到一辆满身泥土的夏利车停在报社侧面的拐角，一个瘦骨嶙峋的脑袋牵引着长长的脖子，正从车窗里探出来，向上张望，那样子就像一只坐井观天的乌龟。两只老鼠好像生怕它跑掉一样，大声喊叫着跑过去。还是肌肉老鼠第一个赶到，他喜悦地拍着乌龟壳，找了个缝儿，把它拉开。但是龟壳不是肉长的，所以那个司机根本没有感觉到，他还在张望着挂在报社主楼上的巨幅广告：《都市晚报》，想说就说，你说我做，热线电话＊＊＊＊＊＊＊。

肥肉老鼠也钻进车厢的时候，司机才转过头去：到哪儿？

郑常庄。

郑常庄大了，到底哪儿？

到地儿我们给你指——来回五十啊多了没有。

司机没再说什么，就开车了。两只老鼠先看了看司机，确定对方没有注意到他们，就打开一个人造革挎包，在里面乱翻乱找起来。这个采访任务是突然派下来的，他们的偷拍机、摄像带还没有装好。现在报社的采访手段很先进，大量使用针孔偷拍机，拍下来的带子既能截出照片，又能当成素材卖给电视台。

老鼠们还需要商量一下行动计划，但为了不让前面的司机听到，所以很小声，好像在吱吱叫：

那只鸡叫什么来着？

谁知道。江湖人称龅牙梅吧。

对对，大龅牙。她真是五十块钱一次啊？也太便宜了吧。

怎么着，你是不是来劲了？

去你大爷的吧，五十块钱一次啊，那得长成什么操性啊？得跟扫地那大婶子似的吧。

甭管人家丑不丑，那不是便宜么。再说了，关了灯还不一样，有眼儿吧？有眼儿就是好窝头。

窝头还分棒子面栗子面呢。你说小陈那样的要是干这个得多少钱？怎么着也得五百吧？

你也太高估她了。在三里屯那样儿的顶多三百。不过话说回来，人家小陈是义务的，她也急我也急，互相帮助呗。老说钱不钱的就见外了吧。

说的那么牛逼，就跟你真搞过一样。我还不知道你，你也就配对着我口淫，还有给你老婆口交。

听到这话，肌肉老鼠高深莫测地笑了起来：这你就不知道了吧，你不知道的事儿多着呢。你也不想想，我为什么要给我老婆口交啊？要是回去还有劲儿，我还用什么嘴啊？

两只老鼠在后座上吱吱笑了起来。老鼠笑的时候是这样的：后肢离开地面，欢快地乱蹬着，两只前爪不停地挠着毛茸茸的肚子，同时龇出一对明亮的大门牙，下巴晃动个不停。他们发出的声音让司机感到很刺耳，皮肤上浮起了一大片鸡皮疙瘩。司机又一次愤愤地问道：

到底是郑常庄哪儿啊？就要拐弯了。

拐吧，就是这条街。肌肉老鼠又看了看肥肉老鼠：没错儿吧？

肥肉老鼠用门牙咬着玻璃窗，经过辨认之后说：打热线那个老太太说的就是这儿。他又吃力地往前伸着，把热气呼到司机的脖子上：慢点儿开，慢点儿开。

司机放慢了速度，经过每一幢房子前都问：是这儿么？

他问了四五声，却被肌肉老鼠呵斥：开你的车，哪儿那么多话啊。司机的胸口里立刻堵上了一团半固状的东西，让他几乎喘不过气来。真是两只蛮横的老鼠。他不出声地骂道：什么玩意儿。

不一会儿，出租车已经开到了这条窄街的另一头。司机回过头来问：到头儿了，是不是这儿啊？你们到底要去哪儿啊？

肥肉老鼠轻巧地挥了一下右爪：绕回去，再走一遍。

行，行，这回看准着点儿啊。司机赌气地踩了一脚油门，汽车好像跳远一样斜着猛蹿了一大步。这一下把两只老鼠颠得够呛，肌肉老鼠条件反射地抱紧了手上的人造革挎包儿，结果肩膀一下子撞到了同伴的肋骨上，他自己也被包儿里藏着的硬东西硌着了肚子。

你他妈怎么开车呢？不会开下去换我开。肥肉老鼠一边紧张地检查着包儿里的东西，一边大声说。

司机也不答话，只顾闷着头开车。有的人生气的时候就是这个样子，像乌龟一样缩在壳里，从洞口仇恨地看着外面。这个时候他的感觉会变得格外得灵敏，所以隐约听到两只老鼠正在交头接耳地说：

怎么碰上这么个司机，整个儿一傻屄。

这让司机气愤得更加不想说话了。他现在能想到利用的器官不是舌头，而是牙齿。他沉默地把车又绕回到刚才的那条路上，这一次开得更慢了。两只老鼠都趴到了车厢的一侧，肌肉老鼠的下巴搭在了肥肉老鼠的肩膀上，他们又开始吱吱，吱吱：

不会耍咱们呢吧？肯定没错吗？

应该不会，那老太太是居委会的。再说哪儿那么好找，她就躺马路上等着挨操啊？毕竟不是自动售货机。干这行的跟咱们一样，都讲究一个隐蔽性。上次那批发毛片的不也蹲了一下午才撞着吗？别急，别急，沉住气。

他们又把那条街检阅了一遍。街上共有四个小卖部，两家饭馆，一间小资产阶级酒吧，五六个痴呆地晒着太阳的老头子。没有他们想找的东西。但是老鼠的特长是什么呢？就是钻着洞，用两只前爪孜孜不倦地挖掘，挖掘着埋藏在乏味的生活中的刺激。然而乌龟却是一种充满惰性的动物，它觉得一切探险活动都是无聊和莫名其妙的。司机终于忍不住又说话了：

到底是哪儿？到底是哪儿？你们这耍人玩儿呢？

什么玩儿不玩儿的，你有那么好玩儿吗？玩儿谁我也犯不着玩儿你一开黑车的呀。甭废话啊，又不是不给你钱。

司机被逼进了更加咬牙切齿的沉默。他这次缓慢地、平稳地把车掉了个弯，又开回原路上。很遗憾，这一圈老鼠们仍然没有收获，他不得不一遍又一遍地绕下去。经过几个来回，司机心中的愤怒已经变成了悲哀，他想提醒一下老鼠们：他们需要的实际是一只戴着眼罩的推磨驴。

也不知道是第几圈儿了，肥肉老鼠终于"吱"地尖叫了一声：就是她！肌肉老鼠也附和着说：一看就是，一看就是！一家饭馆门里走出来一个穿红皮裙和黑高领衫的女人，正在漠然地对过往行人招摇着。肌肉老鼠品评了说：看那胸，看那胯，还挺不错的啊，怎么这么便宜呢？肥肉老鼠说：你看她那张脸吧，嘴闭着牙都能豁出来，还往前伸，跟两把铲子似的。除了大象和野猪，没有一种动物是这样儿的，要不人称龅牙梅呢。肌肉老鼠说：也不光是丑，主要还是因为有一种服务她提供不了，太容易受伤了。他们两个又吱吱地笑起来。距离渐渐近了，肥肉老鼠果断地对司机说：停车！

但是司机还没有愉快两秒钟，就又听见后面命令道：别走，在这儿等着。对于这个命令，肥肉老鼠悄悄对肌肉老鼠解释说：干这行的一般都有人罩着，一会儿万一冲上来几个糙老爷们儿，赶紧上车就跑。他又布置道：我下去，你在车上架好机子拍远景儿。

但是肌肉老鼠自告奋勇说：这次我下去吧，你在车上。

肥肉老鼠说：也对，这次是你比较擅长的题材。

肌肉老鼠笑嘻嘻地说：我嫖过，我嫖过，你满意了吧？他说着下了车，把挎包放在合适的角度上，肥肉老鼠也同样把他的挎包架在了车窗上，手伸进去捣鼓一会儿之后，挎包一个角儿对准了那个女人。

这个时候司机仍然没听清楚他们的对话。他很早就怀疑这两个家伙此行的目的，但他也很早就认识到，对一个小人物来说任何好奇心都是没有意义的，因为生活中的奇迹早已经消失了，甚至从没到来过。这也是乌龟中普遍的看法，基于这种看法他们养成了迟钝的、漠不关心的态度。与其说是他听不到两只老鼠的悄悄议论，倒不如说他根本没有想过去听。

肌肉老鼠已经走了过去，说起来这还是这个经验不太丰富的记者第一次冲锋陷阵，以至于他兴奋得大摇大摆起来，像一个大主顾光临了那个女人。但对于一个如此便宜的妓女，这样的气派又有什么意义呢？说明他要连嫖她十回？二十回？

他的派头让在车上压阵的肥肉老鼠也忍俊不禁地摇了摇头，而且他发现肌肉老鼠的手法太僵硬了，几乎把装着偷拍机的皮包举到了对方的脸上。只要碰上一个内行，马上就会穿帮的。但他也理解同伴幽默的用意：他似乎是想突出那排可怕的龅牙，以此提醒男同志们注意这种妓女身上最危险的地方。

此时那两个人已经在远处搭上了话，谈起了生意。肌肉老鼠对着那排丰硕的牙齿滔滔不绝地说着，说着，频率非常之快，表情眉飞色舞，这个状态一直持续了五六分钟。肥肉老鼠奇怪，他哪儿来那么多的话呢？冒充一个嫖客需要说这么多的话么？可以理解，他是为了偷拍到更多的镜头，但他没有意识到，这样做已经违反了那种事情的根本原则：从某种程度上来讲，妓女的存在，就是因为有的男人实在懒得用嘴来迂回和铺垫了，他们迫切地需要让下面那个东西直接解决问题。这正是肥肉老鼠所担心的，并且很不幸，他的担心变成了现实。妓女龅牙梅已经听得疲倦了，转而疑心重重地看着对方。当肌肉老鼠结束了自作聪明的长篇大论，提出到"地方"（龅牙梅提供廉价欢乐的场所）去"看一看"的时候，她却警觉地说：

算了。

什么？肌肉老鼠立刻着急起来。他不可能在街上随便拍一个女人，就在报纸上说她是妓女。

算了。这生意我不做了。虽然她不能确定来者究竟何人，但也看出他不是一个平常的嫖客了。她们这行的天敌太多了，这造就了她们敏感的职业嗅觉。小心驶得万年船。

那哪儿行啊？说得好好的，你要嫌钱少再商量。肌肉老鼠说着，但妓女龅牙梅已经扭身就走，往两座矮楼之间溜过去。肌肉老鼠一急之下，伸手抓住了她的胳膊，把她往回搂：哪儿有你这么做生意的啊，要不你还有姐妹么？

从下一个动作看来，妓女龅牙梅的经验和胆识都要远远胜过对方。在那只坚强有力的手中，她放弃了逃跑的努力，而是一巴掌向肌肉老鼠的脸上扇过去，接着大呼小叫起来：耍流氓！耍流氓！后者完全没有想到她会这样做，被逼得连连后退，但仍然骑虎难下地抓着她的手臂。妓女龅牙梅索性一头向肌肉老鼠撞过去，同时向街上的人喊道：有没人管啊，光天化日耍流氓啦！肌肉老鼠已经完全被她搞呆了，只能尽力向围上来的观众们表现他的啼笑皆非：我耍流氓，我耍流氓？

他当然不需要辩解，因为这条街上的人们早已经看惯此类把戏了。他们围上来只不过是出于对保留剧目的习惯性关注。这时坐在出租车上的肥肉老鼠明白，事情已经搞砸了，弄不好人群里还会窜出一两个地头蛇来，那就更不好办了。他马上跳下车跑过去，拉住肌肉老鼠说：快走快走！但此刻妓女龅牙梅已经越演越投入了，她一边像风车一样抡动着两只胳膊，一边说：别走，你们他妈别走，咱们上派出所！

肥肉老鼠低声警告她说：你别来劲啊，再来劲就真上派出所去了啊。可他也知道，即使真的到警察那儿去亮出身份，揭穿对方又有什么好处呢？既然事情已经搞砸了，何必再浪费半天的时间呢。他们应该做的只是马上逃跑。但此时妓女龅牙梅却顺手扯住了肌肉老鼠肩上的挎包，一下把它拽到了自己手里。这下子两只老鼠真的大惊失色了，在他们看来，她肯定是发现了那里面的秘密（众所周知，那种包的侧面都有一个小孔，以便让偷拍机的镜头从里面伸出来），而且正急于毁掉它。如果她真的把那东西往地上一摔，不仅两万多块钱的东西要完蛋了，而且还会被部门领导视为一次相当严重的事故，由此影响到他们的前程。事实上，很多同行都曾经吃过这样的亏。所以两只老鼠的心情已经不光是沮丧了，他们像猫一样红了眼。肥肉老鼠首先飞起一脚踢在了龅牙梅的两腿之间：如果你想毁掉我吃饭的家伙，我就先报废你的！他自己都惊讶，那条又短又胖的腿居然还能踢得那么高，不出多久，那个多灾多难的地方势必会肿得像个馒头。但是龅牙梅弯着腰倒下去的时候，手上反而抓得更紧了，看起来倒像是她在宁死争夺着那个挎包，同时脸上扭曲着，像母豹子一样对他们咆哮着。这一次该肌肉老鼠动手了，他以前是练重竞技的，此刻心里又充满了懊恼和自责，所以这一拳的力度让在场的所有人都惊呆了：他们在惨叫中还听到了咔嚓一声，就意识到龅牙梅这个称谓将永远从世界上消失了。果然，当她慢慢向上抬起头来，已经找不到那排显赫一时的门牙了，取而代之的是一个巨大的血窟窿。这个女人像鱼一样把嘴一张一张的，吐出几颗和着血污的牙齿来，还有两颗也摇摇欲坠，只不过由两段粉红的肉条挂在了牙床上。只有在这时候，人们才对那些牙齿的体积有了更直观的认识，似乎有一个人啧啧地说：

真的像马牙一样大。

顺便提一下，经过这个劫难，妓女龅牙梅在三个月之后重新开业了，那时她操持着一嘴大小正常的假牙。所以说这也是一件因祸得福的事情，因为当一个女人拥有了不再让人害怕的外表以后，又怎么会五十块钱一次呢？

但这个蜕变的过程还是很痛苦的。此时人们看到她的两只眼睛几乎要爆出来，脖子上和胸前流满了血和口水，她似乎还在努力说着什么，却没人能够听清。直到她猛然翻过身去，把另外两颗牙从嗓子眼深处咳出来之后，人们才能听懂她的话：

救救我呀，大哥们。我不跟他们干，他们就要打死我啦。

谁他妈想干你呀，你也不瞧瞧你丫那操性。肌肉老鼠马上大声斥责她。肥肉老鼠则提醒说：甭跟丫废话了，赶紧拿东西走人。他们从地上捡起挎包，迅速分开了人群。这时没有人试图阻拦他们，但当他们正准备向出租车的方位起跑时，却从身后传来了一声怒喝：

站住！

他们回过头来，却看到那个黑车司机不知什么时候从自己的壳儿里钻了出来，如今正从那个女人身旁大步噔噔地向自己走来，一把抓住了肥肉老鼠的手腕。

你们说，凭什么打人？他马上又把脸转向围观的群众，后者则普遍眼睛一亮，他们本以为这件事就此告终了，谁想到这时偏又从路边的一辆黑车里跑出来一个土鳖，让事态的发展峰回路转起来。

司机却误解了大家的表情，他摆出振臂一呼的姿态说：虽说我刚来，没看见事情到底是怎么个前因后果，但是我拉了他们俩人一路，他们鬼鬼祟祟地在这儿绕了好几圈，当时我就看出他们居心不良，现在果然行凶了吧。咱们可不能让他们跑了！他这么说着，把肥肉老鼠的手死命往里拽着，力图把他重新拉回人圈中去，可是完全徒劳。司机又对群众呼喊了一句：来人呀，抓住他们呀！大家当然也无动于衷。哪有一个男人会为一个妓女当众出头呢？事实上，已经有人怀疑这个司机是龅牙梅的痴情老嫖客了。

此时司机才感到了孤立无援，另外还有乌龟爬出壳外的恐慌。不过就他刚才的表现，可能会有人认为乌龟是一种充满正义感的动物，他们感觉迟钝，但疾恶如仇，不畏强暴。很遗憾，这属于误解。常年被迫生活在最低等的无聊和猥琐中，已经使他们丧失了判断善恶的能力，他们即使说出气宇轩昂的话，也仅仅是模仿报纸或者广播。而真正让他从壳里揭竿而起的，实际也正应该是那些无聊、屈辱和耿耿于怀所积攒下来的势能，这种能量是驱使乌龟们做出过激反应的唯一动力，它平时深深埋藏着，但也不知在哪个节骨眼上就会突然发作，让某只乌龟暂时内分泌失调，头脑发昏，做出意料之外的事情来。所以那个司机即使感到了害怕，仍然管不住自己的嘴：

打女人，你们是什么玩意儿！

相对于乌龟，老鼠则是一种更加危险的动物，他们对生活有着天生的攫取欲，这种欲望又往往是和破坏欲结合在一起的。它们的身上还一以贯之地潜伏着其他一些欲望：食欲、性欲、权力欲，吱吱乱叫和到处乱转以及疯狂地磨牙的欲望。它们就是欲望的小小凝结体，而在食物链中的卑贱地位也决定了它们始终无法满足自己，决定了老鼠既是永远追求的动物，也是破罐破摔的动物。所以现在的这两只老鼠已经决定凶狠到底了，它们生长过快的大板牙不正是用来搞破坏的么？这一次是肌肉老鼠首当其冲，事到如今，他只好尽力地表现得积极一些，他朝着司机的肚子踢了一脚，使得他立刻就瘫软了下去，变成了挂在肥肉老鼠肚子下面的一团麻袋。接下来两只老鼠开始有条不紊地对他殴打起来，要想对付一只跑到壳外面的乌龟，简直太容易了。刚开始司机还有点反抗意识，躺在地上试图用脚踢到两只老鼠的下阴，但这个努力无疑是徒劳，所以干脆缩成了一团。老鼠们则沉稳地在他滚动的过程中向露出来的薄弱部位狠踢一脚，他们都是老手，这个战术很成功，很快司机就满脸是血，一只眼睛睁不开，听天由命地平躺在地上了。

这时老鼠们才说话。肥肉老鼠说：哥儿们，你也别怪我们手黑，谁让你犯贱呢？你不犯贱，我打你干吗？

肌肉老鼠则把鞋底对准司机的脸说：再犯贱我踩死你丫的。

他们说完，扬长而走，走过路边的出租车时，肌肉老鼠又捡起大半块砖头，对司机喊道：

再给你丫听个响！

他朝着一个车前灯砸了过去，砸得龟壳碎片飞溅。也许老鼠是在告诉乌龟：无论他有壳还是没壳，打起来都是轻而易举。此时肥肉老鼠已经又招呼过来一辆有牌照的出租车，他们气哼哼地钻了进去，慢慢开走了。

而他们刚一开走，本来躺在地上的司机马上就跳起来，也不抹一把脸上的血，就跳跃着狂吼道：

我——操——你——妈——屄！

这个举动让群众们也很诧异。他们忘记了，乌龟还是一种生命力极其顽强的动物。乌龟不仅能够活很长时间，而且抗击打的能力也很强，即使没有壳，挨了一顿拳脚也能马上站起来。虽然满脸是血，但还活蹦乱跳。

司机却不知道下一步应该做点什么了，他想报警，但如果那样，黑车的身份也就曝光了。罚款几乎够买他的车的了，绝对不能报警。他又回头去找那个女人，可她却早就不知道跑到哪儿去了，恐怕他们刚开始打他的时候就跑了，跑得那么快，连声援也不声援一下。他感到肚子里的闷气像火药一样惊人地膨胀着，如果找不到一个排泄口，那就要连他的龟壳也炸个粉碎了。但他又能如何呢？他只能定在原地，悲天悯人地吼叫着：

我——操——你——妈——屄！

小马的眼睛直勾勾地看着地面，慢慢地向回走去。他的耳朵里充满了陈兰婷急促的高跟鞋声。刚才无疑是一次失败的经历——他早泄了。他的小老鼠，太幼稚了，以至于刚刚挨上老鼠夹子，还没有让对方感到它的挣扎，就急不可待地吐血死去了。用不了多久，办公室里的男性都会在饭桌上对他哈哈大笑的，他们还会在小便之后故意对他响亮地甩着生殖器。而陈兰婷此刻既是一个征服者，也是一个受害者。她的脚步声显得既轻蔑又怒气冲冲，她正在用一张餐巾纸用力地在裤子上擦着。

小马跟着她走回了办公室。尴尬的沉默令日光灯的声音响得出奇。但他明白，说些什么都已经无补于事，而且欲盖弥彰了。最好的结局也许是他孱弱的形象激起了陈兰婷的母性，让她用温暖大度的胸怀来安慰他。但这已经被证明是一相情愿的幻想了，她说一不二地翻了脸。她毫不掩饰地抱怨，这是一件多么倒霉、多么恶心的事情——就好像她是一个粗鲁的嫖客，不巧碰上了一个正在经期的妓女一样。

陈兰婷已经一屁股坐在椅子上，翻出一个化妆盒开始补妆了。小马犹豫着，他应该留在办公室还是悄悄离开呢？好在电话铃响了起来，他有了借口走过去。但陈兰婷已经一把抓起电话：

喂？

你们来不来？我就在军博这边儿呢，一出门就到了。再不来那两人就跑了。你们绝对有职责管这事儿，我跟你们说——

有病！

陈兰婷尖声尖气地说。她挂了电话，又补充了一句：

现在有病的人真多。

小马已经没话可说了。他默默转过身，决定离开这里，但在门口又被人撞了回来。进来的人是老郑，他的两块胸肌压迫着小马向后退了两步，他对这个一脸倒霉相年轻人经常故意这样。他夸张地搓着那对胸肌，好像那是一对引以为荣的乳房。传闻它们能够夹住五分钱的钢镚。胸肌的后面是老王的一团肥肉，他身上的任何一个部位夹住一个钢镚都不成问题。

背！今天真他妈背。老郑好像宣布什么一样说。

老王则不耐烦地把他推开：别他妈叨叨啦，都他妈叨叨一路了。

老郑的肌肉变得像纸糊的一般，他立刻闪到一边，好让硕大无朋的老王挤进门来，同时骚眉耷眼地对他说：

其实今天刚开始还挺顺的对吧？

顺个蛋！老王已经恼火得根本不给同伴留面子了。他点上一颗烟说：你要老实在车上待着什么事儿也没有，你是采访那块料么？瞎积极什么啊。

我不就想演练演练么。

那你也演练得是那么回事儿啊，偷拍机都快捅到人家脸上了。本来好好一选题都让你给搅和砸了。你这样的也就做做场记。

不就一妓女么，多得是。实在找不着，让小陈当回托儿冒充一回鸡不就得了。老郑讪笑着，想用这个玩笑岔开话题，陈兰婷果然回过头来斥道：你是不是又找抽呢，怎么不找你老婆去啊，我觉得你老婆挺合适的。小马看见她的脸上赫然挂着桃花绽开的笑容。表情变得那么快，那么彻底，好像是用化妆刷和眉笔画上去的一样。

老郑插着兜，摇晃着向陈兰婷走过去说：我不是怕她假戏真唱么。

陈兰婷翻着白眼说：那我就是真戏假唱啊？

也不，关键得看跟谁唱。你要假装鸡肯定还是我采访你。

臭美吧你。你以为我图你那身腱子肉啊？

那你图什么啊？你说说，我还能提供什么？一句话的事儿，决没含糊。

瞅你丫那操性吧。他这么一搞，让老王也忍不住笑了，他的肚子一定像海面一样一浪接一浪：我看看你拍的带子去，兴许还能抽出两张有用的照片来。同时挥挥手：那谁，你过来帮我弄弄机器。

小马感到是在叫他，但还是环顾了一下。老王说：就是你，那孩子。

小马跟着他走进里屋，老王把一盒录像带插到录放机里去。他们豁然看到了一排巨大的龅牙，在镜头里像牙膏广告一样努力地龇着。同时传来老郑的声音，他正在不着边际地说着废话，让龅牙摸不清头脑，闪烁着迷茫的光。

老王不耐烦地说：哪儿他妈那么多废话啊。他凑过去去盯住画面，这时外屋的谈话声却渐渐地升了起来。这让小马立刻警觉了起来，刚才和陈兰婷的事儿不会传出去吧？她这种人什么都说得出来，而且老郑和老王会不会已经看出什么来了呢？果然，老郑用揭露性的语调说：

不对不对，你们俩肯定干点儿什么了。

你怎么知道的啊？说说看，说说看。陈兰婷反而饶有兴致地问。

老郑把椅子压得吱吱响：我眼睛又没长裤裆里去。首先你们俩

— 117 —

神色就不对劲，他一脸苍白你红光满面；而且那傻逼孩子连文明扣都没拉上就出来了；再有你拿那么多卫生纸干吗呀？你也没感冒吧？你说说你怎么能这样儿啊？

怎么着，你有什么不满意的？

没没，我当然没资格不满意。反正我也没吃亏对吧。我就是替你觉得惋惜，你瞧瞧你找的这人，瞧丫那操性。就是你想吃童子鸡也得找一鸡呀，那哥儿们整个儿就是一只麻雀啊。肯定不和谐吧？

陈兰婷没有说话。小马偷偷瞥了一眼身边的老王，还好他没在听。过了一会儿，外面的两个人忽然又哈哈大笑起来。小马忽然觉得恶心，恶心，好像他们的笑声正在砸着他的胃一样。他猛然站起来，跑出门去，外面的老郑和陈兰婷被他奔跑的劲头吓了一跳，但老郑立刻又爆发出更加洪亮的笑声，老王也跑了出来问：怎么了怎么了？

小马径直跑到厕所，冲进了一个大便间，反锁上门。他弯着腰干呕了半天，终于确定自己什么也吐不出来了，就靠在门上喘着气。厕所里温暖、潮湿，散发着清洁剂的味道，穿堂风从他的头上掠过。这时他又听到陈兰婷发出了一声尖叫，可能是老郑又开了一个过火的玩笑。小马愤愤地解开裤子，可是连尿也撒不出来。我们必须被生活挤出点什么来吧。他看着那只和他一样悲哀的小老鼠，那东西也在摇头叹息。小马晃悠着它，怜惜地摸着它的脑袋。我们是相依为命的弱小动物。但这时候小老鼠却像是受到了某种激发，飞快地昂起了头来。它还年轻，不甘心屈辱地生活下去，它需要一只小老鼠应该有的尊严。小马感慨着，用力地抚摸着它，随即感到了快意恩仇的舒畅。用力！用力！这一次却用了那么长的时间，他的手都酸了，这让小马惊诧不已。看来这也是一只才华横溢的小老鼠，只不过在不理解它的人面前，它才会溃不成军。用力！用力！让我们看看你到底有多大劲儿吧。在最后一刻，小马忽然强烈地希望跑到外面去，把那摊东西喷射到那些人的脸上——最好还能喷射到一台照相机的镜头上，再把照片刊登在报上，让全市人民都看到一只小老鼠在临死前的悲壮。

当小马往回走的时候，他累得连脚都迈不动了。他此刻的脸色在那些人眼里恐怕会更可笑。老郑、老王和陈兰婷正围坐在一个办公桌前聊着天。老郑已经和陈兰婷肩膀贴着肩膀了，小马没有往底下看，也知道他一定把手放在她的大腿上了。他们三个看到小马进来，都现出一种隐秘的神色。陈兰婷随即转过脸去，那两个男人则做出一副强忍着笑的表情，但马上就笑得弯了腰，用手不停地拍着桌子。小马低下头，忍辱负重地走进里屋，关上门。他没有胆量走到外面去了，决定等外屋的三个人走掉以后再走。外面依然传来骚乱声，陈兰婷咯咯笑着说：

别讨厌啊。

甚至在喊：放我下来！

小马瘫软在椅子上坐了一会儿，又走到窗前看了两眼。他最终来到录放机前，把老郑拍摄下来的录像带继续放映起来。为了忘掉眼下的情况，他努力让自己对那里面的内容发生兴趣。

很显然，这是一次失败的采访。看了一会儿以后，镜头忽然倾斜了，大片的楼房、天空和人脸像轻飘飘的雪花一样在屏幕上掠过，还有激烈争吵的声音，似乎还有几个无聊的人在叫好。终于，小马听到一声惨叫，又是一声闷响，偷拍机掉到地上，仰拍蓝天，马上又恢复了平稳。之后再也没有出现那个长着龅牙的女人，也不知道她怎么样了。老郑和老王似乎正在急于分开人群走掉，但有一个男人的声音吼道：

别走！

这时小马忽然觉得这个声音非常耳熟。他快进了一下，又听到同一个声音正在慷慨激昂地演讲。老郑则对他威胁说：你妈屄松手听见没有？一会儿，又是一声惨叫。镜头眼花缭乱地晃动着，捕捉到一个骨瘦如柴的男人被打倒在地，他不屈不挠地叫骂着：

你妈屄跟你们拼了——

小马终于听出那是谁了，就在一个小时以前，他还接过这个人的电话。他知道是怎么回事了。这个巧合让他笑了起来，我们生活的世界真是太小了。他把音量调到最小，悄悄打开门朝外看了一眼，那三个人还在有说有笑，老郑和老王正在学着黄色录像里的声音：

啊，yeah——啊，yeah——

小马赶快走回里屋，抓起一部电话：

总机吗？查一下下午三点半左右哪儿给《都市晚报》打电话来着，对，查号码。

话务员说了一个手机号码。还好不是公用电话。小马马上拨通了这个电话：喂？

谁呀？

我这儿是《都市快报》。你还跟着那俩人么？

跟个屁！那边毫无顾忌地骂道：早他妈跑了，你们他妈是干什么的啊？国家养你们这帮狗有什么用？

对对，我们都不是好狗。小马笑着说：不过现在已经有记者回来了，愿意采访你那件事儿。没关系，人跑了也没关系，我们就是想表彰一下您的见义勇为。年底还想给您颁个奖，有奖金。

行，行。那个出租车司机语调里依然带着怒气，但还是说：那我在哪儿等你们？我现在在复兴门呢。

别等了，您来我们报社吧，就在一楼大厅等着我们，您给我您的车号，保安会放您进来的。

司机说了车号。小马又问：您贵姓？

我姓李。你们能认出我来么？

能认出来，您肯定英勇负伤了吧？先别包扎，要的就是这个效果。快点来啊。

小马马上又给传达室打了个电话，告诉他们把那辆夏利车放进来。他放下电话，隔着门听了一下，外面的谈话依然热烈。陈兰婷好像又在讲她的乌龟的故事了。小马走到窗前，点上颗烟，看着路上川流的车辆。那么多夏利车，会是哪一辆呢？

十来分钟以后，那个司机打来电话："我已经到报社大厅了。"

"别急，记者这就下去。"

外面的桌椅吱吱咯咯地响着，如果不是三个人哈哈大笑的话，会让人认为他们已经就地干上了。小马打开门，坦然地看着那三个人。原来他们正在玩儿一个游戏，谁答错了脑筋急转弯，就要被另外两个人胳肢。现在轮到两个男人四只手一齐攻击陈兰婷的腰，并不时地向上蹭一把，蹭一蹭她乳房的下部，飞快地感受一下那两个东西的重量。想必是陈兰婷已经跟他们其中的某个人谈妥了到她家里抓老鼠的事儿，也许是两个人一起去，谈完了，他们就庆祝性地乱闹了起来。小马走出来，陈兰婷全当没看见，老郑则对他嘲弄地吹了一声口哨。小马报之以灿烂的、羞涩的微笑。他已经预备了一份让他们意想不到的礼物。

"还没走啊？"

老郑说："不急，不急。"他眨眨眼睛："什么事儿都不要太急。"

"对了，刚才接到一个电话，有个来访观众在大厅里等咱们的记者，说要反映他们楼漏水的事儿，据说他们大便都得打着伞蹲坑儿。我觉得是个题材，要不你们下去时顺便接待一下？"

"行行行。"老郑愉快地答应。他的心情好极了。但老王马上说：

"你还想一个人去？不行，我跟你一块儿。"

"那我也走了。我该回家了。"陈兰婷也背起了包儿。

"好好，"老郑说，"我们一起下楼，你先回家，让我先替别的人民群众排忧解难，然后再帮你——"

陈兰婷也不答话，傲然走了出去，老郑老王马上跟了上去。

那三个人走进电梯，小马立刻飞快地从楼梯跑下去。一共有十二层的高度，他需要加快速度才能赶上。在连蹦带蹿的过程中，他还滑倒了一次，尾巴骨几乎要被硌断了，但疼痛反而让他更加兴奋。他气喘吁吁地跑啊，跑啊，脑海里已经构思好了今天的最后一个镜头：

在充斥着体面人的大厅里，一个头破血流的中年男子被按倒在地上，但和他扭打在一起的另外两个男人却更加惊慌失措，并且哇哇惨叫，因为他们中的一个正被他死不松口地咬住了大腿：咬得如此凶狠，如此坚定，就好像一只即将被斩首的乌龟一样。

老人

　　周先生最近沉浸在喜悦的踌躇中。每当早上醒来或者晚上睡前，他的胸膛都有如小鼓乱擂，咚咚急响。这是怎么搞的呢？老了老了，七十多了，竟然像窝藏了许多少年心事一般。

　　究其原因，还要从三个多月前的那个清晨说起。那天是周先生亡妻明先生的忌日，他绝早起床（本来也睡不着），拿着笔和桶到学校的园子里去。笔是一米见长的巨型毛笔，桶是红漆小木桶。周先生走到湖边，将桶吊到湖里，荡一荡，撇开水面的浮萍和落叶，然后一拽，打上半桶清水来。他就用笔蘸了这水，开始在甬道的青石板上写字。行书，颜体。

　　写的是：人生若只如初见，何事秋风悲画扇。等闲变却故人心，却道故人心易变……

　　明先生生前，是古典文学专家，专作明清，著述最多的，就是关于纳兰性德。周先生在她的忌日，用这种方法默写纳兰性德的词，自然是对她最恰当的纪念。从明先生去世到今天，已经有六年了。六年间，周先生如此这般缅怀着明先生，也在学校里树立了自己忠贞清雅的形象。他的字写得消瘦而有劲道，然而下一句写完，上一句已经干了，薄薄的清水随风而散。满头银发的老人独自写着无字书，这又是多么悲凉的形象啊，背后的故事无非是人生无常，繁华易逝。

然而这一天，周先生却不孤单。他正在写字、回忆、出神，忽然发现笔尖的斜侧方多了一双脚。那是一双女孩儿的纤细的脚，穿着带"绊儿"的皮凉鞋。周先生抬头一看，脚的主人正在认真地看自己写字呢。她二十才出头，已经脱了孩子气，但远没来得及成熟：单眼皮，翘鼻子，抿着嘴，扎一条马尾辫，印花蜡染棉布裙子。

周先生只好停下了行云流水，他在等那女孩儿把脚挪开，不要妨碍他下一句的开头。女孩儿也很知趣，轻巧地往后跳了一步，给周先生腾出了空间。蓝裙子一抖，仿佛挥袖铺纸。周先生没奈何，只好沿着她铺开的"纸"写了下去。

周先生写，女孩儿继续看；周先生写完一阕，女孩儿仍然不抬头。她眯着眼睛看那字迹渐渐消散，同时嘴里仿佛念念有声。

这倒让周先生有点儿不知怎么才好了。他愣住了，笔头的水滴下来，在脚下积了一个小滩涂。然而他又不能抗议人家影响了自己。路是人走的，不是写字的；他既然写了，就更不能禁止人家看。

而这时，女孩儿居然问："您是周先生吧？"

周先生更加吃了一惊。看来对方还是有备而来。不只是看新鲜，还做了功课。

周先生只好结巴道："你……怎么知道我的？"

"是通过明先生……我也喜欢纳兰性德，因此看过她的论文集。"女孩儿像回答课堂问题一样说，然后又补充，"我是赵老师班上的学生。"

原来是赵埔班上的学生。赵埔是明先生生前的关门弟子，门刚关，掌门人就躺下了，因此博士期间是由别的教授代为培养的。不过他既聪明上进，又奉明先生为恩师，如今已经留校任教几年了，还念念不忘地喜爱到处讲周、明两位先生的"高古"。这虽然有往自己脸上贴金之嫌，但被贴的"金"却不由得要念他的好。

周先生便对女孩儿点点头。这就有鼓励的性质了：鼓励她志存高远，心慕淡泊。然后他不再看她，又低头，写了一首无字的《长相思》。只是不知为何，写这一首的时候，周先生忽然有了装腔作势之感。再不经意间瞥到女孩儿纤细的脚，心中就生了一份愠怒。而他自信能做到不悲不喜，已经有些年头了。

勉强完成这一首，字是无论如何也写不下去了。于是周先生收笔，提桶，换成了拎墩布的架势，有点颓唐地往回走。这一年的纪念活动到此结束。

走了两步，女孩儿却在后面问："您明天还来写字吧？"

周先生不仅没说话，连头也并不曾摇一摇。他写无字书为的是缅怀，又不是晨练，哪儿有天天来的。天天写，等人看，这和杂耍又有什么区别呢？

周先生没料到，他和女孩儿的瓜葛就算结上了。此后的几天，他早上再没出门，而是像往日一样睡懒觉。人老以后，虽然不常能睡着，却爱在床上赖着。有时直接赖掉了早饭，午饭的胃口也给赖没了。这天上午十点多，周先生正快快地起床，忽然有人敲门。按说保姆不该这么早来呀，而除了保姆，又有谁想得起来登他的门？敲得还挺急促。

周先生把衬衫扣子系到脖子上，才去开门，却看见是赵埔。赵埔条理清楚地说明了来意：他班上有个女生，对明清诗词深有兴趣，转眼就要升到研究生，定的是这个方向；按理说，这个学生本该他亲自带的，然而他过一段就要出国，哈佛燕京的访问学者，两年；

系里也没有专攻这一块的在职教师了——另一位早提了副系主任，改走官场了；这女生的资质不错。

周先生说："你的意思，是让我为你代劳两年？我已经退了……不合规矩吧？"

"您如果愿意出山，一定可以破例。"赵埔自信十足地说，"况且人家主动要求您来带。"

"人家？"

"就是那个女生。"

周先生好像一口咽了小半个馒头，有被噎住的感觉。自然而然，他的眼前又浮现出纤细的脚、带绊儿凉鞋和蓝布蜡染裙子。这个形象一出来，他就不得不点头了。

过了几天，女生来报到，周先生在朝南的、堆满书的客厅接见了她。他坐在故纸堆里，夹着一支香烟，点了却不抽，慢慢地透过淡蓝色的烟雾看那姑娘。在烟雾缭绕中，头次见时她脸上的小雀斑就不见了，模样更显得清丽。依然抿着嘴，仿佛很拘谨，而周先生以为，学古代文学的女孩儿应该有点儿拘谨。

"你叫什么？"

"覃栗，不过不是茉莉的莉。"

"那么是栗子的栗吗？"

"还真是。"覃栗低头。

"挺好。姑娘家起个和粮食有关的名字，古朴端庄。"

然后就上课。授课地点就在家里，这说起来是为周先生的身体着想，且表示尊敬，其实呢，还是因为学校现在教室紧张。这几年招了太多的韩国和日本留学生，各种进修班也像雨后春笋一样冒出来，再也腾不出一间小教室或办公室给退休教师了。周先生自己却认为很好，民国时候的学者，不都是在老先生家里"拿烟斗熏出来"

的么。这也是一个范儿。

上课的内容，却不是周先生决定的。说实话，周先生在学校这几十年，究竟搞了什么学问，他自己也弄不清楚。字固然是写了一笔好字，二黄也唱得有腔有调，其他的却没人记得。过去他任教时的工作，也就是给理科的本科生讲讲大学语文："让暴风雨来得更猛烈些吧！"而现在一定要给研究生上课，那就只好有劳明先生了——把她的遗著从书柜里请出来，让覃栗自己读，读不懂了，再请教一旁端着茶杯在阳光和尘埃里半寐的周先生。

"这句文徵明的诗，明先生的看法是……"

"她那时候说过，文徵明诗近白、柳，却远不似唐寅那样俚俗……终归是一股清丽的气息吧。"

这样说居然也能唬住人，覃栗"哦"一声，便继续趴在写字台上研读下去。周先生却从半寐里醒来，从侧面看到了覃栗细长的胳膊以及小臂上的绒毛。终归是一股清丽的气息吧。

当然，师生二人也不全是"自习"与"监督"的关系。课程的另一半，还是有着积极的互动的，而且真正发挥了周先生的长项。古诗词这东西，最重要的就是一股"气"，而要让气"渗"进去，最好的方法莫过于读，而且是大声吟哦。周先生就率先垂范，一手捧着线装书，另一只手搭在尾巴骨上，迈着舞蹈般的步子，示范给覃栗听。乐府要读出汉韵，唐诗要读出唐风，赶上有调儿的，不止要读，而且要唱。周先生清清嗓子，先宋词，后昆曲，最后终于落到了自己的老本行——京戏上。咿咿呀呀的一段"老生"唱完，他回头，对瞪大了一双"单眼皮"的覃栗解释说：

"这也是古代文学。"

就这样，下午的夕阳拖泥带水地沉下去，一天的课程就算结束了。一周两天"专业课"，其他的时间里，覃栗就是正常的研究生的生活方式：英语、政治等公共课，图书馆听讲座，赶上大讲堂放电影，晚上就好打发了……周先生询问过覃栗"别的时间做什么"，覃栗如此回答。而几个星期的"课"上下来，周先生并未感到充实，反而越发孤寂了。孤寂的自然是覃栗不来的那三天：周一，周三，周四。在这三天里，周先生也尝试着独自吟哦诗词，或者在客厅中央站定，亮相，想要唱上一段儿，但才一开口就没兴致了。仿佛一个票友进身成了"角儿"，受不了无人倾听的状态了。

也就是说，他越发沉迷于给覃栗上课的状态了。由此联想开去，周先生甚至产生了深深的懊悔：这一辈子竟荒废过去了，没做出一点儿像模像样的学问。自己没什么可给她的，还要借了亡妻的思想结晶去取悦女青年，愧为知识分子啊。这么一想，在覃栗不在的日子里，周先生就愈发的懒了，有一天竟然下午两点了也没起床，只是在床上哼哼唱词。

保姆敲门没人应，她就掏出周先生交给她的钥匙开了门，进来。听见周先生在哼哼，她还以为他病了，上前摸摸他的脑门儿："老爷子，您不舒坦？"

"舒坦，舒坦。我在想事儿呢。"

"可别受了凉，昨天缪老师家的狗感冒了，一直在打喷嚏。拿肉骨头饭拌了半片儿康泰克，吃了也不见好。"

保姆这样说着，又把周先生的被子往上拽了拽，顺手拿过一个靠垫来，垫在他的脖子底下。一对大胸，在周先生鼻子前面悠过来，悠过去，带了一股强劲的香皂味儿。周先生听到她把自己和缪老师家的狗作比，自然哭笑不得，然而一转念，又奇怪起来：这个保姆怎么忽然对我热络了起来。

保姆叫刘芬芬，岁数也不小，有三十多了，据说在老家离了婚就出来干活儿，这几年也把学校的园子给串熟了。她本来是楼下缪老师家雇的，住也住缪老师家，来周先生家干活儿算是兼职，每天只管收拾屋子、做顿饭，一个月多赚五百块钱。按说钱也不少了，但这个刘芬芬却好像总对周先生有意见，冷着个脸倒好像主人家欠了她的，规整报纸杂志的时候还摔摔打打。这也不算什么，最重要的缺点是不理人。有时候周先生闷了，就走到厨房门口，看看她围裙下斜支着的胯，很慈祥地问："小刘啊，过年回家没有？"

她却好像没听见，机械地翻动着铲子。周先生以为自己声音小了，又提高了声调，问"小刘回不回家"，刘芬芬却拿眼一斜周先生，凛然地把菜盛出来，仿佛示意他多吃少说。

守着个天天见面的大活人，却不能聊天说话，这让人多别扭。有两次，周先生一气之下，打算换保姆了。历史系的赵先生、马研所的孟主任家里都常雇着保姆，也都可以做兼职的。然而人叫来一看，一个鲶鱼嘴，一个脖子短得让人想起一只蛙，还是作罢了。不光没有换掉刘芬芬，反倒给她涨了一百块钱。她依然每天和周先生说不超过十个字的话："您好。""让开些。""走了。"

可是今天真怪了，刘芬芬不光一进门就说话，而且还主动提起了缪老师家的狗，轻而易举地用完了好几天的"限量"。这倒让周先生有点儿惶惑了。刘芳芳打扫房间的时候，他也不像往常似的跟在她身旁晃悠，而是继续独卧，顺手拿起一本杂志，大有"花开花落一床书"之态。

刘芬芬却主动跑过来了："老爷子，您看书呀？"

"唔，看书。"周先生像受了委屈旋即又被哄着的孩子似的说。

"我给您倒杯茶吧。按说绿茶提神，可是您那胃……还是铁观音吧。缪老师上个月去福建，不是给您带过一盒儿么，别心疼啦，喝吧。"

瞧，只要一开口，多么能说。噼里啪啦脆，典型的北方大娘们儿。刘芬芬这天几乎是缠着周先生说话了，晚饭还多炒了一个菜，又打了一碗蛋花汤。周先生受宠若惊地说："吃不完。"刘芬芬就瞪着大眼睛，等他发话。周先生又说："缪老师家要是没事儿……你就挨我这儿吃？"

刘芬芬果然喜不自胜地坐到桌上，和周先生吃了一顿饭。到底还是农村妇女的本色，喝汤时咂吧得山响，然而在她的咂吧声中，周先生没有喝酒，却也有了醉意。他还忍不住暗自里比较起来，比的却是刘芬芬和覃栗两个人：刘芬芬虽然粗气，也老些，但是长相倒真有几分标致，怪不得缪老师的太太像防贼似的防着她，宁可白贴着工钱，也愿意让她出来挣外快；而覃栗呢，身材就有些干瘪，而且还存在着小小的瑕疵——她为什么总是抿着嘴？这是因为牙长得不好，两颗门牙像小铲子，不抿嘴就会翘出来。当然啦，作为一个知识分子，怎么能以貌取人呢，要说气质，覃栗怎么说都够得上娴静两个字了……况且覃栗年轻着十多岁呢。

这样的比较，本来是周先生内心里的游戏，然而直到刘芬芬告辞离开时，他才猛地醒过味儿来：刘芬芬对自己的热络，还能有别的什么原因？不正是因为覃栗的出现吗？否则又能有什么解释？周先生家唯一的"变化"，恰恰是多了一个覃栗啊。

从某种角度上来说，覃栗确实侵犯了刘芬芬的"领地"。有那么几次上课，周先生连读带唱，终于合上书的时候，天色已经挺晚了，覃栗就会主动说："我给周先生做顿饭吧。"

周先生固然说好。入室的女学生给老先生做饭，也算是执弟子礼嘛。覃栗是南方人，会做蚝油扒菜心、清炒小河虾，有一次居然还弄了一盆煮干丝——她当是有备而来，专门打听到了学校西门外的菜市场有卖金华火腿的。而覃栗下厨的时候，刘芬芬就只能在一旁看着了，同时带了鄙夷的神气，笑话覃栗不知道鸡精放在哪个罐子里。是了，再一回想，一个女人，一个女孩，她们在周先生家碰面的时候，气场就是不对付的。覃栗是文化人那种淡泊的礼貌，分明暗示她对一只猫一只狗都可以礼貌，而刘芬芬则是直率的轻蔑，倒茶的时候，从来没有覃栗的份儿。

难不成她两个暗暗打起了攻防战？局势上是覃栗攻，刘芬芬防，场面上却是刘芬芬攻，覃栗防。而不论谁攻谁防，周先生那本该青灯黄卷的斗室，都成了脂粉纷飞的战场。

接下来的半个月，经过周先生的观察，印证了自己的这个猜测。覃栗来上课的时候，刘芬芬也来得远比平日要早，甚至像是扔掉了缪老师那边的活儿，擅自偷跑到周先生家来效忠的。而刘芬芬一进屋，覃栗那安静的眼神下，自然而然地就散出几道精光来，压都压不住。

俩人在周先生的眼皮子底下明争暗斗。为了"治"刘芬芬不给倒水的臭毛病，覃栗出了奇兵：拿来一对"从老家带来的"精瓷茶杯，杯上印着纳兰性德的词。周先生授课时，她把两只杯子往他面前的茶几上一放："先生用这个。"然后将周先生惯常用的玻璃杯收到底下去。刘芬芬再来倒水，就不好只倒一杯了，而那两个泛着柔光的瓷杯，却像覃栗一方埋到战场上的两颗小地雷，让刘芬芬如鲠在喉。但是刘芬芬也有回敬的法子。她虽然丢失了书房的战场，却要坚守住厨房这个重要阵地。当覃栗又一次走进厨房，准备给周先生炖一锅笋干老鸭汤时，却发现酱油没有了。不单是酱油，连盐罐子也见了底。覃栗只好到教工宿舍院子对面的超市去买。而覃栗刚一下楼，刘芬芬就粉墨登场了，她不知从什么地方把佐料一应俱全地摆出来，然后手脚麻利，将老鸭放到高压锅里红焖，笋干则剁成末泡一泡，直接炒豌豆。等到覃栗从超市回来，刘芬芬的菜已经上桌了：

"厨房里正好有菜，我顺手就做了。"

家里这个局势，周先生作为唯一的仲裁方，却也不好劝。或者说，他不愿意劝——她们两个斗归斗，但都对他格外的好。或者说，她们的斗，就体现在如何对周先生好。这个他不光看在眼里，而且吃在嘴里。话说回来，"看"比"吃"还要受用许多倍呢。他一个老人，吃又能吃几口。

所以"吃"就不提了，光说"看"方面的好处吧。覃栗的方法是请周先生看书。他发现，在授课的过程中，覃栗的问题明显多了，东一个西一个地冒出来，有时候还念不完一页，就有几处不明白。有些问题，明明不属于需要向周先生问的，比如"杯觥交错"的"觥"应该读什么——且不说一个研究生应不应该连这个字都读不出来，就算真不认识，查字典不就行了吗？可是覃栗偏要歪着小脑袋，抿着小门牙，甩一下小辫子，请周先生帮个小忙。周先生就明白了，覃栗让他看的不是书，而是人。在一片书香气的娇媚态度中，人也朦胧地更漂亮了几分。除此之外，覃栗还把周先生家的几盆花伺候得很好，吊兰本来都快干死了，又被她弄活了，翠绿地垂下来，正好与她捧卷的姿态相得益彰。阳台上还有一株海棠，花骨朵还没长出来，覃栗却对它吟诵道："偷来梨蕊三分白，借得梅花一缕魂。"这甚至是让周先生"看"他看不到的意境：海棠开花，《红楼梦》，妈呀，林黛玉嘴上衔着两只小铲子。

假如说覃栗提供的看，是清新雅气的"看"，那么刘芬芬就是荤香十足了。劳动妇女的方法总是来得更直接些，一言以蔽之：穿得少。时节正好是夏天，她索性一律无袖装，以张飞赤膊战马超的气魄来应战，甚至有两天，连远不适合她这个年纪的露脐装都穿出来了。小肚子上那圈儿不多也不少的软肉固然让覃栗气愤得鄙夷，但却让周先生想起了电视里那个教肚皮舞的女教练。她还有意无意地当着周先生弯腰。擦桌子或者捡东西，在这个动作之下，无论从前面还是后面"看"，都有意外收获。

而且周先生的耳朵也闲不住。两个女性简直有围着他说话的架势，左耳朵还是"人生若只如初见"呢，右耳朵就是"哎呀老爷子晚上烧个肘子吃吃吧"。周先生却也不嫌吵，他惊讶地发现，自己同时接受不同信息的能力特别强。当然啦，说到底只有一个信息：到这边来吧，先生，这边风景独好。

周先生情不自禁地飘飘然了。他为自己的飘飘然而惭愧，但又翻过来想：有谁能在这种攻势下淡漠如初呢？除非是一个老得连烟儿都快熄了的老人——而自己虽然老，但可没那么老。更令他感叹的是，老了老了，福分倒来了。民国那娘儿们儿说得好，男人生命里都有两朵玫瑰，一朵红，一朵白，他对她们的态度，取决于他娶了哪一个。当红的变成了蚊帐上的蚊子血，白的还是床前明月光；当白的变成了衣服粘的饭米粒，红的仍然是胸口上的一粒朱砂痣——不能两全。然而他周先生倒好，非但同时拥有了明月光和朱砂痣，而且明月光是长久的明月光，朱砂痣也是不退色的朱砂痣，断然不会变成饭米粒和蚊子血。美好的事物能够永恒，只有一个原因，就是欣赏美的人即将逝去。说到底，还是因为周先生老了，他是占了老的便宜。

不过情形和感慨之余，周先生还是被一个念头惊出了一身冷汗：他何德何能呢？覃栗和刘芬芬对他，称得上是过分地尽心了，这其中的原因，固然有她们自己竞争的结果，但她们争的又是什么呢？身无长物一个老儿，至今还打着校订亡妻遗稿的幌子，到海外的学术基金会骗零花钱，他对于她们有什么价值可言呢？

周先生意识到，是得分析一下她们的动机了。这虽然痛苦，但作为当事人，他必须得想清楚。他毕竟还没有老到对什么都可以糊涂的那个份儿上。刘芬芬那里很好说，一个保姆，要保住自己的外快、钱包儿。覃栗的介入使她感受到了威胁，她生怕这个入室女弟子会用免费的服务把她的差事给"戗"了。而覃栗呢，覃栗可是主动找上门来的啊，她到湖边的小径上看自己写字，她又托赵埔说项，引见到自己这儿来读研究生，她可明明是在"盯"着他周先生啊。自己又有什么吸引了她？风度？才学？还是缅怀亡妻那优雅而伤感的形象打动了这女孩儿的心？覃栗有知识，还是念文学的，或许这样的姑娘偏偏特别欣赏老年人身上的魅力？学校里娶了年轻学生的老家伙是颇有几个的，这是活生生的例子，再引经据典一些，歌德不是在八十岁还有一个十八岁的情人么……

这样一想，周先生的三魂六魄都荡漾了起来。此时覃栗正在他身边读着明先生的旧作呢，她歪着头，一条松散的辫子斜搭在肩上。小铲子固然还在，整个儿人也干巴了些，只不过在周先生这把年岁的人这儿，只要年轻，就足够所向披靡了。刘芬芬那样丰硕的肉感，他恐怕还消受不了呢。看着覃栗，周先生又不禁抬起眼皮，瞥了瞥明先生的照片，心里默默地说：多亏了你啊。

然而周先生并没有立刻行动起来。他又不是毛头小子，他懂得即使要试探一下覃栗，也是要等个契机的。而这契机并不需要他周先生去费神，覃栗和刘芬芬自己就会创造。

机会果然出现的时候，周先生还嫌它来得太快了些，而且也太猛烈了些。

事情还出在厨房里，隔了一个礼拜，是校庆纪念日，退休的老先生凭着工会发的票，可以到服务部去领一只鸡，两条黄鱼，一箱芋头，还有油、米若干。东西自然是刘芬芬领回来的，可是要做的时候，正在看书的覃栗忽然站起来："晚饭我来做吧，先生也换换口味。"

说完，她拉开双肩包，从里面拿出另一套东西来，分别是盐、糖、鸡精，还有大瓶的生抽酱油。自备调料，就不怕刘芬芬把家里的藏起来甚至一天换一个地方了。而覃栗这么做，则可被视为新的一轮猛烈攻势。她要夺取长期被刘芬芬霸占、割据的厨房，从而宣布对周先生家的全面统一。

这自然激起了刘芬芬的不满。她的脸似乎都鼓了一圈儿，看着周先生求援。而周先生此时却是支持覃栗的，他的首要目标是覃栗嘛：

"覃栗要做饭？那好，我们都给你打下手。"

当然，周先生的"打下手"是口头的，真正动手的还是刘芬芬。刘芬芬就只好照办，同时以一言不发的服从来表明自己的态度。覃栗安排她洗菜、削芋头，这一切她都阴着脸做了。

然而到芋头焖鸡下锅的时候，情况就失控了。掌勺的是覃栗，她等到刘芬芬把杂活做得差不多了，才慢悠悠地系上围裙，行使她今天对于厨房的控制权。怪也怪在她到底还是年轻，明明已经大获全胜，何必再说那许多话呢？她一边把自己带来的调料撂在桌上，一边说起年岁大的人，口味越淡越好，盐、糖都是大忌，清清淡淡最好。而不知怎么，又绕到她们亲戚家的一个保姆身上去了：

"一个星期的账单里，居然要开三包盐六瓶酱油。到用的时候，又总说没了，傻子都能看出来是在做假账。"

就是这句话把刘芬芬惹急了。她也没有当面发作，而是等到锅里的油都热了，把鸡块放进去的时候，才往厨房外面走去，擦身而过的一瞬间，用肩膀顶了覃栗的背一下。覃栗正在挥铲子，一个站不稳，差点把锅也给碰翻了。翻虽然没翻，几滴滚油却溅在了手臂上。

覃栗登时哭叫起来，其惨烈如丧考妣。周先生正在外屋看报，听到空袭警报，立刻飞马赶到。他首先诧异于一个娴静的女孩儿怎么会有如此激烈的表现，简直像变了一个人。随后他又想：可见覃栗和刘芬芬的梁子结得不浅。梁子越深，他老人家肩上的担子也就越重啊。

周先生就说："咳，怎么搞的！"没有主语，但明显是冲着刘芬芬去的。刘芬芬却昂然地扬起一张脸，以一种近乎野性的挑衅反观覃栗。她的意思很清楚：我就是故意的，怎么着吧？

覃栗就此失控了，她彻底忘掉了一个研究生、未来知识分子的风范，忘掉了古典文学和纳兰性德，她变成菜市场中可以和人动手的野丫头了。她竟然抄起了瓶的生抽酱油，朝刘芬芬掷过去，而后也不管有没有命中目标，掉头就走。

覃栗呜咽着跑出了周先生家，周先生立刻追了出去。离开厨房的那一瞬间，他瞥到刘芬芬抬头挺胸地站着，身上是一片浓墨重彩的酱油。不知为何，周先生觉得她挺立如塑像的姿态倒像一件艺术品，定格在他脑子里了。

然而主要任务还是追覃栗。周先生腿脚慢，因此颇追了一会儿。不过他感到自己正在离某个隐约的、幸福的目标越来越近，双脚竟然格外有力，步履欢欣。这十来分钟，实在堪称周先生老年生涯的快乐顶峰。

他是在教工宿舍区的小花园里找到覃栗的。她斜坐在凉亭的藤萝架下，左手握着烫伤的右臂，仍在啜泣，然而仪态却回复到那个娴静的女研究生了。和刘芬芬那尊立体的"雕像"相比，覃栗则像是一幅油画。周先生便慢慢地走进画中，坐到覃栗身边，沉吟了一会儿，说：

"跟她那种人，执什么气。"

覃栗没说话。他又说："手烫着没有，我看看。"

覃栗便伸出清瘦的一条胳膊，倒不知展示给周先生的是烫伤还是胳膊本身了。周先生却两者并重，轻轻地握住胳膊，低头，用嘴去吹那上面被油烫出来的浅痕。

这一吹，覃栗就震颤了。她想要把胳膊抽回来，却被周先生牢牢地攥住。周先生尽兴地又吹了几下，然后才抬起眼来和覃栗对视。这已经不是老年人的眼神了，但也不年轻，洋溢着死灰复燃的温度。

但周先生没想到，他还没开口，覃栗就惊慌失措地告诉他："我不能对不起赵老师。"

覃栗的声音很大，近乎于喊。这让周先生觉得她在刹那间离他很远。而"赵老师"三个字一出口，她离他也的确远了。

现在就轮到周先生震颤了："赵老师……赵埔？你们是——"

覃栗点点头。周先生仿佛借了方才内分泌上头的余勇，此刻脑子也不是老年人的脑子了，转得飞速，一瞬间就把前因后果都想清楚了。是啦，赵埔和覃栗要不是师生恋，他怎么会如此积极地专程把她推荐到自己这里呢？而且此举对于他们来说，一定还是一着周到而长远的妙棋呢：老头子最好说话，又不会出什么"事"，而且覃栗还可以从周先生这儿搞一份"参与整理明先生遗著"的推荐信，再从海外的基金会那儿申请资金，去美国和赵埔团聚呢……

那么说，当初她看自己写字，也是早计算好了的？周先生只恨自己忘了赵埔去年刚离婚。

这样电光石火地想了许多，等到周先生恍过神来，覃栗已经不在眼前了。是她跑掉了吗？不不不，是周先生自己跑掉了。他失魂落魄地走在回家的路上。也就是在这时候，周先生发现自己是多么不甘心老去啊。

于是就发生了那桩后来在学校里广为流传的丑闻：周先生回到了家，恰好撞到刘芬芬从卫生间走出来。她的头发、脖颈乃至膀子都湿漉漉的，散发着温热的气息。她还穿着周先生的一件纯棉睡袍，虽是男人的衣服女人穿，但因为周先生过于瘦小而刘芬芬过于饱满，她的身体反倒像个熟透了的桃子似的，果肉从毛茸茸的表皮下鼓胀出来，流着汁水。周先生几乎是想也没想，就像斗鸡一样伸出一双干枯的手，向那具刚刚洗掉酱油的身体抓了过去。

他这么做的时候，无疑是气急败坏的。同时他想：让苍老来得更猛烈些吧，赶紧让自己老死算了。顺便，去你妈的古诗词、无字书吧，去你妈的纳兰性德。

合 奏

那房间在二楼，昏暗但却温暖。十来平方米大的面积，只在朝
北的方向开着一扇窗，窗子的左半边还蒙了块厚厚的塑料布，为的
是封住漏风的缝隙。这就导致了原本不足的光线更加稀缺。当赵小
提下午五点走进房间时，往往恍惚觉得夜晚已经来临了。摆在东边
墙角的"星海"牌钢琴，钢琴上横卧的"山水"双卡录音机和靠门
的那只实木五斗橱，都笼罩在阴影里，就连窗下暖气片旁立着的谱
架也模糊不清，翻开的琴谱像被水泡过，黑乎乎的一团花。他需要
拉一下塑料灯绳，引亮头顶那枚孤零零的四十瓦灯泡，才能看清屋
里的景物。当然，也有天气格外好的时候——夕阳坠落得晚一些，
将血红的光泽泼到水泥地面上。这时站在窗前，可以清晰地看见成
群的鸽子响着哨音，掠过沉静得近乎忧愁的天空。那是一九九六年
的北京的天空。

当时赵小提只有十七岁，但已经具有两位数的琴龄了。刚开始
是在乐团担任小提琴手的母亲亲自教学，后来发现他资质过人，母
亲便主动让贤，从家传改为遍访名师。带过他的老师里有国家乐团

的首席，也有声名显赫的音乐学院教授。而随着琴技精进，母亲对他的期望越来越高，对他的态度也就越发严苛起来。从上高二开始，她便说服学校免去了他的家庭作业，又专门租下了这个筒子楼里的房间给他充当琴房，每晚练琴三个小时。这儿是乐团年轻职工的集体宿舍，那些人自己也要吹拉弹唱到很晚，因此不必担心打搅别人。

房间的主人是位年轻的指挥，才三十多岁就谢了顶，仅有的几缕头发又蓄得格外长，快步行走的时候总会造成彗星的效果。聪明的脑袋不长毛，这人的确很会算计，结婚之后就搬到了丈人家里，把自己的小单间偷偷出租赚钱。虽然是同事，他跟赵小提的母亲要价时却毫不含糊，每天才用三个小时，一个月的租金就要五百。不过比起赵小提隔三差五登门去接受"乐坛名宿"们教诲的费用，这点儿钱又算不了什么了，无非为母亲敦促他时增添些口实。

"钱倒都是小事儿，但时间可绝对浪费不起。"母亲说，"全国青少年大赛迫在眉睫，这对你能不能被招进'中央院'非常关键……"

带着这样的敦促，赵小提已经记不清在这里消耗了多少个傍晚。他只记得每天懵懵懂懂地走进房间，拉开灯，然后便按部就班地开始练琴：大顿特的练习曲、巴赫随想曲，此外还有莫扎特和柴可夫斯基……练到手指实在发酸，再也支撑不住，他就适时地奖励一下自己，从书包里翻出一盒万宝路香烟，点燃一支。这也是他在眼下这种生活里的唯一休闲了。他还猜测父母其实已经发现了他抽烟，但只是懒得点明而已。对于他们来说，他顺利地考进音乐学院，不要"浪费"掉已经投入的大量时间和钱才是正事儿，其他的只要无伤大雅，都可以宽宏大量。

抽烟时，他常常靠在那半扇窗户前，看着筒子楼下甬道上的人们。矮胖壮实的男管乐手声如洪钟地谈笑，刚下演出的女弦乐手穿着黑天鹅一般的长裙匆匆掠过，奔向食堂去抢最后一屉包子。手里的香烟冒着扶摇盘旋的白雾，而赵小提却基本不拿嘴去吸。他只希望它烧得慢一点。在这种时候，他觉得自己孤独极了，那是旷日持久又机械重复的孤独，他连挣脱出去的力气都没有。

情况发生转变是在哪一天呢？赵小提也记不得了。

在他的印象里，当时是冬天吧。阴暗的房间格外阴暗，窗外的北风嗷嗷的，从学校走来的路上冻得他也嗷嗷的。不知第几遍拉完了帕格尼尼的《无穷动》，赵小提又翻出了烟。犹在亢奋状态的手指微微哆嗦，把那团烟搅成了古怪的抽象形状。暖气蒸得人头晕，屋子里闷得慌，他拨动窗闩，把窗子推开透气。一团橙色的光像火一样跳进他眼里。

居然是柿子，一共三个，并排摆在外面的水泥窗台上。路灯已经亮了，在光线下，柿子们晶莹剔透，简直像是活物一般。赵小提的第一反应竟然是不敢去摸它们，他觉得它们会动、会叫，甚至会说话。接下来，他才困惑起来：哪儿来的柿子呢？昨天分明没见过呀。也就是说，它们是在他走后才被人放上去的，也许是昨天夜里，也许是今天上午。

柿子们也是他在两个多小时里见到的第一抹亮色，瞬间把他的脑子激活了。他开始思索它们是怎么回事儿。绝不可能是以前的房主的，那个指挥就算回来，也是为了安置些用不着又舍不得扔的东西，比如西边墙角的那只压力锅。他没事儿闲的在这儿冻柿子干吗呀？哪儿还找不着一个窗台呢。那么只有一种可能，就是另外有人拥有这个房间的钥匙。而这还是要绕回指挥的身上：他可以在下午五点到八点这段时间把房间出租给赵小提，又何尝不能在别的时间段租给其他人呢？

至于"另一个人"租这房间的用途，多半也是做琴房吧。与人分时用房，一定不是住家，何况房间里也没有一张床可供睡觉。乐团院儿里兼职的老师多，来往的学生也多，有赵小提这种需求的学生估计少不了。想到这儿，他又开始饶有兴趣地思考：那么，柿子的主人是学哪种乐器的呢？不大可能是小提琴、大提琴之类，管乐也可以排除，因为那些都是需要用谱架的。而窗前的谱架上摆的，仍然是赵小提昨天用过的那一本琴谱。他一斜眼，往身边看过去，果然看见原本蒙着灰的钢琴被擦拭过了，面板散发着幽幽的乌光。

原来这位同屋的人，是个弹钢琴的。赵小提像个侦探一样笑了——虽然他破的这个案子可算不上什么高难度。而至于那人多大年纪、什么性别、从哪儿来的、琴弹得怎么样，这些疑问却再也没有线索可循。也就是说，假如赵小提把今天的意外发现当作练琴之余的一场游戏，那么游戏也该结束了。他叹了口气，把烟屁股扔出窗外，然后又拿起琴来。

仍然是帕格尼尼的《无穷动》。第无数遍加一遍。这是他在不久以后参加比赛的备战曲目，为了达到"惟手熟尔"的境界，练多少遍也不嫌多。可这一次只拉了一半，赵小提又停下了。

他的脑子里冒出一个新的念头，或者说，他发现了一个新的游戏：如果"另一个人"第二天来，发现柿子没了或者少了，他（她）会作何感想呢？

这么一想，赵小提便饿了。也是，每天下课就来这儿练琴，晚上八点才能回家吃饭，不饿才怪呢。他再次打开了窗户，侧身探手把三个柿子一一捞了进来。柿子光滑、坚硬、冰凉，一时半会儿还下不了嘴。不过这不构成困难，赵小提把它们放在了暖气上。

今天的《无穷动》练完，柿子早已软了。赵小提捧起一个，拿牙咬开一个小孔，吱吱有声地吸吮起来。味道还真甜。第一个飞快地扁下去，成了层皮儿，接着就是第二个。第二个也扁了。第三个却得以幸免——倒不是饱了，而是他意识到自己好像做得有点儿

"过"。何必赶尽杀绝呢？给人家留一个吧。再说柿子还没化透，结着冰碴儿呢，吃多了怕拉肚子。

打了两个嗝儿，赵小提又叼上了一颗烟，却没有点燃。他不想破坏嘴里芬芳的味道。临走前，他从书包里找出作业本，扯下半张纸，用钢笔在上面写道：不好意思，吃了你的柿子。他将最后一个柿子放回原处，下面压着这张纸条。

离开筒子楼后，赵小提还忍不住回头张望，寻找着窗台上的柿子。路灯把他的影子拉长又缩短，缩短又拉长，笑意却从他的嘴角边浮上来。回家之后又是千篇一律的夜晚：母亲问他今天练琴的心得与收获，提醒他周末去老师家上课万万不可迟到，看着他睡前用热水泡手……但是赵小提心里有种莫名其妙的惬意。他长久以来的孤独感突然消失了。

第二天下午，赵小提一走进房间，便警惕地留意屋里的变化。他把书包和琴匣轻轻放在地上，绕着小小的斗室走了一圈，两圈，三圈。他的鼻子情不自禁地像警犬一样抽动，但没有闻到生人的气味。屋子里的物件也原封不动，椅子仍与钢琴平行摆放，"山水"收录机的天线还那么歪歪斜斜地支楞着。

昨晚仅存的一个柿子也孤零零地摆在窗台上，隔着玻璃窗，在昏暗的暮色中像一盏柔软的灯。赵小提失落地嘘了一口气：看来没人来过。从他昨晚离去到今天开门进来，房间恒久地空着。他仍然是这里仅有的一个人。也许"另一个人"昨天有事没来练琴？再也许，人家刚好结束了在这间房子里的租期，而柿子正是送给赵小提的"留念"？

孤独感又不可遏制地涌上来，赵小提想要立刻就抽上一支"万宝路"，但却觉得被一只干枯的手扼住了喉咙，连呼吸都不畅了。他靠窗发了会儿呆，终于慢慢弯腰，打开琴匣，把小提琴的腮托顶在已经磨出一块厚厚的老茧的下巴上。时间是耽误不起的，尽管时间是如此的枯燥。

今天的《无穷动》练得很不顺利，几个关键的衔接被处理得上气不接下气，一贯引以为傲的音准也出了问题。假如被母亲听见，她一定早已用指关节敲敲桌面，冷冷地怒视赵小提了。但赵小提也只能硬着头皮拉下去，他厌烦这支离破碎的琴声，却又生怕它停下。

天色彻底黑了，他才突然意识到自己忘了开灯。拉一下塑料灯绳，窗外的那只柿子又亮了起来，和头顶的灯泡呼应着。昨天留下的字条被它压在下面，在风里微微抖动。现在再看见柿子，赵小提就是一肚子的负气了，甚至还有几分没来由的委屈夹杂其中。同时，他又饿了。

第三只柿子终于也瘪了。吃的时候，赵小提用昨天留下的那张字条裹着它，过分用力地吸吮，把汁水都挤出来了。柿子是不速之客，把它们消灭干净，他就可以心平气和地练琴啦。赵小提泄愤般地想。然而就在把柿子皮随手抛出窗外，用揉皱的字条擦手的时候，他突然愣住了。

字条上，在他昨晚留下的那句话底下，多了一行陌生人的笔迹。字写得很瘦弱，带着弱不禁风的秀气，但口气却强硬得很。就三个字：你讨厌！还画了一个浓墨重彩的惊叹号。赵小提的第一反应，写字的人是个女孩，第二个反应，则是她并没有真的为那两个柿子生气，她的口气与其说是抗议，倒不如说是某种娇嗔。

就像学校里那些很受追捧的女生常用的口吻一样。当被欠招的男生扯辫子或者开了"过头"的玩笑时，她们往往绯红着脸怒斥：你讨厌！但声音往往伴着鼻腔，最后一个字被拖得略有些长，眼角还埋着风情——虽然尚且不能运用熟练，但已经足够令人心花怒放。

然而在学校，赵小提可从来没有享受过这种待遇。常年的练琴和管教让他变得沉默寡言，沉默寡言又加剧了他的孤独和胆怯。他总觉得自己有满腔的话想说，但却没有合适的人说。

正因为这个原因，纸条上的三个字使赵小提兴奋莫名。在这隐秘的房间，通过隐秘的方式，他感到自己和外部世界发生了隐秘的联系。他反复看着那句"你讨厌"，设想着它变成声音会是什么样的效果。他攥着纸条在斗室里大踏步地踱来踱去，像电影里被灵感击中的狂喜的贝多芬。他不时狠狠地挠挠自己的脑袋，又点燃了一颗烟，深吸一口，以轻浮的姿态"咻"地吐了出去。

如何让他们的联系继续下去，这是赵小提必须考虑的问题。帕格尼尼是怎样从第一段旋律演绎出《无穷动》的？其实也没有想象中的那么难。他胸有成竹地拿起琴来，继续今天的演奏。比起刚才，手指灵活了许多，每个音符都掷地有声，此后的练琴效果让赵小提自己都吃惊。

再一天下午，赵小提开门走进这个房间时，比平常晚了半个小时。他的手里除了琴匣，还拎着一只厚厚的塑料袋。他打开窗户，从袋子里拿出柿子来，码在寒冷的窗台上：一只，两只……远远超过了三只。放学回来的路上经过一个菜市场，在水果摊上，他挑了十只最大、最饱满的。价钱可不便宜，接下去的两个礼拜，他就抽不起"万宝路"了。柿子们互相摞着，形成了一个不规则的金字塔，此时被光一照，几乎像是一团橙色的火。赵小提便在跳动的火光里拉琴，同时陷入新的踌躇：他是否需要给"她"再留一张字条呢？比如向她道歉？比如请她吃这些更多的柿子——放心吃，痛快吃，不吃就是不给他面子。

当晚离开的时候，这个念头在最后一刻被打消了。年仅十七岁的赵小提已经懂得了言有尽而意无穷。他想：无论对方接受或不接受他的道歉，吃或不吃他的柿子，他们的"联系"都会被限制在这简单的礼尚往来之中。换一个说法，一旦有了明确的说辞，他们的"联系"不仅不会深入，反而会被终止。他想要的可不是这些。他应该让柿子们默默无言地摆在那里，留给对方猜测和想象的空间。如果对方也去猜，也去想，那么事情的含义就会真正地宽阔起来了。

走的时候，赵小提照例在楼下驻足片刻，仰望那些柿子。火焰在二楼的窗台上燃烧，他强迫自己记住它们的数量和码放的形状。而回到家里，他无论吃饭还是洗澡都变得迅速了，和父母说话的语速也快了。

母亲问他："有什么高兴的事儿？练琴时又啃下了两个硬骨头吗？"

赵小提不置可否。他不好意思告诉母亲，自己其实只是希望时间过得快一些，希望走进那间琴房的时刻早点来临。

再次走进房间时，赵小提直奔窗边。柿子们仍然一个摆一个地码放在那里，但形状已经发生了微妙的变化。他屏住呼吸数了数它们的数量：九个。再数一遍，还是九个。也就是说，另一个"她"吃掉了一个柿子。她的胃口和字迹一样秀气，只吃一个就够了。而除此之外，赵小提还能推测出什么信息呢？她看到卷土重来的柿子远远多于以前时，是惊愕还是莞尔一笑呢？如果她把赵小提的举动视为某种"表示"，那么她有没有新的"表示"呢？

四下略一打量，赵小提惊喜地发现，自己身处的地方已经焕然一新。不只是钢琴，窗台、谱架和五斗橱上的尘土都被擦拭干净，就连暖气片也用抹布细细地抹过了。打开灯，每样东西的表面都流动着细细的光，窗明几净的房间甚至显得比原来大了不少。这就是"她"的表示吗？她既然和赵小提分享了柿子，也就愿意和赵小提分享打扫卫生的成果吗？如果这还不够明显，那么另一样东西就更能说明问题了。在钢琴前方的木椅子上，还摆着一个烟灰缸。它是用一只空可乐罐子制作而成的，上半部分的铁皮被均匀地剪开，外翻，折成了一朵绽放的红花。"她"闻到过他遗留在屋里的烟味儿，那东西是"她"留给他的新礼物，而且是主动赠送的，和那天的三只柿子不是一个性质。

毫无疑问，在这间琴房里，他们已经结成了从未谋面的但却不言自明的"交情"。

那么，当今天练习《无穷动》时，赵小提所想的，就是新的问题了。"她"到底多大岁数？是胖是瘦？长什么样子？这些疑问像剪断了的串珠，不可遏制地从他的头脑深处蹦了出来。他还联想到了小时候听过的那个"田螺姑娘"的童话。"她"像田螺姑娘一样给他提供了食物和清洁，而他越是感受到那份关照，也就越发受到了好奇心的进一步折磨。他们应该见面吗？他们能够见面吗？

这一天，赵小提练完琴，像往常一样背上书包，拉灭电灯，关门出了房间。然而他犹豫再三，终于没有走下筒子楼的楼梯，而是又往上爬了半层，缩进楼道拐角的黑影里。他决定等"她"一等，时限是一个小时。如果这段时间内对方没来，他就只好回家去了。母亲对他的作息控制得很严，拖延得不太久，他还可以谎称在路上吃了顿快餐或者到操场锻炼了一下身体，假如超过了一个小时，则势必引起疑心——偏偏赵小提自己也是心虚的。

楼道里并不安静。声乐演员穷极无聊地吊着嗓子，"咦咦啊啊"之声从洗澡间或卫生间忽高忽低地传来，裹挟着肉味儿和粪便味儿钻进赵小提的耳朵里。几个男人在三楼靠外的房间里打扑克，争论之声乍起复又消沉。冬天正是吃涮羊肉的季节，一个女人家门口的大白菜被邻居"顺"了两棵，她愤怒地、字正腔圆地公开指责持续了二十分钟之久。赵小提所埋伏的拐角里积存了大量杂物，有旧皮鞋、成麻袋的饮料瓶、一台单开门冰柜，甚至还有两只半米见高的酸菜缸。这些东西为他提供了足够的掩护，但味道着实不好闻，过了一会儿，他被迫点燃了一颗烟，同时歪歪斜斜地靠在脱皮掉灰的墙壁上。一个穿开衫厚毛衣的男人从楼上下来，看到他嘴上明灭的烟头，不由得脚步一停，嗓子眼儿里"嗯"了一声，随后装作没看见似的快步离开。在人家的眼里，赵小提此时的形象就是一个守在人家门口等女孩儿的坏小子吧。他不禁觉得可笑，同时稍感荒唐。那种勾当他可从来没干过，眼下也不算。但他又算是在干什么呢？

随着在楼道里待的时间渐渐延长，新的惶惑也冒了出来：他怎么笃定"她"会在他之后的晚上来到琴房，而不是在第二天的上午呢？赵小提是学生，白天需要上学，但如果用自己的规律来揣测人家，那也太一厢情愿了吧。比惶惑更让他难受的，就是害怕了。越想着对方很可能在下一个瞬间出现在二楼的楼梯口，他的心就越发怦怦乱跳，像打鼓一样。他敢和人家打招呼吗？打了招呼之后又能说些什么？他还担心假如被对方"认"了出来，自己很可能会没出息地撒腿就跑。那可就是不折不扣的"见光死"了。赵小提突然醒悟到，他和"她"即使建立了心照不宣的联系，那联系也仅在不见面的情况下有效，如果他们在同一个时间出现在同一个地点，仍然算是陌生人。

这个残酷的发现让赵小提陷入沮丧。有那么两次，他几乎想要拔腿就跑，但总算压抑住了这个念头。再看看手上的"卡西欧"手表，已经七点五十分了。等都等了这么久，为什么不凑足一个小时呢？那时再走，对自己也是个交代吧，起码睡前不会怪自己没用。

七点五十到八点，这十分钟很快也很慢，但终于就要流逝殆尽了。赵小提怅然却又如释重负地拧了下身子，让肩膀离开墙面。他准备离开。

也就是在这时候，一个女孩的脚步从一楼的楼梯上传来，渐强，越来越清晰。脚步声停止在二楼的走廊入口，她侧了下头，与站在高处离她几米的赵小提对视。

这是突如其来的相见。对于赵小提来说，他在此前一个小时内所作的心理准备全都白费。他像突然曝光的胶卷迎接女孩的目光，同时也看着她。女孩也是十六七岁的模样，穿一件对这个年龄的姑娘而言相当老气的棕色格子外套，马尾辫垂到外衣的毛领子上。她的脸不算白，颧骨上各有一块微微的糙红，她的眼睛明亮且极具穿透力，使赵小提感到自己关于她的想法全被一览无余。但赵小提只看到了她的上半张脸，鼻子以下的部分全被一只厚厚的医用口罩掩盖住了。她是感冒了，还是不适应近日干燥扬尘的天气？

赵小提半张着嘴，喉结紧张地发抖，发不出声音却又生怕自己有什么难听的声音。

好在这次见面仅仅是惊鸿一瞥。也是，人家也许只是路过时突然发现楼梯上有人，便下意识地驻足而已。她没有认出他来，赵小提歪歪斜斜地站着夹着烟的样子，也绝不像一个把《无穷动》拉得滚瓜烂熟的小提琴手。女孩的步伐轻快，转眼从赵小提的视野消失，随后传来了锁簧跳动的声音，随后是关门声，随后，钢琴的奏鸣从那间琴房里汩汩涌出。

赵小提对钢琴不熟，听不出女孩正在练的是什么曲目。但从速度和音阶的跨度判断，那曲子的难度极大，是专为演奏者炫技所写的一类作品。她和赵小提一样，也是备战即将举行的那个音乐大赛的选手吧？每年的这个时候，都有无数资深"琴童"从全国各地赶到北京，和家人租住在音乐学院与各大乐团附近的旅馆、招待所里，花大价钱去拜访名师，只为了把几年、十几年的功夫换作比赛场上的全力一搏。"琴童"们大多活得极其封闭，互相之间没有交往，就是在同一个老师门下学习的孩子，赵小提也一个都不认识。但在他心里，这些人却比其他同龄人熟悉得多，也亲近得多。他们都在忍受着同一种孤独。

赵小提在女孩的钢琴声中发愣，出神，时间又不知过了多久。直到一曲终了，楼道陡然空空荡荡，他才疾风一样跑下楼，逃也似的走了。

明天再来，窗台上的柿子又会少一个吧？他顶着寒风，一边往家里走着，一边这样想。

赵小提是在第二天早上才发现自己的琴不见了的。那天回家以后，他开门进屋，先看见餐厅桌上半凉的饭菜，接着便听见母亲的唠叨声从里屋传出来。

"今天怎么回来得那么晚？到哪儿瞎转去了？"母亲把菜往笼屉里放着，说，"这孩子，比赛还有半个月就开始了，怎么还是一副不着急不着慌的样子。你可得认清形势，如果得不上名次进不了'中央院'，这些年的功夫可就算白下了，你得和普通学生一样参加高考，别的大学你考得上么……"

考不上其他大学，还不是因为你们为了让我练琴，削减了我的文化课和家庭作业。这赌注是你们替我下的。赵小提在心里回着嘴，嘴上却说：

"今天多练了一会儿。有几个音总觉得力道不够，又'抠了抠'。"

母亲的脸色立刻缓和了："那也别太晚，赛前过度劳累也不好……再说也别影响别人用房间。"

赵小提心里咯噔一下。看来琴房里有另一个人，母亲是知道的，只有自己长期蒙在鼓里。他默默地吃完饭，然后拿着跳绳去门外活动了下身体，再回来洗澡、用热水泡手，最后躺在床上，用 cd 机分别听了两遍海费茨和穆特演奏的《无穷动》。这些都是每晚的例行公事，他懵懵懂懂地进行着，并没有感到什么不对劲。

直到第二天到学校敷衍了几堂课，坐车回到家里取琴时，他才赫然看到自己房间的书架第二格是空的。每天晚上睡觉前，他都会顺手把小提琴的琴匣在这个地方放好，以便次日下午拎上就走。那柄德国进口的仿制"斯特拉迪瓦里"去哪儿了呢？赵小提只觉得两肩一紧，冷汗已经冒了出来。绞尽脑汁逆着时间一幕幕地回忆，他想起自己昨晚睡前就没看见过自己的琴，再往前，进家门的时候也没有拎着它，再往前，从筒子楼走回来的时候手居然是空的。而稍稍令人感到滑稽的是，整整一个晚上，不仅他自己没发现琴没了，就连母亲也视若无睹。小提琴这个当前对赵小提一家人最重要的东西，竟然成了他们眼中的盲点。

好在赵小提尚能理清思绪。他判断，自己极有可能把琴落在昨天"埋伏"过的那个楼道拐角了。昨晚失魂落魄，他只顾着闷头琢磨事儿，走的时候便忘了拿琴——就像战士丢了他的枪。这么想着，他撒腿就往两公里外的那个乐团家属院跑去，同时心里火烧火燎：筒子楼是个嘈杂的地方，每天进进出出的不知道是些什么人，一只做工精细的琴匣躺在地上，不可能没人留意。万一被谁家孩子捡走了呢？万一被收废品的顺手牵羊了呢？万一被哪个识货的人据为己有或者拿到琴行里去卖了呢？如果琴找不回来，他想象不出母亲会是什么反应。就算他家的经济情况还算宽裕，三万多块钱的琴价也不是小数啊！更重要的是，比赛迫在眉睫，一时半会儿到哪儿去找一把拉顺了手的琴呢？

街上稀稀拉拉的行人看着这个孩子张皇地奔跑。在冬天的下午，赵小提满头满脸都是汗，身体内部却越来越凉。当他跌撞着冲上二楼，往那堆杂乱的物件中间望去，心里的温度终于降到了冰点：琴不在那里。

他险些一屁股坐到地上。脑子里回响着某个幸灾乐祸的声音：让你不看好它，让你整天胡思乱想些没用的东西，现在好了吧，琴丢了。赵小提像长途跋涉的骆驼一样张大鼻孔呼吸，但只觉得氧气供给不到身上的器官。他眼前的一切都开始模糊，重病一般扶着墙，往那个琴房走过去。他需要一个封闭的地方静一静，仿佛正在躲避着巨大的危险。他也知道自己这么做是鸵鸟战术，对眼下的困境一点帮助也没有，但他就是管不住自己。他只想藏起来。

事情是在半分钟之后峰回路转的。当赵小提打开房门，赫然看见琴匣稳稳当当地摆放在钢琴上，和收录机呈四十五度角。他几乎不敢相信，使劲揉着眼睛。他的大脑因为狂喜而眩晕，却又像有了特异功能一般，脑海里浮现出昨天的情景，却是自己从未目睹过的情景：

依然是这个昏暗、狭窄的房间，屋里的人不是他而是那个女孩。她端坐在钢琴上，弹奏着那首高难度的练习曲。她的脖颈修长，腰背挺直。片刻，一曲终了，女孩却没有移动身体，两手仍悬在琴键上方，保持着"握着一个鸡蛋"的标准手形。她微微侧头，像在空气里捕捉仍未消失的音符。但赵小提知道，她是在听着门外的动静。她知道他还站在楼道里，听。而这时，自己那不争气的逃跑脚步响了起来，咚咚地踩着楼梯。站在事后的、旁观者的角度，赵小提觉得自己既莫名其妙又做贼心虚。跑什么呀？怕什么呀？他指责昨天的自己。

而女孩呢，居然立刻站了起来，开门追了出去。她竟然追他，她为什么追他呢？是要感谢他超额归还的柿子吗？是想打听赵小提是否也是音乐比赛的选手吗？她也是渴望认识他的吗？她心里是否怀揣着和他同质的、稚嫩又沧桑的孤独感？

可是昨天的赵小提终究是跑掉了。今天的赵小提在脑海里追踪着女孩来到二楼的楼道口，往斜上方望着，看到了他落在那里的琴匣。他还看到女孩走上楼梯，轻轻把琴匣拎了起来，往琴房走回去。在这个过程中，女孩的嘴角上翘，露出的笑容堪称幸福。也不知是怎么搞的，赵小提只见过女孩戴着口罩的样子，但却能清晰、真实地勾勒出她整张脸的全貌。她秀气而又明媚，和她的眼睛很相称，也和他所期望的一模一样。

这一幕幕像放电影一样"过"完，赵小提就再也安静不住了。他意识到自己情窦初开，并像所有处于那种心境的男孩一样激动、浮躁。他特别想做点儿什么，但又实在想不清楚自己应该做点儿什么。他先是打开琴匣，把琴捧出来拉了一会儿，但却再也感受不到一点儿失而复得的珍贵。《无穷动》被胡乱处理，忽快忽慢，拖拖沓沓。他放下琴，又去数外面窗台上的柿子：一只，两只……七只，八只。女孩是每天吃一只，她不紧不慢，井然有序。她就算同样对赵小提抱有好奇和兴趣，也不会像他一样乱了方寸。想到这儿，赵小提毛手毛脚地抖出一颗烟来，塞进嘴里，狠狠地抽起来。

抽完烟，他才终于弄明白自己到底想要做什么。他打开窗户放了放味儿，然后拎起琴匣走了出去。他再次来到昨天的那个楼道拐角，一屁股坐在台阶上。他决定继续等她，等来了又要怎么办呢？他不知道，但他不惜为此消耗掉大赛前夕的整个儿晚上。

决心已定，时间就快了。到了晚饭的时间，楼上楼下依旧充满嘈杂，但赵小提却像入化了一样纹丝不动。那些声音进了耳朵却进不了脑子，上上下下经过的路人看见了赵小提，赵小提却看不见他们。

七点钟终于到了，女孩如约而至。赵小提的目光越过污浊的水泥扶手，先看到了她晃动的马尾辫，接着看清了她戴口罩的脸。她是感冒了还是格外怕冷？

来不及多想，赵小提已经被自己的双腿弹了起来。他张开嘴，这才发现自己竟然没有设计好该说什么。下意识地，他抬起手，把琴匣拎高几寸晃了晃。

女孩的眼睛一弯，也没出声，对他点了点头。假如赵小提在为小提琴的事儿致谢，她的意思就是不客气吧。接着，两人便僵立着，陷入被胶粘住一般的沉默。

赵小提真恨自己。多年以来，他已经习惯于用手指和琴弦发声，语言的能力仿佛高度退化了。班上那些男生是怎么跟女生搭讪的？电视和电影里那些油嘴滑舌的家伙是怎么打破僵局的？可现在临时抱佛脚又哪里管用啊。他的嘴再次张开，却只能发出吭吭叽叽的杂音。

女孩倒比他沉稳得多，她的眼睛又弯了一弯，然后抬起手来做了个拜拜的动作，就转身轻巧地往琴房走去了。赵小提愣了一会儿才跟上去，看见房间里的灯已经打开了，门缝犹豫地敞开几秒，最后轻轻关上。

那么，他今天的等待到此结束了吗？赵小提可不甘心。女孩认为他应该离开吗？赵小提也不这么认为。他预感到事情还没有完。门关了不等于故事结束。

果然，琴声从屋里传了出来——不是高难度的练习曲，而是极其简单但却因此而分外优美的旋律，德国人约翰·帕赫贝尔的《卡农 d 大调》。这是学乐器的人最早接触的一类曲子，也是在他们脑海里和指尖上留下了条件反射般的印象的曲子。尽管已经把《无穷动》练得烂熟，但赵小提在若有所思的时候，脑子里闪出的"背景音乐"总是那么简单的几首。

女孩的琴声果然也是若有所思的。《卡农 d 大调》被她弹得潦草随意，完全像是下意识地弄出的声响。她好像在感慨什么，又像在等待什么。

赵小提终于明白了女孩想要做什么。他打开琴匣，又一次把琴拿出来，隔着门，与她合奏起来。这支曲子有着各种演绎的版本，其中最经典的就是钢琴与小提琴的搭配，学这两种乐器的人没有不熟悉的。他的琴声一加入，女孩那边立刻有了响应，指尖上有了根也有了魂，呼应起赵小提来。曲调明朗清澈，合奏声在楼道里反弹着越传越远，两个住在隔壁的乐手被引了出来，却没有打断赵小提，而是微笑着为他打着拍子，好像在善意地面对一个傻子。

赵小提的确是个傻子了。那一瞬间，他觉得全世界都统摄在《卡农 d 大调》之中，而乐曲的另一半则是从门那边的另一个世界传来的。赵小提的眼睛明亮，掌心发热，心境清澄。他充满着无可言喻的自信心，并感叹自己此前的十几年活得是多么虚弱。合奏结束了，他的踌躇也便烟消云散。他要迈出那一步，和多年来的孤独一刀两断。

赵小提把小提琴放进琴匣，掏出钥匙，对了几次才对准锁眼，捅进去，轻轻往右拧着。当门锁发出清脆的咔拉一声，他不由得屏住了呼吸。但他没想到的是，屋里也发出了相应的声音，是椅子移位和脚踩地面的声音。女孩简直像把自己的身体抛起来，重重地顶在门上。赵小提觉得头顶的门沿都落灰了。

随即，形势变成了两人隔门角力，僵持。一个想要进去，一个力图阻止对方。赵小提下意识地使着劲儿，心里的惶惑像沸水一样冒着泡儿：她不想让他进去，不想和他近距离地坦诚相见吗？那么，她是讨厌他吗？讨厌他为什么流露出了那么多的善意——柿子、可乐罐烟缸、小提琴、《卡农 d 大调》？以上这些，都是他们切切实实地交往的证据。他们明明建立了联系，她为什么要在最后一刻把这些联系全部切断？她为什么要把窗户纸筑成石墙？

除了惶惑，赵小提心里泛上来的还有委屈，同时竟然还有愤怒。那些愤怒并不来自于隔门相拒的女孩，而是来自他生活里的一切，但归根结底还是汇聚到那女孩的身上了。他想起家人对他的管制和冷漠，想起在学校里没有一个朋友，仅仅因为一项特长而被同学们孤立，他还想起自己为了练琴所吃的苦楚，那些苦楚并非他自己的选择却被周围的人视为天经地义。他忍受了这么多年，今天终于遇到了一个自认为可以说一说的人，但人家却毫无理由地把他拒之门外。

愤怒让赵小提脸红心跳，眼泪都快迸出来了。他想哀求女孩开门，但却因为头脑发空而说不出一个字。耳边只剩下了嗡嗡回响，身体里只剩下了一股蛮力。他不假思索地把这蛮力用到了薄薄的门板上，仿佛推开它，就是推开令人窒息的生活，让天边露出一道光来。男孩的力气终究比女孩大得多，但赵小提却不觉得自己在恃强凌弱。他感到自己正在和什么无比巨大、险恶的东西抗争，必须全力以赴。他全身倾斜，肩膀顶在门上，从腿往腰再往肩膀上发力：一下，两下，三下。

门终于在默默无声中被推开了。赵小提的身体沐浴在电灯的光里。在光里，他首先看见了窗外燃烧的柿子，看见了敞开盖儿的钢琴，还看见了钢琴上折得整整齐齐的口罩。他总算意识到了女孩已经失去重心，像树叶一般往水泥地上摇曳着坠落下去；他捞了一把，离她挥舞的胳膊还有半米左右的距离，只能看着她一头栽倒；他还诧异于女孩并没发出惨叫，甚至连抱头含胸自我保护的条件反射也没有，她只是用力地扭着头，让她的脸向后，再向后，背离赵小提的视线。

但赵小提终究是看到了。在绽开的马尾辫的乌云里，女孩面色格外煞白，她没戴口罩的脸像赵小提所幻想过的一样清洁、秀气，因而更把那道疤凸现了出来。疤长在嘴巴的上方，和完整的下嘴唇垂直，它一眼而知不是后天划开的，而是将先天的缺口缝合所致。也许将这道疤修复完整是一项繁琐的工程，眼下手术只进行了一半，也许它根本就没有可能修复，医生和女孩的父母只能心照不宣地敷衍了事。

女孩坐倒在地，后背重重地磕在暖气上。但她仍未出声，而是缓缓抬起一只手，按在自己的嘴上，把下半边脸遮住，才扭过头来直视赵小提。她的目光是平静的，却让赵小提感到刀锋一般的寒冷。那是历经岁月、用无数怨恨淬炼出来的彻骨寒。在女孩的注视下，赵小提清楚地认识到了自己的角色是一个施暴者。他还觉得自己正在无限地缩小，世界以更加巨大的重量压在了他的身上。

赵小提转过身去，把女孩和房间留在了背后。走的时候，他下意识地拎起了琴匣，但他知道，经历过那次合奏，自己怕是再也无法用小提琴拉出一个音符了。

芳华的内心戏

这个月，芳华喜欢过三个男人。其实以前也不是没喜欢过男人，比如说，半年前，她就喜欢过街口修自行车的小黄。小黄的个子虽然矮，但是脸庞的轮廓很周正，干活的时候嘴里好像咬着一股劲，两边的咀嚼肌鼓起来。芳华喜欢他鼓着咀嚼肌专心修车的模样。还喜欢过烟草专卖店的刘陆，刘陆虽然卖烟，但是不抽烟，而且收了顾客的钱，却不允许他们在店里就把烟点上。他说要保证房间内的空气清新。芳华就是喜欢他这种有原则的性格。

为什么偏偏要说十月份的这三个男人呢？因为这三个和以前她喜欢过的那些，有了总体性的变化。过去芳华喜欢的，都是年轻的男孩，不超过二十五岁，无论是咬着嘴做事的样子，还是执意不允许在店里抽烟的原则，本质上都带着三分孩子气。而这三个男人，他们的长相和说话的方式虽然各不相同，但有一个共同的特点，就是整个人扎扎实实地定了型。那是类似于根叶广茂的树木的稳定感，和攀在墙上的藤蔓植物自是不同。也就是说，芳华开始喜欢成熟的男人了，这对于她来说，的确是一个值得纪念的变化。来到这城市北部的这片新区住了三年，芳华觉得自己长大了。

她明年就满二十了。

先说第一个男人。芳华"喜欢"上他，是在早晨六点钟。这个时候，整条街的商铺只有芳华的小卖部开了门。她早早醒了，坐在床上发了会儿呆，觉得不营业也没事可做，便掀开了铝合金店门，让小卖部的五脏六腑一致对外。她也不饿，只是口干，就打开一瓶可乐，把塑料管捅进去吮，一口下去小半瓶。

这个时候，第一个男人就从小卖部斜对面的小区走了出来。那小区是新盖好的，房价据说不便宜，但具体有多贵，却又是芳华根本不去考虑的。她只觉得被晨露洗刷了一遍，那几栋二十多层的塔楼分外鲜明亮眼。小区里的人家大部分还在睡觉，因此第一个男人早早往外走的姿态，就显得颇为孤单。他还拖着一只巨大的拉杆箱子。

芳华带着麻木的专注，远远地盯着那男人看。他的个头可不高，头发倒还浓密，只是太浓密了些，反而压得身量更显矮了。他往她的小卖部走来。

进店一看，脸是乌黑的，脑门的皱纹像是钝刀子划上去的。这男人买了一盒牛奶，还让芳华放到微波炉里转一转。微波炉正在响，他又说：

"你早上最好也喝热牛奶。老喝这个要伤胃的。"同时看向芳华手里的可乐。

听了这话，芳华就觉得微波炉的声音像几百只苍蝇在同时叫。以前店里只有她一个人的时候，小黄和刘陆他们也会过来搭讪，但所说的话题，不是手机里下载了什么新歌，就是湖南卫视的女主持人到底要嫁给谁，何尝有人关心过她的胃。

大早上的，芳华的周身好像被热水烫过，暖和而熨帖。一句话竟然有这样大的能量，这是芳华始料未及的。微波炉玎玲一响，她拉开塑料门，要把牛奶拿出来，那男人低沉的声音又传过来：

"别烫着。"

那一瞬间，芳华就决定，干脆"喜欢"他好了。她两个指头捏着牛奶盒子，小指却向上翘，迅捷地将它捏出来，放到男人面前。

"不烫。"芳华邀功似的说。

男人伸手搭在牛奶盒上，把脉似的探探温度，然后小心翼翼地撕开包装，吸吸溜溜地喝起来。他的手粗壮得很，但却出奇的灵活，并不浪费任何一个微小的动作。芳华觉得他像老家那边的手艺人。

"有没有三五？"男人问了个香烟的牌子。

芳华回答："没有。我们这里只有中南海。外国烟得到东边第三家的烟店里去……"

"那赶不及了。"男人抬起手，边看表边说，"急着赶飞机。"

芳华看了看那条汗毛茂盛的胳膊，又顺着胳膊垂下去的角度，瞥了一眼立在地上的拉杆箱子，登时感到遗憾。她才刚刚决定喜欢他，他就要出远门。他走了，留给她一个空空荡荡的念想，那滋味可不好受。芳华又想起一年半以前，"喜欢"过一个眉清目秀，却有点儿兔子牙的男学生的事情。那次就是刚决定"喜欢"，男孩却到外地读书去了，此后再没回来过。芳华年纪虽轻，但因为喜欢的人多了，也称得上饱经创伤呢。

男人掏出两张票子："赶时间，中南海就中南海吧……来两条。"

"中南海也分几种，有五块的和十块的。"

"劲儿大的。"

芳华就弯下腰，露给男人半边白脖子，从柜台底下拿出两条烟来。然后她问："出差呀？"

"对，先去上海。"

"上海也有卖烟的，没必要买这么多。"这就不是做生意的态度了。

男人说："到了上海就要转船，去海上。"

先"上海"，再"海上"，男人的这句话让芳华感到滑稽。那么要去多久呢？这恐怕就取决于男人烟瘾的大小了。要是一天一包，不到一个月就回来了。要是一天一根呢？哼，长了。

芳华不甘心似的多问一句："到海上干什么呢？"

"工作。开船运货。"男人有点漫不经心地看了眼芳华，用说闲话的态度问，"你们的店……什么时候搬到这条街上的？"

"都三年了。"

"我也搬来两年多了，怎么从没见过你似的。"男人嘟囔一句，麻利地扯开拉杆箱子的侧兜，把烟塞进去，然后起身来往外走。

芳华想说"再见"，但看着男人在通红的晨光中变小的背影，又决定不开口了。她才"喜欢"上他，他就有了两条罪状：第一，转眼就要离去，不知何时能回；第二，居然对芳华全无印象。就算他经常出门，并不怎么到这条街上来买东西，但那也不能成为芳华原谅他的理由。她可是已经决定"喜欢"他了呢。芳华又受了一次伤害，目送着男人远走。

要不……不要喜欢他了？芳华这样想。先"要不"，后"不要"，这句话也很滑稽。而这一次"喜欢"从始至终，才多长时间呢？一盒牛奶的时间。自己是不是有点太过轻率了呢？就算是游戏，也不能这么玩儿啊。太不认真就不好玩儿了。

芳华喜欢男人的游戏，具体是从什么时候开始的，她也忘了。大概是刚坐到这个小卖部的柜台后面就有端倪了吧。那个时候，她刚被从乡里带出来，进了城，见到了无数以前只在电视里才有的光景，惊异于一条街上川流不息着如此多种类的人。但是很快，芳华却发现即使进了城，却依然只能像看电视似的看光景。柜台是二十四小时不能离开的，就连睡觉也只能睡在那后面……除了上一次进医院，她从未走到过两里地以外的地方去。而在医院除了四面苍白的疼，也再没别的印象了。

街口的公共汽车站，对于她来说是无用的摆设，电视机倒是万万少不得的。很快，芳华就把每个电视台的节目时间表背了个滚瓜烂熟，反复重播的言情剧更是看了无数遍。哪个男主角睫毛最长，哪个大反派心肠最狡猾，她都了然于心。而芳华知道电视剧是假的——拍得假，演得假。既然是从假里面找乐子，为什么她不能再进一步，把银屏里的"假"带进生活中来呢？这个想法，真是一个破天荒的进步。她零零散散能见的男人也有许多，挑出最顺眼的，在心里和他演一场戏，戏里面有一见钟情，有百转千回，有肝肠寸断——这比电视要有意思得多。更奇妙的是，一旦在心里拍起了言情剧，芳华眼前的城市，就仿佛被收进了摄像机的镜头，变成假的了。而电视里放出来的城市，却反而像是真的了。

作为内心戏的导演、编剧兼女主角，芳华必须去"喜欢"某个男人。喜欢的时间可长可短，但人却一定要看着顺眼。死心塌地地喜欢那人一阵子，过一阵闯进来一个新的，旧的也就可以抛到一边去，反正是假的，不必有愧疚之心。更轻松的是，所有的喜欢和抛弃，都是芳华心里的事情，只要她脸上不动声色，就没人知道，连当事人也无法指责她什么。

这个秘密的游戏就这样保存了下来，帮助芳华把日子填满。所有的日子里，她究竟喜欢过多少男人呢？自己也数不清了。这说起来有点不好意思，显得她太贱了，像猪拱食一样不挑不拣。但是芳华也理直气壮：喜欢一下怎么啦？又没真做什么。她甚至还有三分自得。电视剧里的女人必须从一而终，她的爱情生活却如此丰富多彩。

重质不重量，那是在现实中谈恋爱的原则；既然是独个儿发骚，那就多多益善吧。迄今为止，芳华还是一个快乐的花痴。也是因为轻率，她的游戏才能玩下去。

本月的第二个男人，是在第一个男人出远门的三天之后出现的。和第一个男人相反，他在晚上走进了小卖部。那天下着小雨，路灯早已亮了，芳华正歪着脑袋，看窗户里的一团团橘色的光晕。此时正处于芳华喜欢男人的空白期，这让她的生活索然无味。第一个男人还没咂巴到味儿就走了，而那男人留给芳华的后遗症，是使她无法再心仪于常在街上走来走去的年轻小伙子。

正在失落之间，雨打门帘啪啪响，吱扭一声，进来一个瘦高个儿。他的脸瘦长，头发也长，还打卷儿，淋湿了贴在脑门上。这男人穿着有点邋遢，棉布裤子上全是皱纹。但周身却透出一股文气，倒像这邋遢也是精心设计出来的了。更吸引芳华的，还是男人身后背的一只说箱子不算箱子，说匣子不算匣子的容器。那东西也长长的，黑色油布面儿，下面宽上面窄。芳华本能地猜想里面装的是一件乐器。

男人问："有没有红酒？"

"哪种红酒？"

男人伸着脖子，隔着柜台往货架上看。小卖部里只有两种红酒：一是国产的"长城"，五十块钱一瓶；二是不知道什么牌子的外国酒，一个贩酒的老乡放到店里寄卖的。因为是外国字，芳华就擅自给后者定了高价。

"要那种。"男人指着外国字说。

"一百……二。"芳华提醒他，"长城只要五十。"

"就这种。"男人数出钱来给她。她注意到男人的手指也是瘦长的，整洁干燥，动作敏捷。它们仿佛成天都在动，但从来没正经干过活。

芳华登时有点于心不忍。她意识到，又一场新戏要在自己的脑子里上演了。她还忽然想起，电视剧里有一类叫做"艺术家"的男人，和眼前这位很相像。

于是她擅作主张："半价给你了——反正也卖不出去。"

"那谢谢你。"

芳华便侧脸瞥着这男人，将酒从货架上拿下来。踮着脚尖取酒的时候，她很注意留给他一个足够赏心悦目的曲线。她先天地认为，对方会在心里暗暗评价小卖部售货员的动作是否优美。然后，她又抄起抹布来，将酒瓶上的灰擦干净。

但这就是一个自作聪明的动作了。男人的眉头蹙了一蹙，看着芳华手里那团乌黑的、一件男式跨栏背心改做的抹布。意识到这一点，芳华心一慌，酒瓶险些掉到地上。

好在天公作美，窗外忽然哗啦一声，雨在一瞬间大了起来。男人的注意力从抹布上挪开，换了一副可怜的表情："你们这儿……有没有伞？"

芳华关切地摇摇头。然后她又安慰对方："天气预报说这雨下不久的，大概一会儿就停。"

男人只好将那巨大的黑盒子立到地上，人也靠到门框上，眼睛半闭，好像在养神。他既然静默，就把原先开着的电视声音凸现了出来。芳华听着湖南卫视的主持人说着废话，迟疑了一下，伸手把电视关了。

这就是一个很明确的表示了，芳华用这种方式告诉那男人，她想跟他说话。男人果然重新睁开眼，看她。屋里只剩下了雨的声音，让两人都有些尴尬。

还是得芳华先开口。"你来这小区办事？"她问。

"对。找人。"男人说。

"找什么……啊不，找人干吗呢？"

"拉琴。"

"你那盒子里装的是琴？"

"大提琴。"

"大提琴和小提琴的区别，就是大提琴要大吗？我见过小提琴。"

男人笑了一笑："可以这么理解。"

"你是拉大提琴的？"

"我在乐团工作。"

"靠这个能吃饭？"

"都吃了十来年了。"

你一句我一句，居然说了十来分钟。至此，芳华捕捉到了这男人的许多资料：他是一个乐手，从音乐学院毕业的，如今住在市中心一家乐团的宿舍里。拉他们这种大提琴的最有名的人，现在是一个叫马友友的。可是眼前这男人也对马友友提出了很多批评，认为他的"灵感"不如一个英国女人来得强烈。很遗憾，那个英国女人已经死了……越说到后来，男人的话就越多越密，让芳华惊讶。他明明看起来是那种沉默的人，可一开了口就滔滔不绝了。当然，他说话的内容，还是围绕着他的琴、他的演奏和他的"艺术"。

只差一步，芳华就要邀请这男人为自己拉上一曲了。也许她在电视上听到过大提琴的声音，但却从来没有意识到那就是眼前这个黑盒子里装着的乐器。但是很遗憾，雨停了。

男人好像也诧异为什么说了这么多，他重新回到了刚进门时的木讷、羞涩的表情，说："再见。"

　　"拿着你的酒。"芳华并不难过地说。她提醒自己：假如是为了脑子里的"戏"搜集素材的话，那么她已经完成任务了。她对他建立了相当丰厚的认识——身高、表情、语调……至于他叫什么名字之类的，那才用不着呢。

　　接下来的工作，就是在夜里完成的了。芳华将小卖部的铝合金门拉下来，关了灯，躺到柜台后面的床铺上，平心静气地凝了会儿神。"情节"便泛上来了：就是在一个雨天，一个文气而落魄的大提琴手走进了她的生活，因为雨，他离不开了，便沉默地为她拉起琴来；现实里的雨停了，但想象里的雨还在下，大提琴手似乎因此有了借口留在这里，地老天荒地继续演奏……

　　为什么为我拉琴？芳华问他。

　　因为你的命苦。大提琴手说。

　　芳华就在自己幻想的剧情里哭了起来。所以我比别人更需要音乐呀，她既无声又响亮地说。

　　与第一个男人的转瞬消失不同，在接下来的一阵子，第二个男人几乎天天在芳华眼前出现。有时是背着琴匣从店门口快步走过，有时进来买一点东西，比如说，蜡烛。那天听到他要这东西，芳华抬头往街对面的高楼望了望："没停电呀。"

　　"有用。"第二个男人眼里含着懒洋洋的笑意说。

　　仗着下雨那天俩人有过一番对话，算是熟络了起来，芳华问："干吗用？"

　　"吃饭。"

　　吃饭需要蜡烛？芳华没反应过来，觉得不可思议。她下意识地从柜台后面拿出一包马粪纸包着的白蜡来。

　　第二个男人瞥了一瞥："有没有别的？"

"这不是蜡吗？"

"我是说……稍微有点造型的。"

"造型？"芳华理解，他是说这蜡得稍微有点儿"长相"，光秃秃一根白可不行。她想也没想就说："出门右拐，街头医院对面有家寿衣店，那儿的蜡烛长得不一样。有老寿星的，有盘龙的……"

第二个男人失声而笑："有到寿衣店买蜡烛的吗？"

男人离开后，芳华才反应过来，所谓"吃饭用的蜡烛"，就是烛光晚餐呀。她在电视上看见过这个场面的。烛光晚餐得配上音乐，而那男人自己就是拉大提琴的。她居然还让人家到寿衣店去买蜡烛，这不是傻吗？

芳华又浮想联翩了起来。很自然，她把自己当成了烛光晚餐的女主角——餐桌就摆在对面小区高楼里，某一间客厅的当中，窗外是满城电灯，屋里只留一盏火苗。晚餐吃什么呢？大概不能是油饼和包子。芳华的想象力也无暇顾及那么多，反正有烛光和琴声就足够了。对面还得有一个长发、懒散、斯文透顶的男人。

这一番内心戏排演得十分过瘾，也让芳华提醒自己，下次与第二个男人打交道的时候，得多留一点儿心，别让人家看笑话。于是，当男人来问她附近哪儿能买到花的时候，她就聪明多了。

"我听人说，门口那趟车的终点站，就是一个花鸟鱼虫市场。"

"有多远？"

"不清楚，七八站吧。"

"那来不及了。"男人怅然地垂了垂眼睛。这种男人就是有这个本事，芝麻大点儿遗憾，在他脸上会被放大成无比的惆怅。又怎么能不让人生怜呢？

于是，在男人即将离开的时候，芳华从后面喊："下次来我这儿买好了。我们店也要进花儿了。"

"什么时候？"

"就下次……你要什么花？要多少？"

"百合。每次一只就够了。"

芳华记下了他的话。晚上香烟店的刘陆又来找她搭讪，她就请他下次出门送货，顺便带些百合花来。她详细问了百合的价格、批发的起卖数量、泡在水里能活多少天，然后掐指一算："八块一支？那先来十支好了。"

因为百合花的缘故，第二个男人走进小卖店的次数就更频繁了，也有了规律。花就插在一个剪了嘴儿的可乐瓶子里，泡了水放在柜台下面，外人来了看不见，只有他来了，芳华才从中抽出一支来。男人接了花，递过十块钱，芳华用指头捻两个一块的硬币放回他手里去，交接就此完成。她不赚他的钱，她赚了他别的。

音乐、烛光、百合花。傻子也看得出，第二个男人是来和一个女人约会的。但对这场爱情里真正的女主角，芳华却全不嫉妒，反而心生感激。她知道那女人一定很漂亮，并且很有风情，因此才能吸引得一个懒散的男人如此锲而不舍。也正因为男人对那女人身上下的功夫，才令芳华的游戏有了今天的栩栩如生。芳华是他们爱情的受益者，他们的恋爱谈得越用心，她的"喜欢"也就越动心。能这么想，也是芳华的聪明之处。

然而没过多久，第二个男人也消失了，整整一个星期都再没出现。百合花还剩下三支，已经在可乐瓶里度过了最为繁茂的时刻，花茎都软软下垂了。顾客都是过客，但迄今为止，这是芳华排演的最生动、最投入的一场内心戏了。她的"喜欢"方兴未艾，于是她生出了委屈和埋怨，她还觉得自己心里有一部分被人挖走了。

难不成，她对这个男人的"喜欢"已经超越了游戏的范畴，成了真正的"喜欢"了？芳华心里一紧，提醒自己：这可不成。

也就是在这个当口，第三个男人来到了芳华的店里。

这个男人的派头，可不是前两个能比的。那天下午，芳华正在发呆，门口"吱呀"一声，停了一辆黑色的奔驰车。车上下来三个男人，都是小平头，身穿黑西装。他们对车里点一点头，就摇晃着肩膀往马路对面走去了。

奔驰车却依然堵着芳华的门口。车子也没熄火，尾气的味道渐渐飘进了店里。更重要的是，芳华正在望着对面的小区想事情呢。车这么一停，黑乎乎地把窗子遮挡了一大半，坐在柜台后面的芳华就看不真切了。

在平日的情况下，芳华是断然不会与开这种车的人争执的。但是这几天不同，她的心里正在发空、失落和烦躁，也就管不了那么多了。她从柜台后面走出去，气势汹汹地站在奔驰车的车头前，如同训斥一只硕大的动物：

"你挡着我的门口啦。"

车里还有俩人，司机的座位上也是一个小平头，司机旁边则是一个光头。光头不吭一声，看着芳华的眼神如看空气。司机却不干了，他霍地窜下车，横着膀子拉开架势，倒吓得芳华往后退了两步。

但是芳华嘴上还说："有你们这么停车的吗？让人怎么进出？"

光头却忽然一乐，也走下车来，亮出一米六出头的矮小身材。他露出饶有兴致的表情，察看了一下奔驰车停放的位置，然后转过身去，对着车头挥挥手。司机没看明白，伸着脖子等他的进一步指示，他又挥挥手。他的动作像在驱赶一只动物。

司机这下懂了，钻进驾驶舱倒车。小卖部门口那巴掌大的一方地面重新被露了出来。光头却并不回到车里去，而是走进芳华的店里，四顾一周，从墙角拽出一把方凳来，垫在屁股下坐好，脸冲着窗外，看着对面的小区。

芳华已经回到了柜台后面，这时看着光头的背影，又生疑起来。她说："你坐在这里干什么？"

光头简要地回答："看看。"

芳华翻了个白眼，也不理他，任由对方坐在那儿"看看"。这一看，就是小半天。光头挺着腰杆端坐如钟，连后脖颈子都是笔直的。他站着的时候显得矮小，一坐下，竟然给人以高大、健硕的感觉。后来芳华感到无聊，把电视打开，声音开得很大，光头也置若罔闻。有客人来店里买东西，乍一进来被他吓了一跳，他仍然纹丝不动。

就这样到了晚上，街上的路灯亮起来了。芳华也习惯了一个男人的背影牢牢地戳在面前，尽管这场面实在古怪。一旦习惯，她就有了再和对方说点儿什么的念头。

于是她说："你耽误我们的生意啦。"

光头男人头也不回："怎么耽误了？"

"你像门神似的往这儿一坐，谁还敢进来？"

"你们这儿视野好，能看见对面。"

"你到底看什么呐？我这儿有什么好看的呀？"

男人却问："你这店，每天流水多少？"

"五百……怎么着也得有六百。"

男人不答话，从怀里掏出一叠钱来，啪啪啪数了八张，放在窗台上："算我包场了。"

这举动着实让芳华吃了一惊。她几乎是蹑手蹑脚地走过去，从窗台上把钱拿走，动作如同猫在主人眼皮子底下偷食。同时，她斜眼瞥了瞥男人的脸，只觉得他不光没有表情，甚至连五官都是模糊的。他就像一尊尚未打磨成型的石像。

拿了钱，芳华的态度就不得不软了下来。她开始问光头别的话：

"喝水吗？"

"不喝。"

"饿吗？旁边店里有盖饭，能送过来。"

"不吃。"

"你不抽烟？"

"不抽。"

人家一连串的"不"，搞得芳华讪讪起来。光头却又添了一句："谢谢了。"

这足以让芳华受宠若惊。这天晚上，光头坐到了八点多钟，忽然掏出电话，拨了个号码说："今天就到这儿。"

外面的奔驰车轰鸣一声，重新发动，光头站起来就走。街对面，几个小平头横穿马路，沉默地跑向车子。

芳华心里有预感，这个男人明天还会来的。他坐了几个小时，什么事情都没干，可见来她这里的目的并未实现——尽管芳华并不知道他的目的究竟是什么。而这天晚上躺下来的时候，芳华却对光头有了异样的感觉。倒也不是对方给了八百块钱，而是因为他对她的态度：让挪车就挪车，说耽误生意就给钱，问喝水抽烟还说谢谢。光头对芳华很和善，而这和善比别人的和善来得更有价值。比如说第一个男人和第二个男人，他们也都很和善，但是他们那样的人本该和善，而这个光头呢，怎么看都没必要对一个小卖部的售货员和善的。出乎寻常的和善更让人心存感念。就像芳华老家的村里，有个五保户，邻居问他吃饱穿暖了没，他会满嘴抱怨，有一天副县长来视察，也问吃饱穿暖了没，老头儿登时就哭了：

"饱在心里，暖在心里。"

这样的感念有点儿贱，但不妨碍它是感念。循着这份感念，芳华的念头进一步活络了起来，她的内心戏又要开演了。这个光头，就变成了这个月以来她所喜欢的第三个男人。一个月就仨，也太频繁了一点，但是还是那句话，因为是游戏，也就无所谓了。

依着第三个男人的样貌，芳华把她的"戏"设计得非常刺激：他是一个江湖中人，混黑道的，但是铁汉柔情，邂逅了红颜知己，也就是她自己喽。这样的故事是从二十世纪九十年代的香港电影里借鉴过来的，结局多半凄惨：不是男的为了女的死，就是女的为了男的死。又砍又杀，又缠绵悱恻，非常过瘾。一晚上间，芳华就给自己设计了好几种死法：被车撞死，掉到海里淹死，在爆炸中化作飞灰……无论怎样死，留给故事男主角的，一律是撕心裂肺的痛楚。她想象着第三个男人面无表情的脸被血光映红，两行热泪奔涌而出，自己的心也像刀绞一般。

芳华缩在被窝里都快哭了。她忍不住联想到了自己的生活，联想到了自己被人从老家带到这个城市来的经历。她甚至想：死了才好呢。

昨夜经历生死，早上却还是觉得活着比较重要。活着才有可乐喝，活着才能在心里编戏、做梦和"喜欢"男人。尽管睡得少，但第二天，芳华的精神却非常饱满，盯着窗外两眼放光。她想：第三个男人下午会来吧？这个时候，她已经把第二个男人给忘个精光了。芳华是多么薄幸啊，这也是她在"游戏"里的特权。

第三个男人果然来了，还是下午，还是那辆奔驰车，还是光头锃亮。而他一进屋，就看见小卖部已经收拾停当了：床前摆着方凳，方凳旁有一个简易茶几，茶几上摆着一瓶矿泉水。此外还有一束花，是那三朵剩下来的百合。花都已经将近败谢了，花瓣上有了黄渍，但好歹也是个装饰。

第三个男人细细打量那花，问芳华："你买的？"

芳华朗声答道："上的货，没卖出去，剩下了。"

第三个男人问："有人买？"

芳华道："那当然。"

第三个男人眨了眨眼睛，嗓子眼深处"唔"了一声，就大大咧咧坐在方凳上，腰背笔直。坐了十来分钟，他又从兜里数出八百块钱，放在茶几上："今天的，还包场。"

芳华便坐在男人的身后，看他的光头生辉，亮如太阳。她心里发暖，想和这个男人说话的愿望越发涌上来。她只恨这男人太过沉默，并不像第二个男人那样爱说。不说话，她就无法进一步猜测对方，从而把她的戏编排得更加饱满。好在芳华不急。日复一日，还有的是时间，假如第三个男人也像第二个男人那样，在她的小卖部往来个七八次，就不信他永远是一尊模糊的石雕。

可是芳华想错了。第三个男人没有长期坐在小卖部里的必要，他只等了两天，就完成了任务。当天天色才刚刚见暗，凄凉的晚风沿着街道卷过去，男人的手机响了。芳华正在柜台后面睡眼惺忪地发愣，登时条件反射地直起腰来。

第三个男人不慌不忙地接通电话："堵到人了？"

电话那头短促地汇报着什么。

第三个男人笑一笑，这是他全天露出的第一个表情。然后他说："问我干什么？当然是动手了，要不怎么交差？那家伙要是不禁打，就稍微注意点，别弄残废了惊动警察。"

然后，第三个男人就慢悠悠地站起来，伸了一下懒腰。原来他也觉得累。而他放松的姿态，让芳华也很为他高兴。接着，她又看到这个男人探过胳膊去，把插在桌上可乐瓶里的三朵百合花拔了出来，滴答着黄绿色的水，往门外走去。

因为男人把花拔走了，芳华不禁跟上去。她跟着第三个男人来到门口，顺着他的目光看街对面。那里正在爆发一场喧闹，两三个小平头的男人扯着一个长发男人的头发，从小区门口往马路中间走过来。长发男人背后驮着一只黑匣子，芳华认得那玩意儿叫做大提琴。

那正是芳华本月喜欢的第二个男人。他在对方的臂膀之下，还挥动着胳膊想要反抗，并且大喊："你们要干什么？"可是一个小平头很熟练地在他的肋下捣了一拳，他就咳嗽着，话也说不出来了。

小平头们把第二个男人拖到马路中间，就不再前进，开始在这个宽敞的地方殴打他。他们用拳头揍他的脸，用皮鞋踢他的肚子，还用膝盖磕他的下身。第二个男人并没有还手，很顺从地被打翻在地，然后像一只虾米似的蜷起来，用屁股和腰抵御那些沉稳而密集的打击。大提琴静静地撂在他的脚边。两头几米远的地方，路过的车辆都自觉地停下来，谁也不敢鸣喇叭，只是在等这一场殴打尽快过去。

小平头们的拳打脚踢持续了几分钟，芳华侧前方的第三个男人才慢慢地踱过去。看到他走近，小平头们便倒退两步，扎着架势肃立在一旁。第三个男人手捧鲜花，蹲在第二个男人头部上方，问道："以后还犯贱吗？"

第二个男人的脸从胳膊里露出来，上面全是血和其他什么黏液。他既不点头也不摇头，他完全被打傻了，连表态的能力都丧失了。

第三个男人笑了笑，又晃晃手里的百合花说："买这玩意儿有什么用？这不是糟践钱吗？"

百合花"啪、啪"地抽在第二个男人的脸上，而站在马路牙子上的芳华却感到他的眼神在看向自己。她紧张地捏住自己的衣襟，心里既乱又慌。但她的眼睛仍然没有躲开，看着自己喜欢过的两个男人。不知不觉间，她的"游戏"又开演了。她想：如果这两个是为了她，芳华，闹到了眼下这般地步，她应该怎么办呢？

同时，她就看到第三个男人把百合花茎横在腿上，用手咔嚓一揪，将即将凋谢的花瓣全都攥在手里，揉成一团，按到第二个男人的嘴上。一个小平头又走上近前，照着第二个男人的肚子"砰"地踹了一脚，第二个男人呻吟一声，顺势张开了嘴，第三个男人就把那些花囫囵塞到他的嘴里去了。

然后，第三个男人站起来，看了看满嘴花瓣的第二个男人，说："以后长点儿记性吧。"

说完，他就带着小平头们钻进了奔驰车，轰鸣一声，顺着自行车道开走了。与打人时的从容不迫相比起来，他们的离开显得过于仓促。接着，马路上的其他车辆也大鸣起来，他们催第二个男人赶紧从地上爬起来，不要妨碍交通。第二个男人也的确这样做了，只不过动作很艰难，几乎不是走到对面的马路牙子上，而是爬过去的。街道随即恢复了车水马龙，等到拥堵的车辆散去，芳华再朝马路对面望过去时，第二个男人也不见了。整条街，仿佛只剩下她孤零零的一个人。

事情就这么乱哄哄地过去，有结局，没由头。而又过了半个多月，芳华才听人说起那场当街殴打的来龙去脉。

当时已经是十一月份了。北方城市入冬早，道路两旁的树梢都秃了，大团黄叶被风裹着飘来荡去。自从那事儿过去，芳华已经有些日子没"喜欢"上男人了，她还停留在古怪的震惊里。

那天，有三四个中年妇女从菜市场回来，又不约而同地忘了买一两味调料，便转到芳华的小卖部里。她们把酱油、盐和醋放进编织口袋，不知谁起了个头，就你争我抢地汇总起了手头的资料。

一个女人说："都是二号楼五层的那个女人惹出来的是非。她刚搬进来的时候，我就觉得不像样……二十啷当岁也不上班，每天打扮得花枝招展的在楼里进出，坐一趟电梯，留下的香味儿半天都散不掉。"

另一个女人说："那女人也不是没工作，听说是个乐团吹笛子的。挨打那个是她同事，据说早就好上了。千不该万不该，她同时还在外面勾搭了一个人，据说有钱，做建筑的。她花了人家的钱偷着养小白脸，那边气不过，就带了一群打手盯他们的梢，果不其然抓了个正着……搞艺术的都这么乱吗？"

又一个女人说："什么搞艺术的？女流氓一个。你们知不知道，她在这之前还有一个男人呢，那才是她的老公——亲夫！"

第一个女人说："啊？结过婚的？"

第二个女人说："你怎么知道的？"

第三个女人抢到了话语权，很得意地说："刚搬进小区的时候，我家和她家用的是同一个装修队，工头带我到她家参观过，也见过她和她老公。她老公看着倒是个厚道人，是个跑船的，往欧洲运货，一年倒有半年在海上。据说两人都是外地的，为了买房安家，她老公才干得这么狠……只是想不到，房子和媳妇都是给人家准备的了，还闹出这么一桩，也不知道以后还过不过得下去……"

"都这样了过什么呀？这还有良心么？"

"现在真是什么人都有……"

女人们的对话在芳华脑子里拼接，成形，终于成了一个完整的故事。但是自己把这故事又复述了一遍，芳华心里的感想，却不是故事里女人的"没良心"，也不是男人们的"不值当"。她想的是：这么巧，一段恩怨里的三个男人，恰恰都被她芳华遇见过，也被她芳华"喜欢"过。芳华有点儿激动，觉得自己也是这条轰动性新闻的直接参与者。她非常想开口，加入女人们的讨论，告诉她们："还有你们不知道的呢……她的第一个男人抽烟很凶，第二个男人是在乐团拉大提琴的，第三个男人……"

但是芳华终究没有开口。她反而飞快地落寞了下去。二号楼五层的那个女人，芳华意识到自己很羡慕她。自己的"游戏"竟然是人家的生活，而进城这么长时间，芳华终究是个看戏的，并且只能当个看戏的。

芳华再次见到第一个男人的早上，头场雪正好下下来。说雪也不是雪，就是冬雨裹着点儿冰碴，浸得人从骨头里面往外冷。芳华这天却挺忙，她从库房里将煤油炉拖出来，自己打卤，准备下面。面卤子是辣椒、鸡蛋、肉末烩成的，颜色昏暗，但味道却冲，闻着能让人想掉眼泪。面是昨天到菜市场买的手切面，兜在塑料袋里，干面条足有一斤半，等煮出锅，恨不得能盛一脸盆。在老家的时候，村里人家家吃这个。

芳华正在忙乎，门就推开了。她头也不抬，问道："回来了？"

"回来了。"头顶上的男声答道。芳华听着不是自己在等的人，赶快抬起头，就看见了上个月"喜欢"过的第一个男人。他的脸还是那么糙，头发更厚了，像钢盔似的压在脑门上。他的背后拖着拉杆箱，箱子上还摞着两个塑料袋。听到芳华的招呼，这男人也愣了一愣。

芳华有点不好意思，直起腰来，搓着手看着他。她想解释自己也在等人，但又觉得没必要，便问道："你买烟？"

男人点点头。芳华说："还是没有三五，只有中南海。五块的？劲儿大。"

男人益发诧异，像牵线木偶似的点头，一任芳华安排。等他交了钱，拖着箱子转身出去，芳华忽然从背后叫他："哎。"

男人回头："有事儿？"

芳华说："你在海上待了一个来月。"

"一个月零七天。"男人说。

"辛苦。"

"都习惯了。"男人对芳华露出宽厚的笑。然后，他就向着对面的小区门口走去了。

芳华兀自发起了呆，恍在梦中。她希望生活是个循环，当第一个男人短暂地出现又离开，第二个男人便会跟在后面，同时，第三个男人也不远了。上个月"喜欢"的三个男人，会在这个月、下个月重复出现。他们是她生活里的走马灯。他们之间的、被一个女人串连起来的关系，芳华不想理会，她在乎的是自己通过他们看到的城市与世界。

可是芳华也知道这不可能。季节转换，雨雪代替了秋风。当她略略醒过神来，门又被推开，芳华真正等待的人回来了。

这也是个男人，个头儿介乎于第一个和第二个男人之间，壮实程度与第三个男人相仿。他的相貌比第一个男人还苍老些，但实际的年纪呢，也许比第二个男人大两岁，又比第三个男人小两岁吧。他的身后没有拖拉杆箱，没有大提琴匣子，门外更没停着汽车。他是坐夜班火车回来的。他的肩膀上，趴着一个孩子。孩子两岁了，尚在熟睡，呼吸声却响得揪心，像拉风箱，睡着觉，都把自己的脸憋紫了。

"回来了？"芳华问。

"嗯。"

"那我下面。"芳华动起来。

"嗯。"男人拉过第三个男人坐过的方凳，耷拉着头看着锅。孩子还在他的肩膀趴着，躯干呼噜呼噜地回响。

"家里麦子收了？"

"嗯。"

"给我爹妈送钱了？"

"嗯。"

"见着你二姨夫了？"

"嗯。"

"带你找那中医了？"

"嗯。"

"中医怎么说？"

"嗯。"

"问你呢，中医怎么说？"

"说是先天哮喘。"男人说出句整话。

"那不跟西医说的一样。"

"抓了几服药，吃了没见好，还是让在北京看。"

"那就接着看吧。"芳华瞥了一眼孩子，把面捞进搪瓷盆里，浇卤，递给男人。

男人把孩子往地上一撂，让他岔着腿靠在柜台角上，然后端盆吃面，声势浩大。奔波俩月，没少花钱，他也累着了。芳华在一旁低眉垂眼，看着这个狠狠地强奸了她，然后又娶了她，把她带到这个城市，让她生下一个先天哮喘孩子的男人。她忽然想，自己在别人眼里，也够得上一出戏了。

县城里的友谊

上午十一点多了，耿老金才从床上坐起来。他穿上裤子，从床底下拽出两个竹筐来。自行车就停在床边，他用一只生锈的铁钩子把竹筐挂到后座上，然后推开门，把自行车抬到门外面去。

木板街上的太阳已经很亮了，照得寿衣店门口的几串纸钱像玉兰花一样白。耿老金被晃得翻了翻白眼，搬起一条腿跨到车上，放了一个屁，就势骑起来。他一边骑，一边懒洋洋地喊：

"酒瓶子、旧报纸、破衣服换钱——"

才走了半条街，忽然有人喊他：

"耿老金，你他娘的还没死啊？"

耿老金先响亮地吐了一口唾沫说："你他娘的才要死。"然后右脚才踢到一只门墩上，看见曹秃子站在麻将馆的门口，夹着一支香烟笑嘻嘻地说：

"你现在才出门，我还真是担心你睡着觉就咽气啦。"

耿老金说："你知道个屁，我是为了省一顿饭。"

曹秃子继续笑嘻嘻："还他娘的省呢，你数数，你还剩几顿饭可吃？"

耿老金也笑了，但是他说："我跟你娘都商量好啦，我们好歹也得给你添个弟才能死。把她交给你这个不孝子，我不放心啊。"

两个人你一句我一句地骂着，来到街东头邮递员陈春明家开的小饭铺吃午饭。耿老金坐到门外的桌子上，用筷子戳着桌面，对陈春明的老婆蔡小芬说：

"一碗麦虾，一盘豆腐丝。"

蔡小芬是个长着一对霸道胸部的女人，她咧着嘴说："麦虾两块五，豆腐丝一块。"说完从锅里盛出一碗麦虾，撂到桌上。耿老金凑近碗口看了看，忽然叫起来：

"你们家的麦虾是越来越少啦。"

蔡小芬说："怎么少啦？从来都是这么多。"

耿老金把碗举到蔡小芬的胸前说："你比比，你比比，原来的碗和你的一只奶子一样大，现在呢？小了快一寸啦。咱们低头不见抬头见的，这样又何必呢？对了，你干脆用奶罩盛麦虾算了吧，那绝对足斤足两。"

曹秃子说："你真是老花眼啦，蔡小芬什么时候戴过胸罩啊？"

耿老金诧异地说："怪啦，你怎么知道的？"

蔡小芬一边说："怎么嘴像狗屁眼一样臭。"一边舀起一勺面汤，朝他们脚下泼过去。两个人早已经跳开，耿老金摇着头说：

"可惜啦，可惜啦，这么一对大奶子，嫁给了一条瘸腿。"

曹秃子说："陈春明的腿瘸，鸡巴又不瘸。再说陈春明的妈不是蔡小芬她妈的妹妹么。"

蔡小芬哼了一声，刚要说话，忽然听到里屋传出摔摔打打的声音，她赶紧扭到屋里去了。耿老金追着她说："我的豆腐丝还没有来呢。"里面传出来窸窣的响声，还有一个女人拖长嗓子唱歌的声音，但是没有人理他。他就到凉菜柜子前转了一圈，忽然扯着脖子问：

"哎呀，猪头肉怎么卖？"

蔡小芬马上吼道："你他娘的要是敢动猪头肉，我就把你的嘴缝上。"

但是蔡小芬还没有跑出来，她的女儿陈艳已经甩着两只手跑到外面，她歪着脑袋，嘴角上挂着唾沫，好像唱歌一样喋喋不休地说：

"麦虾两块五，馄饨一块，油饼五毛，豆腐丝一块，花生米一块五，凉粉一块五，猪头肉三块，口条三块，花生米一块五——"

耿老金摇摇手说："别唱啦，我他娘的哪吃得了那么多东西。"

陈艳还在说，同时脖子一伸一伸的："啤酒两块，二锅头两块五——"

蔡小芬这时候追到门口，看见一群人正在围着陈艳笑嘻嘻地围观。耿老金咧开嘴，忽然有一股白花花的液体从他门牙中间那个巨大的洞里呲出来，正好落到一盘格外肥的猪头肉里。蔡小芬后悔莫及地跳起来，向耿老金冲过去：

"耿老金，你也太欺负人啦。"

耿老金说："谁看见啦？谁看见我吐啦？"曹秃子他们哈哈大笑地说："没看见，没看见。"于是耿老金端起那盘肉说："算啦，有人糟蹋了一盘肉。反正也卖不出去了，我也不嫌它脏，白给我好了。我今天就不吃豆腐丝啦。"

蔡小芬一下子坐到凳子上，恨恨地说："耿老金，你趁着陈春明不在欺负我一个女人有什么本事，你就吃吧，你吃完了拉不出屎来活活憋死。"

这时候陈艳还在不停地说，不断地点着头，已经把菜谱背到第二遍了。耿老金一边往嘴里塞猪头肉，一边对曹秃子说：

"你看，你看，蔡小芬的女儿有一个地方和她娘很像，你知道是哪里？"

曹秃子说："奶子呗。你他娘的还能看哪里？"

耿老金说："对啦，她们母女两个都是一边说话，奶子一边颤来颤去。"

曹秃子说："蔡小芬可惜，她女儿也可惜，长了那么好的一对奶子，可是一看就是兄妹俩生下来的孩子。"

这时候蔡小芬终于哭了起来，她在凳子上哈着腰，拍着大腿说："你们欺负人没个够啊，我要是个男人，就跟你们拼啦。"

耿老金看到她真的哭了，搔搔脑袋说："好啦，好啦，不就是一盘猪头肉嘛，我不是白吃，算我赊账好啦。"他一边去推自行车一边说，"等我儿子回来，让他还你的钱。"

耿老金从饭铺出来，到附近的几条街上一圈一圈地溜着。今天的收成不太好，快到中午的时候，他只捡到了十来个塑料袋和三个酒瓶子，还有从旅馆二楼吹下来的一件破背心。看来又得骑上五里路，到临海城外的垃圾场去一趟。耿老金的自行车和他一起叹着气，一歪一扭地穿过两条街，往南骑过去。一会儿来到了县文化馆，录像厅里面放着武打电影，一个香港女侠在和几个男人搏斗，他们的声音从大喇叭里吼叫出来。耿老金侧着耳朵说：

"妈呀，谁家的床上有这么大的声音。"

但是他马上眼睛一亮，跳下地，把自行车靠在文化馆的铁门上。原来这里摆出了几张露天的台球案子，一伙穿着肥大西裤的年轻人正在骂骂咧咧地打球，球案的脚下站着那么多的啤酒瓶子。一二三四五，耿老金数了数，足足有二三十个，真他娘的能喝，他们要是撒起尿来，简直能冲塌一堵墙。这样就不用去刨垃圾场了。耿老金跑到年轻人中间说：

"啤酒瓶子卖不卖？"

可是喇叭的声音太大了，没有人听见他说话。他扯着嗓子又喊了一声，但在呵哈呵哈的吼叫声里，就像一只苍蝇一样。耿老金第三次喊的时候，几乎跳了起来，却又在半空中捂住了自己的嘴。他自言自语说：

"别喊啦，没人看见我吧？"

他朝周围看了几眼，年轻人们都在注意台球，比赛进行得很激烈。耿老金偷偷弯下腰，爬到他们脚下，抱起三个啤酒瓶子，又忙不迭地爬了出去。他把瓶子放进竹筐，再爬进去。他在人腿的森林里进出了几个来回，竹筐里的翡翠越码越高。但是在他第七次爬出来的时候，忽然背上一沉，回过头来，一个光着膀子的小伙子一脚踩在他的背上，几个人把他围在中间。

"你们看看呀，有一只老王八正在偷酒喝。"

还有一个人低下来，摸摸他的脑袋说："你他娘的倒挺机灵。"

另两个人已经走到自行车旁边，一五一十地数了一遍，向这边汇报说：

"一共二十一个。"

踩着他的小伙子用脚踩了踩他说："再加上你手里的三个，一共是二十四个，你他娘的一共偷了二十四个啤酒瓶子。"

耿老金盘算了一下说："不对，应该是十八个，我本来有六个。"

"是么，"那个小伙子说着，一个一个地问他的同伴，"你喝了几个？三个。你呢？两个。现在是五个了，你呢？"

耿老金在地上叫起来："别数啦，我想起来啦，二十一个。我只有三个。"他想站起来，但是对方没有松脚的意思。他只能撅着屁股拿出钱来，数了十块零五毛钱，递上去。谁想到上面一只手打下来：

"谁他娘的说我们要卖啦。我们不卖。"那只手拿起一个啤酒瓶子，哗啦一声砸到墙上，"我们要听响。"

耿老金伸着脖子喊道："别摔啦，别摔啦，五毛钱没有啦。一块钱没有啦。"

又是一声响："一块五。"

忽然又有一个声音也说："别摔啦，哪儿有这么糟蹋东西的。这样好啦，你不是喜欢爬吗？那你就爬吧。围着桌子爬一圈，就拿走一个瓶子，计件工资。"

耿老金低着头，咬咬牙说："你们也他娘的太欺负人了。我儿子可是耿德裕。"

年轻人们互相哈哈大笑起来："耿德裕？就是你操出了耿德裕？"

耿老金说："对啦。"

他们说："既然你操出了耿德裕，那就更得爬啦。你听好，现在你不是为自己爬，而是在替耿德裕爬。"

耿老金还没有动弹，肋骨上早挨了两脚，不由得爬了起来。他爬了几步想要逃走，但是每次抬起，都看见一个松松垮垮的裤裆。年轻人们向他屁股上、肋上、肩膀上踢着，其中一个警告他说：

"不要再提耿德裕啊，否则我就要骑着你爬。"

同时告诫自己的伙伴："你们看看啊，当年耿德裕多风光，谁多看他一眼，就要被他捅上一刀，你有没有被捅过？你有没有？我当然没有，我他娘的早就想捅了他啦。不过现在看来，做人还是不要太出风头啊，想想自己的爹吧。"耿老金的脑袋又被摸了两下，"儿子不积德，老子当王八呀。"

耿老金低着头，一圈一圈地爬着，太阳照在他的脖子上，好像照在一排荒芜的田埂上。过不了多会儿，他爬得越来越慢，两条胳膊直打晃，汗水顺着脸下来，眼泪直接落到地上。他小声地、呜呜地哭着，脑袋也在发晕，有几次脸都蹭到地上了，但是还不敢停下来。路上过的人们奇怪地看着他，但是看到那几个浑身刀疤的年轻人，又赶快走开了。而那几个年轻人却早不注意他了，他们又开始为了台球你一句我一句地骂起来，迷迷糊糊之中，耿老金认为每一句都是在骂自己。这样直到每个人的影子都变成了一个小圆圈，才有一个人忽然叫起来：

"妈呀，他还他娘的在爬呢。"

另一个人说："他是不是觉得这个工作不错啊，想要把我们这一年的啤酒瓶子都爬下来？"

一根台球杆子捅捅耿老金："你一共爬了多少圈啦？"耿老金抬起头来，他们看见了一张汗水、眼泪和泥土杂拌在一起的脸，他像狗一样呼噜呼噜地，也不知道在说什么。

"既然你也说不出来，那我们也没法给你多退少补了。这样吧，"一个人蹲下来，向台球桌底下把手一挥，"我们又喝了七八个，加上以前的那些，都是你的啦。"

耿老金靠在台球桌腿儿上，谁也不顾地呜呜哭着。等到打台球的那些人都走远了，一个看球桌的十五六岁的孩子才跑过来对他说：

"你快找个凉快的地方哭吧，再这么坐着就要中暑啦。"

耿老金听话地爬起来，把地上的啤酒瓶子一个一个地捡到竹筐里去。手和脚好像都不是自己的了，尤其是手心和膝盖，像被煤球烫过一样。但是啤酒瓶子一共有二十八个，全都没有花钱，耿老金数了两遍，觉得胸膛里舒服了一些。可当他低下头，看见裤子上的两个大洞时，马上又流出眼泪来，咬牙切齿地说：

"操你妈的，我要是王八，你们就是王八蛋。你们等着吧，我儿子一回来，我让你们一个一个地爬过来，舔我的鸡巴。"

他刚要推自行车，马上又停住，捡起一块石头在文化馆的墙上画了一个三角，对那个小伙计说：

"我得记住这个地方，别等到我儿子回来就忘了。"

说完跨上车，可是小伙计却跑过来，拉住他的车把。耿老金说："干什么？"

小伙计一只手遮着太阳，懒洋洋地说："给钱吧。"

耿老金说："给谁钱？给你钱？你今天早上吃屎啦？"

小伙计拖着长音说："对啦，吃屎了行吧？不过也没办法，这些啤酒是他们在我们这儿喝的，喝完了啤酒瓶子也是我们的了。你是收破烂的吧？你要拿走，那就得给钱。五毛钱一个，二十八个，十四块钱。"

耿老金说："行，行，二十八个。"却忽然一把推开对方，蹬上车子就跑，但还没骑起来，马上又被拉住了。小伙计扑上来，一把掐着耿老金的喉咙，一边揉着胸口说：

"没给钱就想跑？你别以为我好欺负。"

他虽然瘦得像柴鸡一样，耿老金还是被扼得喘不过气来，连连往外吐唾沫。最后他只能从兜里掏出十块钱来说："就这么多啦，要不你就掐死我算啦。"

小伙计抓过钱，边走边说："他娘的，你的命可真够贱的，就值四块钱。"

耿老金的眼泪又涌出来，他一边喋喋不休地骂人，一边又跳下车，用碎砖头在那个大三角旁边画了一个小三角："我也记住你了，等我儿子回来你也跑不掉。"

小伙计头也不回地挥挥手："我知道，你儿子就是那个抢了人家钱，又把人家奸杀了的那个耿德裕吧？那个女人我还见过呢，就是大肥腿陈爱芝对吧？你记着吧，反正谁知道你儿子现在是死是活，就是活着，他敢回来才怪。"

他把耿老金甩在身后很远了，还在自言自语地说："抢劫就抢劫，还强他妈的什么奸啊？"

耿老金回到家里洗了把脸，把身上的泥土拍干净，才感到不只是手和膝盖，全身都像涨潮一样一阵一阵地疼。他仰倒在床上哼哼了一会儿，就睡着了，再睁开眼的时候，天都快黑了。他打着哈欠，眼泪汪汪地说：

"我怎么这么能睡，是不是真的要死了？"

他慢慢地出了门，往陈春明家的饭铺走过去。这个时候饭铺外面没有两个人，陈艳正坐在门框上睡觉。耿老金坐到中午坐的凳子上，有气无力地用筷子戳着桌面说：

"一碗麦虾，多放点醋。"

蔡小芬翻着白眼，根本不说话，捞了一碗麦虾摔到他面前。耿老金也不抬头，竖起筷子吃起来。

他正吃着，曹秃子也来了，他第一句话就是："耿老金，你的裤子怎么啦？"

耿老金说："我摔了一跤。"

曹秃子说："啊呀，那就坏啦，你只有一条裤子呀。"

耿老金打起精神说："我虽然只有一条裤子，可是还有两条裤子可以让我脱下来，一条是你娘的，一条是你老婆的，只管脱，不管穿。"

曹秃子哈哈一笑，对蔡小芬说："来一碗酸菜粉，让你闺女送到我那儿去。"又转头对耿老金说：

"我听说今天在文化馆有一只乌龟绕着桌子爬，爬了一下午，你看见没有？"

耿老金气闷了一下，说："没看见。"

曹秃子哈哈大笑起来："那里又没有镜子，你当然看不见自己。"耿老金把头埋到碗口，曹秃子又拍着他的肩膀说：

"今天晚上来不来？"

"去，去。"他头也不抬地说，"反正我也睡够了。"

曹秃子走了以后，耿老金继续吃着饭，他越吃越觉得闷，就叫："蔡小芬，蔡小芬。"

蔡小芬还是不搭理他，自顾把酸菜粉盛好，踢踢陈艳的脚，她女儿猛然抬起头来说：

"麦虾一块，猪头肉三块。"

蔡小芬说："酸菜粉两块对吧？送到麻将馆去，把钱带回来。"

耿老金说："你女儿都认识票子啦？"

蔡小芬还不说话，耿老金又说："都是街坊，咱们记什么仇啊。"

他还是听不到蔡小芬答话，但是又好像听到她正在小声地骂人，忽然感到愤愤不平。这个时候陈艳正端着碗，一摇一晃地往街对面走，耿老金就伸出腿，朝她脚上踢过去。陈艳一个踉跄，汤撒出来很多，但是她又不敢松手，就站在原地大哭起来。蔡小芬拿着一条毛巾来给擦干净，回过头来已经看见凉菜柜上的猪头肉里多了一摊白色的东西，耿老金歪着头，阴险地笑着。

蔡小芬一个箭步冲过去，把那盘猪头肉往地上一摔，吼叫了出来：

"这次我就是喂狗吃，也不喂你吃。"

而耿老金的嗓子眼里嘿嘿笑着，把桌子上垫的废报纸拿起来，弯下腰去一块一块地往里捡那些肥肉，嘴里还说：

"一样，一样，我回家去洗一洗，照样吃。你既然扔了，就不能管我要钱了啊。"

他这个时候才恢复了洋洋得意的样子，但是屁股上马上挨了一脚，失去了平衡，仰面朝天地滚到地上。蔡小芬真是一个强壮的女人，她一下子坐到耿老金的肚子上，为他挤出了一串虚弱的蔫屁，然后用她皮肉乱颤的胳膊卡住他的脖子，歇斯底里地说：

"我叫你吃，我叫你吃。"

耿老金咳嗽着，看着蔡小芬那对巨大的乳房就在他的鼻子上相互乱撞着，几乎要把自己想象成一个呛奶的婴儿。但是他刚一张开嘴，蔡小芬就把一把裹着泥土的猪头肉塞到他的嘴里，塞了一把，又是一把，耿老金一边咳嗽着，一边被迫咽着，刚开始还能尝到肉味，后来就只有泥土了。他摇晃着头，口水和泥土一起从嘴角流出来，流到耳朵里，而蔡小芬还在重复着：

"我叫你吃，我叫你吃。"

耿老金想，坏啦，这娘儿们真是要把我整死啦。他刚想要叫出来，忽然听到一个人喊道：

"干吗？"

蔡小芬这才回头，看见陈春明背着邮包站在身后，一肩高，一肩低，好像很雄壮。耿老金趁势从她的裤裆底下爬出来，蹲在地上一边干呕着，一边用手指头抠着油汪汪的耳朵。

蔡小芬看见她丈夫，才哭起来。她响亮地擤着鼻涕，震得耿老金的脑袋里嗡嗡响，她说：

"陈春明，我还没当寡妇呢对吧？可他就这么欺负我。他明里是欺负我，实际是欺负你。这件事你要是不管，你就是个耿老金的孙子。"

耿老金也爬起来说："陈春明，你喂不饱你家的狗，也不能放它出来咬人对吧？你干不动你的老婆，也不能让她到街上强奸对吧？

刚才你也看见了，是你们家蔡小芬把我按到地上，又不是我在按她，她耍流氓也该找对人啊，我都六十八啦。"他说着说着，好像心里的委屈也被蔡小芬的眼泪激活了，脖子上的筋就一抽一抽的，也要哭起来。

这时候蔡小芬抄起一个盘子，就砸到耿老金的脑门上。耿老金像站在大风里一样，挥舞着两只手往后退了几步，才去摸脑袋，一摸就摸到了一把血，于是他马上坐到地上，还没有说话，就看见蔡小芬插着腰，居高临下地说：

"耿老金，你他娘的听好了，自己家出了什么事，就别厚着脸皮说别人啦。去年八月份，你儿子才抢了人家的钱，又把人家干了，强完奸还把人家给掐死了对吧？你儿子才是强奸犯。政府抓着他，就会把他的鸡巴剪掉。我要是政府，头二十年就应该把你的鸡巴也剪掉，省得弄出来这么个畜生。你记住了，你们父子俩都是他娘的畜生，你说说，你还活个什么劲？"

耿老金瞪圆了眼睛听她说着，忽然像小孩一样号啕大哭起来，唾沫和油拌着泥土重新流出来，这一次是在他皱皱巴巴的胸脯上慢慢蠕动。他的两排牙齿发出咯吱咯吱的声音，恶狠狠地对蔡小芬说：

"你他娘的记着，等我儿子回来，我让他再把你给操了，操完你再操你女儿。"他说着爬起来，用碎瓷片在饭铺的墙上画了一个巨大的三角。

这次蔡小芬还没有跳起来，胳膊却被拉住了。陈春明拽着老婆，对她说：

"算啦。"

蔡小芬说："你说什么？"

陈春明抓住她的肩头说："算啦。"

蔡小芬在他的胳膊里跳了起来，对着他的鼻子说："你还真怕他

儿子回来？就是回来，操的也是我，又不是操你。陈春明，你他娘
的到底是不是男人？"

陈春明的指甲猛地掐到蔡小芬的肉里，硬把她往屋里面拽过去。
蔡小芬像奶牛一样乱踢着，但还是被他一步高一步低地拽进去。耿
老金又在外面骂了几句，就呜呜地哭着走了，远远地还能听见他对
围着看的人吼叫：

"连你们也操掉。"

陈春明到屋里刚一松劲，蔡小芬就甩开他的手，但她还没说话，
陈春明就对蔡小芬说：

"抓住啦！"

蔡小芬说："什么抓住了？"

陈春明说："就是耿德裕，耿老金的儿子，在广东给抓住啦。"

蔡小芬张了一会儿嘴才说："真的？"

陈春明从包里拿出一张法院的通知单，指着上面耿老金的名字说：

"还能有假？"

蔡小芬没有说话，拿起扫把出门去扫地上的碎瓷片，看看墙上
那个大三角，也没有擦掉它。陈春明出来对她说：

"一会儿我给他送过去。"

耿老金走到没人的地方，发现自己还在大声地哭，就摇摇头说：
"我怎么一哭就收不住了。"他回到家里坐了一会儿，还是决定到麻
将馆去。这天晚上他的手气很不好，每摸一张牌都要骂一句。他对
对家的曹秃子说：

"真他娘的不该来，今天我倒霉啊，光挨打就挨了两次。"

打到半夜，曹秃子站起来，看着可怜巴巴的耿老金说：

"好啦，我看你的钱也差不多啦，算账吧。"

他说着，到门口的桌子上拿出一个计算器来，按了半天，对耿老金说："你今天输了七十七块钱。"

耿老金一听，立刻像公鸡一样叫起来说："不可能，我们玩的不是五毛钱算起的吗？"

曹秃子笑嘻嘻地说："今天我们这儿改规矩啦，两块钱算起。"他指指墙上贴的纸条，"看见没有？"

耿老金说："你他娘的干什么不告诉我？"

曹秃子说："你自己没长眼啊？不管啦，牌桌上面没朋友，我可不管你倒不倒霉，我开这个生意就是要靠它吃饭呢。你肯定没带够钱吧？没关系，"他朝门口招招手，走出来两个十七八岁的小伙子，"我们到你家里去取。"

耿老金被他们跟着走回家，从床铺底下拿出一沓钱，数出七十块来给他们。曹秃子说："还有七块呢？"

耿老金说："你可怜可怜我吧，把零头去了吧。"

曹秃子说："行，行，给你打个折。你到寿衣店里去转转吧，棺材是买不起啦，不过你还可以自己给自己买点纸钱。"

他们走了以后，耿老金躺在床上睡也睡不着，他觉得今天太倒霉了，好像一块石头卡在喉咙里。他又爬起来，开门出去，正好碰见陈春明。陈春明说：

"老金，我刚才还去麻将馆找你呢。"

耿老金横着脖子说："干吗？你是不是又想揍我啦？"

陈春明说："哪儿有，哪儿有，我来问问，身上有没有出什么毛病？"

耿老金说："真他娘的奇怪啦，你又不是我儿子，怎么关心起我来啦？"

陈春明说："咱们都是街坊，有点过节儿也不算什么对吧？你别记恨蔡小芬，她就是那么个娘儿们。"

耿老金说："我没记恨她，行了吧？"

陈春明拉住耿老金说："来，到我那儿去吃夜宵吧。"

耿老金跟他回到饭铺，蔡小芬低着头给他盛上来一碗馄饨，一盘花生米，打开一瓶啤酒，想了一想，又给他端过来一盘猪头肉。陈春明给他倒上啤酒，耿老金拍着大腿叫了起来：

"你们他娘的怎么变得这么好？"

陈春明抿抿嘴唇说："冤家宜解不宜结对吧？"

耿老金说："说得对，说得对。不过这也太快了吧。"

陈春明咽咽口水，指着猪头肉说："吃肉吧。"

耿老金一边说："奇怪。"一边夹起一筷子放到嘴里，一边嚼一边对陈春明说：

"还是猪头肉好吃，我今天都吃了三顿猪头肉了，一点也不腻。"

他们一边吃，一边喝啤酒，到后来耿老金的话越来越多，陈春明心不在焉地哼哼哈哈着。耿老金说：

"陈春明，你他娘的是个老实人，老实人，蔡小芬虽然有点泼——蔡小芬你别不爱听啊——不过也是老实人。我在木板街住了这么多年，只有你们夫妻谁也不招，谁也不惹。绝对不是因为你们请我吃饭，我才夸你们，不过既然你们请我吃了饭，我更要夸夸你们：你们一家子都是厚道人。"

他又说："不过你们太老实了，老实加老实，生个孩子就有点儿傻啦。"

陈春明咧着嘴笑，他的右手一直放在兜里，出来，又进去，又拿出来。耿老金还在说：

"傻就有点吃亏，连我都敢欺负你们，更别提别人了。不过没关系，等我儿子回来，我对他说，你们照顾我，就谁也不敢惹你们了。"

蔡小芬这时候走过来，捅捅陈春明的背。耿老金说：

"蔡小芬，你也过来喝两杯吧，反正别人都走了，不要一到晚上就催陈春明。男人想来的时候，你不让他来他也要硬来，要不然有人强奸呢；不想来的时候，你怎么催他他也没兴趣，要不有人阳痿呢。"

蔡小芬干笑了两声，又捅捅陈春明。耿老金说："你到底想说什么啊？"

陈春明回头看了她一眼，又立刻转过头来说："你的裤子破了，让蔡小芬给你补补吧。"

耿老金啊地叫了一声，就摊开手说："那你就过来脱吧。"他马上又说："算啦，算啦，反正天也凉快了，我把它剪成短裤好了。"

他又不停地说了半天，但是发现陈春明的心好像不在这儿，有的时候叫他两声，他才答应一句。耿老金说：

"陈春明，看来你是想来了吧？"

陈春明窘困地笑着，耿老金就站起来说：

"那我就不打搅你们啦。"

他抬腿就走，却发现陈春明也跟上来，就搓着胸脯说："你他娘的跟着我干什么？我又没有这个。"

陈春明又一瘸一拐地低着头转回去。耿老金最后总结说：

"我走啦。猪头肉真他娘的好吃，我要是当了皇上，顿顿饭都吃猪头肉。"

耿老金走了以后，陈春明才叹了一口气，把那张法院的纸往桌上一拍。蔡小芬埋怨他说：

"你怎么啦？直接给他不就完了吗？"

陈春明说："我还没给人家送过这种信呢，这是第一次，我他娘的紧张啊！"

但是第二天中午，耿老金听到有人敲他的屋门，打开一看，是两个警察。其中一个问："耿老金对吧？"

耿老金说："是我，政府。"

警察纳闷地说："你也坐过牢啊？"

耿老金说："没有，政府。"

警察说："那你怎么这么叫人？"

耿老金说："我听我儿子这么说的。"一说到儿子，他的腿忽然就软了起来。那个警察还在给他解释：

"我们是法警，狱警才叫政府呢。"

另一个警察不耐烦地说："别说啦，快上车吧。"

耿老金还没问，就让两个警察拉到外面停的面包车上。车开起来，第一个警察才想起来，问他：

"你带钱了没有？"

"多少钱啊？"

"两块五。"

耿老金颤颤巍巍地问："干什么呀，政府？"

对方点上一颗烟，抽完一口才说："买子弹。"

他们把车开到地方之后，耿老金的腿连迈都迈不动了，是两个警察架着他的胳膊，把他扶下车来，扶到办公室里，从牛皮纸袋里拿出几张纸来让他签字。耿老金攥着笔，还在哆嗦，警察问他：

"你没接到信啊？"

耿老金两眼模糊地说："什么信？"

警察说："法院的信啊，早就该到了。"

耿老金这才明白了，他跪到桌子底下，拼命地挤着眼泪。警察把文件收好，拍拍已经哇哇哭出来的耿老金说：

"你就不要去看了吧？"

耿老金说："我就一个儿子，为什么不能去看？"

他们出门又走了几分钟，就望见远处的操场上跪了一大排人，但是远远的谁也看不清楚。耿老金的身边不断拥过来看热闹的人，一些警察懒洋洋地把他们又轰出去，只把那些不断哭号的人放过去。等到他走到操场旁边，听见大喇叭里说了一句什么，那边就已经开枪了，那些家属们也没有听清楚是谁的名字，就集体扯大了嗓门，用尽最大的力气号啕了一阵。再打一枪，又哭叫了一阵。再打一枪，不断如此。每一次不管打的是谁，都引起所有的家属一起哭号。耿老金一边跟着他们哭，还听到一个警察说：

"这次怎么这么早就开枪了？"

等到枪都响完了，那个警察就对大家说："过去认一认吧。"

耿老金抬起头，看见那些犯人都变成手捆在背后，朝天撅着屁股，脸朝下趴着。那里面有一个就是他的儿子。一个法医正在那些屁股面前走过去，用一根小铁棍往打出来的窟窿里捅一捅，看看是不是真的打死了。耿老金又走了两步，忽然掉过头，往操场外面走出去。一个警察追过来问他：

"你不看啦？"

"不看啦，我他娘的不看啦。"他摇着头说。

耿老金一个人慢慢地走回临海城，天已经黑了。这个时候他都不知道为什么哭了，只觉得每走一步，胸膛里的骨头都会咔啦咔啦地响。他变成了一个没有知觉的人，低着头，贴着墙根，像一条饿过了头的狗一样走着。一直走到县文化馆门口，他才认出到家的路来，这时候又看见那些让他爬来爬去的年轻人，大喊大叫地围成一圈，他也不躲开他们，径直走过去，但是忽然看见这一次被他们围在中间的正是陈春明的女儿陈艳。她被他们按坐在地上，那些小伙子正在捏着她的鼻子，让她仰起头来，往她的嘴里灌啤酒。一瓶啤酒很快就倒光了，洒到陈艳的身上，把衬衫都浸湿了，露出她乳房清晰的轮廓来。年轻人一面紧跟着倒下一瓶啤酒，一面把无数只手放到她的乳房上抓来抓去，惊奇地叫着：

"为什么啊，为什么她娘的这么大啊？"

陈艳不断地晃着脑袋，好像一只鸭子一样在地上摇摆着，她被迫大口大口地咽着啤酒，肚子已经像怀孕一样鼓出来一大块。耿老金本来想就这么走过去算了，但又停住脚，看见陈艳翻着白眼，已经没有黑眼球了。他想往人群里冲进去，但是立刻又转回来，往木板街跑过去。

他气喘吁吁地跑到小饭铺，喊道："陈春明呢？陈春明呢？"

陈春明围着围裙，从屋里跑出来说："干什么？"

耿老金说："你快去看看吧，有人正在给你女儿灌啤酒，一边灌，还一边摸，弄不好现在已经轮奸上啦。"

陈春明立刻跑进去，拿起一把菜刀跟着耿老金跑出去。他跑得一跳一跳的，好像骑在一匹马上。

他们把陈艳抬回来的时候，她还在不停地呕吐。那么多的啤酒，就像泉水一样从她的嘴里涌出来，在地上画出一条望不到头的线来。打了胜仗的耿老金右脸明显比左脸胖了一圈，他挥舞着刚才陈春明拿着的菜刀，还在不停地砍杀空气。两个男人把陈艳放到桌子上，互相拍着肩膀，往对方脸上呼着气。还是蔡小芬打断了他们战友的情谊，眼泪汪汪地对耿老金说：

"多亏了你啦，耿老金，多亏了你。"

耿老金挥挥手说："没什么。"但他这时候忽然想起什么来，就对陈春明说：

"给我信吧？"

"什么信啊？"陈春明愣愣地抬起头来看着他说，他的一只眼睛像熊猫一样，嘴角上还留着一条血道。

耿老金说："别藏着啦，我今天都到刑场看过啦。"他说完，立刻就重新号啕大哭起来，把脑袋往陈春明的肚子上撞过去，"你他娘的干吗不告诉我啊，你他娘的为什么不给我啊？"

陈春明讪讪地说："我还没有送这种信的经验。"

耿老金根本听不见他说话了，整个街上的人都听见他在哭，围过来看着他。耿老金哭着哭着，忽然间抬起头，站起来说：

"算了，也不能怪你，反正你给不给我信，他们都要枪毙。"

陈春明的衣服上已经黏糊糊的一大片了，他说："我现在给你拿去。"

耿老金却像机灵鬼一样笑了："我看都看过啦，要那个还有什么用？"

蔡小芬又说："耿老金，你节哀，千万别想不开啊。"

陈春明也说："就是，就是，人死了就不能活过来了，你节哀吧，耿老金。"

耿老金一步一步地走开去，又回过头来说："我只有一个儿子啊！"

一连三天，陈春明都没有看见耿老金。他对蔡小芬说："耿老金不会出什么事儿了吧？"

蔡小芬说："那你就去看看他吧。"

陈春明说："我连信都不敢给他，哪儿还敢现在去看他？"

但是第四天，陈春明还是到耿老金家去了。他敲敲门，没人应，又敲了一会儿，也没人应。他心里像被绳子勒了一下，想：不会真有什么事儿了吧？就把脸凑到门缝上向里看，这个时候门忽然打开了，耿老金只穿着一条破裤子，对陈春明说：

"你是不是在闻我有没有臭掉啊？"

陈春明说："都好几天没有看见你啦。"

耿老金说："你别担心，我还不想死呢。你有什么事？"

陈春明说："你三月份往广东寄的五百块钱没人领，又退回来了。"

耿老金说："你他娘的真是报喜不报忧，我们家死人了不告诉我，送钱反而来得这么积极。"

于是他们两个人骑上自行车，往邮局走过去。陈春明一直在看耿老金，耿老金说：

"你老看我干什么？"

陈春明说："不看什么，你的精神好像还不错。"

耿老金说："难道我非要上吊不可？"

再骑了一会儿，耿老金又开始看陈春明。陈春明说：

"你看什么？"

耿老金说："我发现还真是这样，你一腿长，一腿短，骑车的时候就一下快，一下慢。"

他们到了邮局，耿老金把钱取回来的时候忽然又哭了起来，他扒着陈春明的肩膀说："就是啊，死人哪儿会接到汇款啊。"

但是他马上又不哭了，挥着手说："反正我儿子也用不上了，咱们就替他花了去。"

耿老金把陈春明拽到商场，给自己买了一条新裤子和两件衬衫，又买了一根金色的圆珠笔给陈春明别到上衣口袋里，路过副食店的时候，他还进去买了两瓶白酒。然后对陈春明说："反正我有钱了，我请你吃饭吧。"

陈春明说："不用了，你慢慢花吧。"

耿老金说："我老占你们家的便宜，应该请你吃饭。"他晃晃酒瓶子说，"不过我吃惯了蔡小芬做的饭，还是觉得你们家里的饭好吃，咱们还是到你那儿去吃吧。"

陈春明说："既然是到我家里，那就我请你吧。"

耿老金摇着脑袋说："别他娘的废话啦，你们家也是饭馆，是饭馆我就能请客对吧？这五百块钱是我三月份寄的，往后我还寄出去两千块钱呢。我儿子跑到哪儿，我就往哪儿寄五百，估摸着那些钱也得回来。我现在比你有钱，你就别跟我争啦。"

他们回到小饭铺，耿老金气势汹汹地对蔡小芬说："炒菜，一个接一个地炒菜，我今天要在这儿请你们家陈春明吃饭。"

陈春明说："你再说请，我他娘的就不吃啦。"

耿老金坚决地说："我说了请，就是要请，你就别废话啦。"

那天中午，耿老金和陈春明喝掉了一瓶半白酒，吃掉了一只鸡，一盘猪头肉，还有整整一桌子菜。两个红彤彤的男人在饭铺门口不停地争着说话，让蔡小芬端这端那。耿老金打着嗝说：

"我儿子死了，我刚开始挺伤心，后来一想，有什么可伤心的？他他娘的是个浑蛋，比我年轻的时候还要浑，对我比曹秃子对他娘还要坏。我还要给他寄钱，让他从山西逃到贵州，从贵州逃到广东，我他娘的苦啊，省吃俭用地让他到外面逍遥，早知道这样，还不如我去强奸呢。这么个东西忽然没有了，我觉得是件喜事，对不对？"

陈春明说："对，对，是件喜事。"

耿老金说："对啦，我他娘的解放啦，喜事，是喜事就好。"他一边笑，一边流眼泪，陈春明伸出手去想把那些眼泪擦掉，但是他的手好像不是自己的了，拍在耿老金的脸上，就像打他的耳光一样。而耿老金也不觉得，还在不停地说：

"从今往后，我自己挣钱自己花，我前二十五年没享上当爹的福，以后就要自己给自己当儿子，就像儿子伺候爹那样伺候自己，把亏掉的给补回来。你觉得好不好？"

陈春明说："喜事，喜事。"

耿老金喋喋不休地笑着说，还在滔滔不绝地流眼泪，最后两个人都趴在桌上，一动不动地看着对方。看了一会儿，耿老金忽然站了起来，扶着桌子走到凉菜柜子前面，闭起一只眼睛，瞄准了半分钟，才从嘴里龇出一道口水，落到一盘猪头肉上。他回过头来说：

"咱们说好了啊，这桌子饭，还有酒，都是我请你的，只有这盘猪头肉不能算钱。"说完就拎起一块，放进嘴里去。

陈春明抬起头，笑嘻嘻地说："早知道你他娘的还是这样，我昨天晚上就应该往那里面撒泡尿。"

张先生在家么

"这儿现在已经没有人住了。"李小青像领着一个盲人一样牵着我，走在笔直、宽阔的大干道上。我软弱无力地被她握住右手，抬起眼睛望着树梢间流下来的渔网一样的阳光。这个大院里空无一人，即使在大白天穿过它，似乎都能听到远方传来的脚步的回声。我顺着风的方向，让目光越过李小青的肩膀，尽力向北望去，几里开外影影绰绰站着一个无人驻防的哨岗，在刚刚入冬的风中显得摇摇欲坠，仿佛即刻将被吹走一般。

路边挺立着无数棵高大、粗壮的梧桐树，手掌般大小的树叶已经飘落殆尽，在地上一浪接一浪地滚动着，也无人清扫。树后面是一排又一排的灰暗、敦实的苏式二层小楼，有几家临走之前窗户没有关好，已经在昨夜陡然袭来的风中被撞碎，还在摇摇晃晃，磕出空旷的响声，远处听来，好像一个沙哑的嗓音正在断断续续地低语。我还记得半年以前来到这里，空中向四面八方飘荡着军号声，路上的人神色匆匆，尽是整齐划一的警卫连战士和从人家跑出来的哈巴狗，间或有一辆老式日本轿车绝尘而过，车窗里露出一张虚胖、和蔼的老人的脸，却长着一双猛禽一般尖锐的眼睛。现在这些人都不见了。我问李小青说：

"你们院儿的人都搬到哪儿去了？"

她说："八大处那边吧，整个机关都搬了。"她有些得意地用脚把一堆路牙旁的树叶踢得飞扬起来，"我爷爷他们早就搬了。这儿还有一个来月就要拆掉了，地皮划归给装甲兵了。"

我们在主干道正中间的一幢小楼前停住脚步，李小青从兜里掏出钥匙，打开厚重的铁门。一股年代久远的木地板、家具的味道混着灰尘冲出来，这时外面寒冷的空气显得格外清爽。一楼的大厅干燥而昏暗，乌木家具在里面都看不太清，仿佛一团又一团巨大的黑影。我还能回忆起今年夏天的夜晚，当战士和家属们在南边的大操场看完"主旋律"电影，人声嘈杂地渐渐散去时，我趁着夜色顺着排水管爬到二楼，敲李小青卧室的窗户，茂密的爬山虎蹭得我浑身发痒。等到她开窗让我翻进去之后，才发现大腿和肩膀上被蹭出了大片过敏的红斑。这让我在迈进客厅的时候也条件反射地抖动着上身，把脖子在帆布外套上使劲摩擦了几下。而李小青则在我身前忽然停住，向里屋探头探脑，怯生生地喊道：

"爷爷，奶奶——"

旋即哈哈大笑地跳了起来，迅速把脸扭过来，被门外的阳光镀上了一层闪亮的金边：

"逗你玩呢，他们再也不会回这儿来了。现在这整个大院里一个人也没有，只有咱们俩了。"

我给她捧场一般笑着，走到茶几前翻出半筒遗落下来的"中华"烟点上一颗，被过分干燥的烟草味呛得咳嗽了两声。李小青兴奋地跑过来，像狸猫一样把我扑倒在沙发上：

"这下可没人管咱们了，全世界人都嗝儿屁着凉啦。"

我也笑了："就剩咱俩，在这儿姘居。"

这个词儿让她更加激动，简直是在空荡荡的屋里、空荡荡的方圆几里的大院中扯着嗓门大喊大叫。我忽然感到这个声音瘆人起来，就像一只被虐待致死的猫一样，可是李小青一点没有察觉。我搂着她向窗外望去，一股疾风刮过几近光秃的树梢，大片的树枝猛然向一个方向歪过去，仿佛空中掠过了一个无形的巨大身影。

一个答应李小青来这里和她同居之前没想过的问题闯了进来，就像外面的寒风穿进空旷的房屋：如果是在夜里，我不会害怕么？

多少年前，我就是一个时常滑入巨大的恐惧感中的孩子。在神情恍惚中，我经常莫名其妙地害怕起来，仿佛已经被世界暗处的某个飘忽不定而又强有力的事物抓住了一样。这是一种预谋已久但却轻而易举的捕捉，它随时可能从某个电影片断、某张光线诡异的照片、某段不和谐的音乐，或者某个夜晚的出乎意料的梦境中钻出来，瞬间把我裹在里面，让我睁大眼睛眼巴巴地看着与我隔绝的现实世界，内心的力量在孤独和惧怕中消失殆尽。

我从来没有与李小青交流过这种感受，并且一厢情愿地把她想象成了一个没心没肺，拥有所向无敌的肉感的姑娘。我由此羡慕起她来，认为她是无所畏惧的。在这间逐渐变得漆黑，外面笼罩着窸窣的响声的空屋里，我一步不落地紧跟着她，她走到哪儿我就跟到哪儿。我们浏览了楼里的每一个房间：她爷爷奶奶的睡房、警卫员的卧室、书房、厨房。整个大院都停了电，断了水，这里也不例外。家具上的清漆随着时间的流逝完全退掉了光泽，但摸上去仍然像深海鱼一样光滑。我在某间黑屋里点燃了一颗烟，瞬间在柜子上看到了自己的影像，模模糊糊，但又五官分明。我被吓得喉头发紧，满嘴苦涩，从小我就害怕在暗处照镜子，那里仿佛不是我，而是一个完全陌生的人。我赶快推着李小青跑出去，摔上门的响声倒把她也吓了一跳。

那天晚上我们吃的是来时带的罐头和面包，喝了两罐啤酒。我们没有想到水电的问题，后悔没带来照明用具，也只能坐在黑影缭绕的客厅里等待睡意。李小青已经没那么兴奋了，话也不多，我察觉到她也有些紧张，这更加加剧了我的担忧。我们眼睛对着眼睛，听着门外的风声越来越大。我一遍又一遍地想着眼下的情况：方圆几里之内除了我们，一个人也没有。恐怕她也正在想这件事情，可谁也不敢把这话再说出来。我禁不住往窗外看了一眼，树权像一群狰狞消瘦的躯体，正在一言不发地舞动，仿佛它们已经这样跳了几千年，还要继续跳上几千年一样。我忽然感到那些没有头颅，只有张开的手臂的身体正借着跳舞之际向近处移动，所有的那一群，一个紧跟着一个。我的大腿绷得紧紧的，但又不敢轻易跳起来，等到确定它们并没有改变位置，却又发现窗户玻璃上有一个两个的黑影不紧不慢地走过，走过去又走回来，似乎正在寻找进门的方法。我清楚这里没有一个人，但又感到有人要寻机窜进来。这时忽然又听见一下水滴砸到水池上的声音，而此处的水管分明已经干涸半个月了啊。我终于控制不住自己的大腿肌肉，噌地跳了起来，李小青登时高昂起头来盯着我看，脸色在外面射入的光下一片惨白，几缕头发飘散在脸前，挡住了眼睛。

我连忙对她挤出一个笑容说："门外有猫，门外有猫。"

李小青瞪大了眼睛，半张着嘴，仿佛马上就要发出一声戳破耳膜的尖叫。她想叫但又不敢发声。我心里不停地对她说：

"千万不要叫千万不要叫千万不要叫——"仿佛她一出声，恐怖的感觉就要变成现实。这实际是最可怕的时刻。我甚至想到，如果她真的想要叫出来的话，又怎么办呢？我会不会马上扑过去，死死地扼住她的喉咙，看着她的脸一点一点地扭曲，看着她的眼睛翻成纯白色，看着她的牙齿尖利地撕咬着空气？

这个景象让我汗流浃背。我手里的啤酒罐已经不知不觉被捏破，终于有一块铁片划破了我的手。我蓦然惊醒，捂着手去找餐巾纸，李小青也神经质地忙乱着为我包扎。我们羞涩地在黑暗中相互笑了，但又听到对方正在不停地喘着粗气。那天晚上我们不敢到楼上卧室去睡觉，而是把两张笨重的沙发拼在一起当床。我们从未有过地默契配合着做爱，双方都毫无保留，竭尽全力，感到身体正在屋外的寒风中和黑影间夸张地战栗，追求着这天夜里的唯一主题：在销魂的瞬间忘却，然后疲倦地睡去。

第二天，我们对昨夜的事情全都缄口不言。我看着窗外轻柔、明媚的阳光，清峻的树枝，又开始充实起来。我盯着眼前的景色不放，伸手触摸着反光的桌面，尽量认为昨夜的感觉全是虚幻，直到看见那个被捏破的啤酒罐，铁皮上还粘着一丝暗红的血迹。这是恐怖的印记。李小青却轻松了下来，她若无其事地说：

"今天出门，要买一些蜡烛。"

我看着她的神色，甚至感到她在隐藏着一个可怕的阴谋。我们一起出去，没有锁门就走了。回头看着在空荡的路边随风摇曳的铁门，我想，这是一个多么有安全感的象征啊。

但今天晚上的情形并好不到哪里去。虽然我们在天空刚刚发黄就点燃了蜡烛，但随着夜晚来临，烛光仿佛一下子变冷，失去了温度。奄奄一息的光亮只能让窗外变得更加漆黑，更加深不可测，也把昨晚抑郁着的恐怖气氛一下子点燃了，弥漫在整个屋子中间。我和李小青开始还有意识地说着闲话，但忽然听到屋子深处仿佛有人在学着我们的话语。每说一句，就有一个悠远而又迟钝的声音跟着学一句。

"我们学校有一个老头儿——"

"一个老头儿——"

"是不是有病啊那人？"

"有病啊那人——"

我们噤若寒蝉，再也不敢出声，重新变成昨夜那样：神经质地瞪着眼睛，紧张得膝盖发酸，清晰地看到对方脖子上的每一个鸡皮疙瘩。

这样不知道过了多长时间，我们筋疲力尽，但又毫无倦意。时间还是一条河流，但它被冰冻住了。我低头看看李小青的手腕，那上面的"迪奥"手表荧荧发着绿光：

"现在几点了？"

"几点了——"

李小青和那个回声还没有回答，我忽然瞥到窗外有一张人脸，而且凭那一闪而过的印象，感到它居然没有五官，完全是一块白色的椭圆形。我的嗓子被什么东西死死堵住，还没来得及说话，房门已经被沉稳地叩响了。

李小青的声音像弓箭一样破空滑出，歪歪斜斜地喊道：

"谁呀？"

门外没有声音。我竖起耳朵，感到头皮在不断地打战。外面好像有什么巨大的、无形无质的东西即将像流水一样从门缝里涌进来，我抓住桌子的一条腿，等了许久，才又听到敲门声再次响起来，还是刚才那个节奏，我颤声问道：

"你到底是谁呀？"

门外响起一个孩子的声音，听起来很清脆，但又像悲伤地吁着气说话一般：

"张叔叔在家么？"

李小青飞快地跑到我身边，死死掐住了我的小臂。我很诧异她竟然能有这么快、这么连贯的动作，简直是一眨眼的事儿，而手臂上的痛觉反而消退了一些恐惧，我站起来去开门。开门的一瞬间我马上后悔了：我完全可以不开门的，这里根本没有一个姓张的人。

但此时门却被外面的人拉开了，我几乎没有力气去抗拒它，门就开了。门外的台阶上站着一个小男孩，七八岁的模样，脸异常的白，嘴唇异常的红，脖子上还围着一条红色的围巾，在寒风里飘动，像他的嘴唇一样红。

我们谁也不敢出声，甚至不敢喘气。李小青还掐着我的胳膊，看着那个小男孩。他没有抬起眼睛看我们，而我们也就对他抬起眼睛的景象不寒而栗了。这样沉默了一会儿，寒风让我手指冰凉，那个小男孩终于张开嘴唇，一字一顿地说，声音像是从他身后飘过来的：

"张叔叔在家么？"

"哪个张叔叔？"我顺着惯性说。

"张——建军。"

"没有。"李小青忽然斩钉截铁地回答说，"这儿没有张建军。"

小男孩什么也没说，转头就走。他走得非常之快，简直像一个被风吹去的魅影，转眼消失在低声呻吟的无穷黑夜之中。

我们迅速关上门，看看表，已经十点一刻钟了。李小青刚想说话，我一言不发地抱住她，这次还没有赤裸着拥抱在一起，她已经浑身是汗了。

次日早上，我一个人来到门外，沿着那条宽阔的干道走着。冬天来势凶猛，阳光已经变得有气无力。我缓缓地走着，仔细地观察着路边的每一个墙角、每一扇没关好的窗户，好像在寻找着夜晚那些骇人景象的藏身之处。我知道这样是徒劳的，但依然执拗地检查了整条道路，甚至在几幢房前扒着窗户向里张望了半天。没有什么异常的情况，满眼皆是荒凉颓败的景象，过去整洁有序的大院变得杂乱不堪，空气里弥漫着冰凉的人去楼空的味道，催人泪下。

我走了半个上午，直走得浑身发热，内衣湿漉漉地贴着脊背。在回到家门口的时候，我忽然发现有一只猫在高高的院墙上凝视着我。这应该是一只被遗弃的黑猫，现在显得肥胖、丑陋，它在风中一动不动，冷冷地看着我，忽然无声地呻吟了一声，嘴角上挂着奸邪阴险的笑容。我的身上一下凉了下来，扭了三次才扭动门把手，在它的注视下退回屋里。

这一天我都在想着昨晚那个小孩，还有那只猫。唇红齿白的小男孩，丑陋的黑猫，无名无状的黑影。天色愈黑，我越感到疲倦、紧张，头痛欲裂，但对周围的气氛却越发敏感，仿佛每一个细微的声响、每一片树叶的飘落都无法逃避。黑夜变得更加阴森，那些黑影更加夸张地时隐时现，而且在呼啸的风中加进了垂死的笑声。我们依然什么事都无法去做，我看到李小青的嘴唇苍白得发亮，分毫毕现地抖动着。我从来不戴表，于是把她的手表要过来，紧紧攥在手中，等着某个未知时刻的最终到来，又不时张开手看看时间，生怕表针在我们的恐惧之中飞快旋转，跨越千年。

这时我听到了一声门响，噌地弹起来，又和李小青面面相觑地呆立在原地。那声音似乎有过，但又听不见了。我走到门前，一横心打开门，登时被冷气裹住，大腿冰凉。门外空无一物，只有风卷着树叶，在地上像一支浩浩荡荡的蚂蚁大军。我们更加提心吊胆地把门关上，正想找点什么话说，门却又响起来。这一次是真的敲门声，节奏和昨天的如出一辙：三长两短，好像一条低声念出的咒语。

我背靠着门不动，门外人又敲了一次。我说：

"谁呀？"

门外沉默了一会儿，昨晚那个声音又响起来，连语调也一模一样：

"张先生在家么？"

李小青一直目光迷离，此时忽然歇斯底里地大叫了起来：

"哪个张先生？这儿没有姓张的！"

门外的声音又消失了。我们以为这一次他走了，但马上又听到他的声音扬起来：

"张建国，张先生。"

我鬼差神使地猛然转身，一把打开了大门。又是那个小男孩，红围巾还系在他的胸前，衬得比昨天嘴唇更红，脸色更白。我等着他抬起眼睛，但他还是没有。我好像失去了力量，就慢慢地说：

"昨天不是张建军么？"

他说："我记错了。"

"那也没有。张建军张建国都没有。他们哥儿俩不在这儿。"

小男孩飞快地掉过头去，脚步踏进波浪滚滚的落叶之中。他走得如此之快，但侧脸却似乎在路上闪着光。我们看着他转眼之间消失，给人的感觉，仿佛他刚一走出我们的视线，就立刻消散于无形，溶解在空气之中了。

我回头看看李小青，她像痴呆一样，两只手握在一起，目光不知所措地扩散着，不知道在看什么。我去拉她的手，却发现那两只手像是冰冷的大理石雕刻而成的，怎么拽也分不开了。

我问自己，也像在问她："这是怎么回事儿？"

她没有说话。

那天夜里，李小青发起了高烧，脸颊滚烫，不停地胡言乱语。她在一段时间内甚至不知道我是谁，也不知道自己在哪儿了。我也无法入睡，孤零零地坐在她身边，和她说话好像是在和一个陌生的天外之人交谈。我打算着明天带她离开这里，可睡着的时候已经是次日早上了，一觉醒来，天又黑了。李小青的烧不但没有退，而且越来越厉害。我用凉水浸湿毛巾铺在她的额头，紧紧握住她的手，等到她体温恢复正常，也只能虚脱地躺在床上了。我拿出她的手表，又到了晚上十点一刻。我没有惊动她，点上蜡烛，一个人走到门口。石英表的秒针像抽搐一样跳动着，我一下一下地数着，但很快又忘记了数字，终于，敲门声又响起来了。

"张先生在家么？"

"哪个张先生？张建军还是张建国？"

门外很久才答道："张建设张先生。"

我打开门，低头看着那个小男孩。他脸上没有表情，把下巴埋到围巾里面。我感到心里一下一下地揪着，强忍着不说话。小男孩身后的风滚滚不停地掠过，他似乎有点发抖，这反而让我也发起抖来。不要说话，不要先说话，我告诉自己说。他一直沉默着，我有几次想要抓住他的肩膀，或者弯腰捏住他的胳膊，但我的手抖着没有动。我害怕这一把抓过去，摸到的真是一片虚空或者像蛇一样冰凉的身体。他继续不说话，我的心越升越高，胸膛已经装不下了。我想要回到里屋去找李小青。

"没有么？"小男孩终于说话了。我把手揣进兜里，不敢把眼睛拿开，但也不开口。

又过了一会儿，他抬起脸来看着我。他的眼睛黑得发蓝，如果在阳光之下，这肯定是一个漂亮的小男孩。我躲开他的视线说：

"没有。这儿没有姓张的，你记住了么？"

"记住了。"他转身，走下台阶。

我又一次看着他消失在夜风之中，但这一次我没有转身进屋。我估算着他走出三十步开外——如果他还存在着的话——就轻轻关上门，走下台阶，跟了出去。

我沿着干道小心翼翼地走着，周围的气流呼啸而过，头上的树枝噼啪乱响，脚下落叶迅速地从脚面两侧擦过。在夜里，这条大路好像无穷短，也无穷长，十步以外就是一个完全未知的境地。我不知道下一分钟要走到哪里去。我根本听不见小男孩的脚步声，或者他的脚从来不用沾地？或者他只是方才我眼中的幻象？我的恐惧到了极点，但反而毫不犹豫地走了下去。我尽力把脚步迈得很大，但落地时又很缓慢，尽量不出声音。这样走了很久，仿佛走了一千年，才发现这种走法是没有尽头的，于是索性甩开步子跑了起来。跑起来反而不像别的东西了，跑了没有一分钟，就隐约看见前面有一个矮矮的人影。看到他还在，我倒吃了一惊，不由自主地急促呼吸着，脚步也愈发沉重地摔在地上。

小男孩猛然停住，我也立刻站住。过了很长时间，他也没有回头，甚至没有动一下，如果没有围巾飘动的影子，他简直变成了一尊石像。我们就这样一动不动地站着，我死死盯住他，一个声音从我的胸膛里面越升越高，终于冲了出来：

"喂。"

小男孩像是上了发条一样飞快地动起来，他跑到路边解开裤子，一股水流迎风招展开来。我慢慢地、一步一停地走过去，走到他身边，看到他的肩膀正剧烈地起伏着。我伸出手拍了一下他的肩膀，他蓦然扭过头来，让我看到了一张大张着的嘴、眼泪汪汪的脸。哇哇大哭的声音像迟到一样忙不迭地赶来，立刻刺破了夜风。

我倒笑了起来，对他说：

"拉上裤子吧，小鸡鸡要被吹掉了。"

小男孩马上拉上裤子，哭声也小了一些，转而盯住我不放。我看着他强睁着眼，眼泪毫无阻碍地涌出来，就蹲下身子对他说：

"你是不是男孩啊，你哭什么啊？"

他不说话，继续盯着我看，让我不知所措。我看着这个漂亮的小男孩，等到他的哭声被风声隐没才问：

"你怎么回事啊？哪儿来的张先生啊？到底有没有这个人？"

他抽搐着说，说话时手搂紧了红围脖："没有，我编的。我爸让我从奶奶家回去的时候走这条路，他说这条路没车。可是我害怕，我越走越害怕，我觉得我快走不下去了。我想看见个人。"

我明白了。他也害怕，他想看见一个活人。这个院里只有一盏烛光，就是我们。我又问："那你爸呢？他怎么不接你去？"

"他有病，不能见风。"

我心酸起来，站起身摸摸他的脑袋说：

"走吧，我送你过去。"

小男孩一言不发，跟着我走起来。我们在黑夜里大踏步地走着，踩得树叶喳喳作响。我说：

"你会唱歌儿么？"

"会。"

"会唱什么？"

他说了两首，都是这几年新普及的儿童歌曲，我听都没听过。我说："我不会唱，你给我唱一首。"

他说："我不唱，我走调。"

我听见自己哈哈大笑说："那就算啦。"说完搂住他的肩膀，走得更快了。没过多久，我就看见大院的正门了，马路对面，一间平房开着门，一个男人坐在门口向这边望着。

我拍了一下小男孩的背，他撒开腿跑了过去。我看着他跑到父亲面前，他父亲低下身子检查他的围巾有没有扎紧，但小男孩摇着脑袋躲闪开，他父亲就把它解下来拿在手里，两个人走进门里。

我转过身去往回走，眼前还是那条漆黑的、寒风呼啸的大道。可惜没有人陪我把剩下的路程走完。

采石矶

一九九九年五月的一天，当两个硬邦邦的年轻人乘着长途汽车，开向马鞍山的时候，正飘着蒙蒙细雨。天色昏黄，车窗外的平原上，碧绿的稻田波浪滚滚，间或有几处农舍。这些都在飞快倒退，好像是浮光掠影。

我点燃一颗在南京买的"金陵"牌香烟，打开窗户，立刻被疾风笼罩。车上的人正在用乡音交谈，清一色的咏叹调，无法听清。许悦像一只精瘦的狐狸，窥探着隔座一个正襟危坐的女孩。后者扎着马尾辫子，长得眉清目秀，但是脸的中间向下凹陷。她身旁一个穿着劣质西装的男子，正在吃一只烧鸡，该鸡已经被啃得非常狰狞。由于惧怕这些，她不敢把头扭向窗户去看风景。许悦对我坏笑了一下，然后对她说：

"我能把包放在你位子底下么？"

那女孩赶紧说："可以。"

"你是马鞍山人么？"

"对。你们是从哪里来的？"

"我们是北京人。我在南京上大学。"许悦指了我一下,"他来找我。"

我笑眯眯地看着那女孩。

我们成为车上唯一一组用普通话交谈的人。女孩告诉我们,她是马鞍山一中高二的学生。知道我们就读的大学之后,她郑重地请教高考复习的方法。她抱怨说,她们这里升学的压力很大,从高三开始,就没有节假日了。我们对这个话题兴致索然,我对她说:

"不用怕,妹妹。舞照跳,马照跑。"

女孩的脸骤然红了。许悦笑着捅捅我,我让他观察她的脸:"亲起来有没有探索的感觉?"

接下来,许悦作为我们两个之中比较正经的人,和她继续聊天。我又把头转向窗外。风杂着雨丝,让我睁不开眼睛。

许悦对女孩说,他早就听说马鞍山这个城市多么漂亮,住在那里又如何舒心,他还听说李白就死在那里,可见该地之好,否则他干什么不到别的地方死去。接着话锋一转,开始盛赞马鞍山的姑娘秀丽端庄,说他们系的系花就是马鞍山的,可见一斑,今日又见一斑。

女孩红着脸,兴致勃勃地说话。许悦又热情地邀请她,明天来给我们做导游,我们在当地最有名的饭馆请她吃饭。女孩犹豫了一下说:

"好吧。其实随便什么地方吃饭都可以。"

"那哪行。"

我回了一下头,许悦意气风发地对我笑着。

汽车到站的时候,小雨依然没停。许悦主动请缨,帮助女孩拎着旅行包。包里装着她在南京买的衣服。我则被迫为许悦拎包。女孩撑起透明雨伞在前面走，我们在后面。街道上湿漉漉的，不少小饭铺在房檐底下支着锅炒菜。不远处的微风里，有一个巨大的湖泊，稠密的绿色正在缓缓摇动。这是一个水汪汪的城市。

"我们这座城是环湖而建的。"女孩不紧不慢地介绍。许悦向她要了电话号码，并把我的手机号留给了她，又约她晚上出来吃饭。她说：

"今天得回家，太累了。"

"明天一定啊。"

"行。"

然后她就在一个十字路口拐进去，我们看着她撑着洋伞，在几幢低矮的小楼房之间越走越远。

"刚一来，就有斩获。"许悦接过包对我说。

"还是中学生呢。"

"该长的都长了吧？"

"要是她也行，还不如回南京去找你的女同学呢。这些女人，要让她们打开难如登天，而且打开之后，她们又会立刻闭上，把你夹在里面，让你不得脱身。我们需要的，是那种能让我们全身而退的。"

"你哪那么多事儿，到时候一跑不就得了么。"

"你把咱们的什么都告诉她啦，甚至还留了我的电话。"我沮丧地说。

我们需要先找一个住处。许悦鼓动我来这个大钢厂的时候，曾经对我说，马鞍山是一个人民币当美元花的地方。果不其然，这里的宾馆价位只是北京的一半。我们开了一个标准间，许悦问服务员，还有没有多余的空房。

"别一个人用的时候，另一个找不到地方。"

"没关系，我可以在门外面等你。"

"不能听房，多猥琐。"

"那就在旁边看着你们。"

这里旅客稀少，大部分房间都在闲置。我们把包放到房里，洗完澡换了身衣服，就走出去吃饭。路灯已经点亮，光晕旁的雨丝，酷似夏夜的飞虫。街上还是没有什么行人，只有钢厂工人三三两两地到小饭铺里吃饭。他们的桌子上立着啤酒瓶子和巨大的面条碗。

我们又走到湖泊旁边。湖岸旁铺满瓷砖，我看到一块在街心花园里常见的小假山石靠着湖水，孤单地站着，上面写着：雨山湖。我在湖边抽着烟，来回游荡了一会，惊讶于这个钢铁基地的晚风如此柔软。

许悦说："仆未尝闻不饱不暖思淫欲也。"于是我们就走到车站附近的"钢城酒家"，吃了一顿甜乎乎的四川菜。许悦不停地问服务员小姐：

"这是不是安徽风味？"

对方回答说："安徽就没什么风味。"

我盯着电视看，这里的有线电视正在介绍一部反映越南妇女在美国生活的影片。我想起一年前看过的一部越南片，名叫《番木瓜香》。

饭馆里也没有什么食客，只有两三个瘦小的男人，好像和这里的人很熟，也不吃饭，闲歪在长沙发上有一搭没一搭地聊天。服务员里有一个珠圆玉润的姑娘，看起来年纪不过十八九。她两手插在小腹前面，温和地看着我们两个异乡人用餐。许悦找她搭讪，她也开朗地回答。

"从现在的局势看来，"许悦夹着鱼香茄子悄声说，"我们可以拿下两个女人，一个就站在你旁边。你看，晚上把她带出去不算特别难吧？"

"你太丧心病狂了。"

"你要是觉得太难，就到歌厅找一个吧。在这里，恐怕两百块就可以谈妥。"

"绝对不嫖妓，这是我的原则。"

"是谁说要找两个女人一起去看李白的？"

"猎艳和嫖妓怎么能相提并论呢？"

"不都一样？不过是尽快把她们搬上床去呗。"许悦嘴噙着杯子边，斜着眼笑说，"这是我的原则。"

"目的和手段还是要分开吧？"

"不够痛快。其实我们都是一些镍氢电池，就是那些女人，她们一刻不停地给我们充电，所以也理所当然应该为我们提供几个放电插座。否则我们就要充爆啦。放电就是目的，无论手段如何。"

我不再反驳。这么说下去我肯定自己就会心虚了。电视上，那个黝黑的越南妇女正在给美国大兵放电。这种地方电视台放电影从来不怎么剪辑。

吃完饭许悦玩命鼓动我和那个女服务员套话。"今天还不够累啊。"我结了账往外走。许悦遗憾地和小姐再见，还问她：

"这里有什么好玩的？"

小姐响亮地回答："当然是采石矶。"

小城市干净清爽，道路平坦，建筑物小巧整齐。我们到商店买了两把杭州产的"天堂"牌折伞，重新走到外面。街上散步的人们相互窃窃私语，聚在一起吃饭的也不大声张扬，人人都很矜持。一些女孩手挽着手，平和地从我们身旁走过，看上去如此不可侵犯。只要我们向她们走过去，她们就会立刻低着头飞快地走开，让我们都无所适从起来。

许悦不停地抱怨，我们可能来错地方了。从表面上看，这个城市简直是清心寡欲。我对他说：

"我们不是已经在南京呆得恶心了么？我看这里还算不错。"

"南京的货虽然贵些，但是终归有货可买。"

"当初是谁说的：要想把一个钱掰成两个花，那就去马鞍山吧。我们才刚刚来呢。"

"这里的东西倒是便宜一些。不过我们还要找女人。钱倒是变成两个了，只不过全砸手里了。"

我笑了："你不用心急么。"

许悦悲愤地说："那些开朗漂亮的姑娘到哪里去了？"

"今天你不是碰上一么个？提前给她打个电话试试呗。"

"这倒是。把电话给我。"

"这可是长途加漫游。找个公用电话去。我看你到底有多大本事。你要真得手了，我就不用跟你一起睡了。"

"我还怕传染点儿见不得人的病呢。"

走到公用电话，许悦又变了主意。

"我们还是找别的女人比较好。就算今天找不着，好歹还有一个希望——连一个念想都没有了，那该多空虚。"

"自我欺骗。"

小卖部的摊主不耐烦地催我们，到底打不打。

"不打了。"我给他一张钞票，"给我包儿骆驼烟。"

"没有外国的。"

"那就'金陵'吧。"

他找给我一大把一块钱的钢镚儿，我装在兜里，走路的时候叮当乱响。

第二天早晨，小雨还没有停，但是怎么也下不大，已经若无其事地飘了一天了。我从宾馆出来，走到街上去看天色。许悦不管有没有女人，都是那么热爱睡觉。这种天气，不太适合出游。但是如果去采石矶，也许正好。我到一家小餐厅里喝了一碗塑料杯装的冰豆浆，吃了两只无比蓬松的油条，又买了同样一份让服务员打包带回去。

已经八点半了，钢厂的工人早已经上班。街道上再次行人稀少，商店和餐馆也如此。这里还没有那么多无所事事的闲人，当然也没有太多无事可做的下岗工人。我看到车站上来了一辆公共汽车，就走上去，坐到木制长椅上。空荡荡的车厢里，只有我和一位穿着蓝色布制服的老人。后者正在吸烟，眼睛木讷地盯着脚下的方寸之地。司机对他视若无睹。我也点上一颗香烟，和他分享破坏规则的快乐。

车的沿途，尽是一些和钢铁制造业有关的站名。我在重压厂下了车，看到被围墙隔着的巨大厂房。工厂对面是几家小餐馆，店主都在忙忙碌碌，把早餐撤下，为工人准备午饭。林荫道上，轻快地追逐着两条狗。

我走了一站地，就乘坐来时的 5 路公共汽车回去。等车的时候我看了一眼站牌，本车的终点站是采石公园。

我回到宾馆，前台的女服务员对我笑着说：

"你同屋的先生下来找过你。"

"他在哪儿呢？"

"回去了。"

我向她晃晃塑料袋："我去买早点。"

"你可以在餐厅吃，九点以前有早饭。"

"太贵了。"

"开玩笑。"

我看了看这个服务员。她留着短头发，皮肤白净，只是带着倦意。她的嘴唇底下，还有一颗黑痣。今天早上许悦一定又在打她的主意。

"他还跟你说什么了么？"

"其实没说什么。就是问我哪里好玩，还聊了半天。你这个朋友，说话挺有趣的。"

"是这样。"

我想了想，应该给家里打个电话了。手机落在房间里，我就问她有没有电话。她给我开了个单子，接通了长途。我向家里简短地报了平安，告诉他们，我玩得挺好，没有意外事故，钱也够花。然后我又给我的女朋友打了个电话。她愤怒地责问我，为什么不告诉她一声就走了，说着说着就委屈起来，带出哭腔。我顺手从桌上拿起一支笔，在电话单子上给那个服务员画像，一边温和地劝我女朋友，告诉她我明白她有多关心我，向她保证一买到车票就回去。她心里有了底，再次强硬起来，对我说这个礼拜再不回来，以后就别去见她。服务员一直听着我打电话，此时对我一笑。我把电话放下，在电话单子把那颗痣点好递给她。我曾经学过几个月的素描，现在看来，功夫是扔得差不多了。

那女孩惊喜地叫了一声，端详了一会儿，害羞地说：

"还是有点不像。怎么画得像个小孩儿。"

"没画好。瞎闹呢。"

她把画夹到手边的杂志里，又换了一张单子填上通话时间，一直低着头不抬起来。

我交了钱，临上楼又问她：

"我朋友有没有叫你给我们当向导？"

"没有。你们要找向导啊？我不行，我这两天感冒了。要不给你们再找一个？"

"没事儿。我已经摸清地形了。"

许悦早上下去带回来一些青岛啤酒，并且已经喝了两听。我的早点算是白买了。他兴奋地说，又发现了一个有戏的女人，就是大堂的服务员；而且还从她那里打听到某处有一家歌厅，那里是本城小姐云集的地方。这时他忽然拍了一下大腿。

我问他："是不是忘了约那姑娘了？"

"对呀。"

"再下去问问吧。"

许悦出门下楼，我开了一听啤酒。过了一会儿，他开门进来。

"她感冒了吧？"

"对。"许悦懊丧地说，转瞬又狐疑地看着我，"你怎么知道的？"

我笑起来，被啤酒呛得直咳嗽。

"同志，要生活吗？"

"嘛生活呀？"

"性生活呗。"

"多少钱？"

"嘛钱不钱的，玩呗。"

许悦哈哈大笑，他在路上一直这么自言自语。"你丫太操蛋了。"我说："哪里有这么豪爽的妓女。"你可以在道德上鄙视她们，但决没资格看不起她们的智商。况且这里的妓女，怎么会一嘴的天津口音。

我们下了出租车，脸上还带着笑意。这条街的行人明显比别的地方多一些。傍晚时分，霓虹灯已经亮起来。我们挑了一个最辉煌的门脸走进去。这家舞厅放在南京绝对不显眼，在这里居然光照八方。

里面还没有什么人，也许生意一直就不好。舞厅里正在举行装模作样的"鲜花之夜"宣传活动。一个小伙子苦口婆心地劝我们买两朵玫瑰花。

"我们买了送给谁呀？"我苦笑着说。

"肯定能送出去。"

"送不出去你负责么？"

小伙子对我们挤挤眼睛。

许悦高兴了，欣然买了两朵，还塞给他一些小费。

"让姑娘们出来吧。"

"我给你们看看去。"

我们找了个桌子坐下，向服务生要了两杯金酒。许悦回过头，看着那小伙子从侧门走出去。片刻之后，一个二十多岁的女人走到我们桌前坐下。

"同志，要生活吗？"许悦把玫瑰花举起来问她。

"什么生活？"

许悦微笑着说："性生活呗。"

女人笑起来："你们还挺开朗。"她的声音清脆，好像一个十来岁的小女孩儿，但是脸却硕大无朋。她还有一个和脸相映生辉的臀部，骨盆几乎和肩膀一样宽。

"多少钱？"

"八百。"

许悦抢着说："我们两个人。"

"我们还有姐妹。今天来得不多，但是都不错。"

"也八百？"

她骄傲地说："那当然。"

"别这样，大姐，我们都是新手，薄利多销吧。"

"那你们说，只不过不要太离谱。我倒好说话，怎么样都能凑合。但是我的姐妹不能亏待了。"

"你看，你看，我们大老远的，加在一块一千吧。"

"那可不行，顶多给你们打个八折。"

"太贵了，通融通融吧。你们是窗口行业，别那么欺生。"

女人杏目圆睁地说："绝对不行。价钱掉下去，以后我们还怎么做？你们到底有钱没钱？"

我对许悦说："算了吧。"

"一分钱，一分货。"她推心置腹地说，"这一行，都是吃青春饭的，值钱能值几年？"

"谅解，我们谅解。那你闲着也是闲着呀。"

"那行，反正今天也没什么事。你开个价吧。"

许悦还没张嘴，我抢先伸出两个手指头。

"两百？"她一脸惊诧。

"两块。"我说。

"滚蛋。"

许悦愤怒地甩开我，一个人向前走去。路上的行人纷纷看着我们。我在小雨中追上他，他闷着头不理我。

"生气了？"我赔着笑脸说。

"跟你丫出来真没劲。"

"说实话，我早就没有激情了。你要是实在不行就用右手吧。带黄色图片了么？"

"你这话让我心酸。我们的那一摊子就比别人差么？为什么不能去它该去的地方？"

"算了。"我说，"算了。相信我，我不是在流氓假仗义，如果我有一个妹妹，一定会贡献出来给你的。可惜我没有，我父母考虑得不周到。但是我怎么也得给你想个办法。"

"我信任你，你的心意我都知道。我们多少年的哥儿们了。你没有妹妹也没关系，先划在你女儿的账上。"他也忍不住笑了，"你丫这人真没意思，老想不明白。"

"你就算迁就迁就我。赵子龙怎么说的，大丈夫何患无屃可操。"

我们又走进一间酒吧，叫了一瓶松子酒，许悦悲壮地一口一口喝着。他还是闷闷不乐。街上的行人更多了，一些中年人结帮搭伙、谈笑风生地出来享乐。小雨还是没有停。这种酒非常有劲，我已经开始头脑发胀了。看着窗外，夜晚春风沉醉。也许我不应该破坏他的好事，他这种爱好也不算过分。我没有几个好朋友，许悦算是一个。这么想让我更内疚了。

我拍拍许悦："没事了吧？"

"没事了。"他随即又赌气地说，"我还有一条路。"

我知趣地把手机递给他，许悦也不好意思地对我笑笑，我们就算是和解了。他看看表说：

"怎么说好了今天找我们，现在还没影？"

我明显是引他高兴："她蓄意晚上约你呢。"

许悦挥挥手："不必如此。"

他拨了电话，片刻通了。他喜形于色地让她"猜猜我是谁？"

那边说了句什么。许悦问："你是张艳红么？"但是对方已经挂了。我说：

"不会拨错了吧？"

"不会呀。"许悦认真地重拨了一遍问："张艳红在么？"但是

旋即就和那边对骂起来:

"操,你才有病。"

挂了电话,他气呼呼地喝干了一杯酒,骂道:"那个婊子,居然蒙我们。"

我忍不住又幸灾乐祸起来。他追问我:

"笑什么呢?"

我耸耸肩:"真是个聪明的姑娘。"

那天晚上,我们喝了很多酒,最后酒吧的服务员都有点害怕了。我们相互搀扶,歌唱着回到宾馆。许悦赖在前厅不肯走了,死活要找上午那个女服务员。我忍着头疼把他拉回房间,结果他沾床就睡着了,无论如何也叫不醒。

我则几乎整夜未眠,痛不欲生地渴望睡觉,但是又逼着自己想很多事。那些事,到死也不会想出什么结果来的。我一贯这样和自己较劲。

次日天明,许悦坚持要乘车回南京去。我虽然疲惫不堪,但还是说服他去一趟采石矶。

"否则不就等于没来过么?李白就死在那里啊。"

许悦已经很无奈了:"假装知识分子。"

我羞得无地自容。我们下楼结账,还是那个服务员值班。我们问她如何去采石矶,她热情地指点我们。临走的时候,她说:

"下次再来玩。"说着晃晃那张电话单。

我说:"下次。"

小雨还是下得不动声色。我们找到了5路公共汽车。车上还是空荡荡的,这还是许悦头一次在这里乘坐公共汽车,他对木条椅感到非常新鲜，不停地变换姿势。

"贵妃醉酒。"他侧卧着对我说。我却累得不想说话了。

我们最后在终点站下了车。向前方眺望，这里根本就是一个乡村。遥远的半山坡上，有一个巨大的仿古门楼。顺着门楼的方向望过去，地势渐渐升高，那就是采石公园。就是在这个地方，敬爱的诗仙看到水里有一张又大又圆的月亮，就俯下身去，想要够上一把。但是他是一个胖子，又喝得有点高了，怎么会有猴子那样敏捷呢？于是他摔了下去，成就了千古以来最浪漫的死亡。

上山的路两旁，有一些黑乎乎的小门脸，经营食品和胶卷。我们恢复了两年以前在北京游荡的姿态，像两只走错了门的鸡那样到处踅摸。

许悦又一次打起精神来。我真羡慕他了。他豪迈地挥着手说："去和李白对影成三人吧。"

"我们先找个地方买胶卷，再买点吃的东西。"

我们走到路边，一个店一个店地逛过去。尽是些枯黄的女人，你索然无味地看着她们，她们也同样冷漠地对你讲话。我问她们："这里有什么好玩的？"她们说："采石矶。""不，我是问，采石矶上有什么好玩的？"她们说："不知道。"

在逛过几家店之后，我们的收获只有不得已购买的一堆本地特产：熏干。除此之外没有什么东西可买，连胶卷也只有一种国产货。如果你不买些什么，她们就会翻着白眼，用本地话骂骂咧咧，虽然我们不知道她们在说什么，但是依然不忍心拂了她们的兴。为了减轻负担，许悦正在把这种咸乎乎的豆制品往嘴里塞。他一边吃，一边说：你回去的时候，给我家里捎一些这玩意儿。

这个地方的确民风纯朴，虽然她们在兜售旅游用品的时候，已经学会了漫天要价。我们无奈地走回路上，准备去拜见李老前辈。

就在我们开始上山的时候，许悦捅了一捅我。我看到街道的拐角处，有一个同样出售胶卷和熏干的小摊子，但是后面却站着一个不一样的女人。

那是一个苗条的姑娘，站在一间破平房的墙边，好像从山上刮下来的一片树叶，而且很可能不久就被风吹向别处。她穿着一条牛仔裤和一件斑斓的紧身T恤衫，也许就是因为衣着，她才被其他小店远远地排斥在外，但是这并不妨碍她成为此处的一颗亮点，虽然这个亮点的位置过于隐蔽了。我可以判断，她的脸色白嫩，还应该上了一些妆。那可能是本地唯一一张可以反光的脸，我们的眼睛也随之一亮。

"我们还没有买到进口的胶卷，对吧？"许悦笑嘻嘻地说。

许悦在前，我在后，向那个角落走过去。在细雨蒙蒙中，那个姑娘并没有打伞，可能她已经习惯了这样的天气。潮湿的地面已经开始变得温情脉脉了。

她注视着我们走近，毫不避讳地盯着我们。我也看到她短发的发帘已经被雨水润成一绺一绺的，下面有一双瞪得圆溜溜的眼睛。她果然化过妆，但是已经被雨水搞得一团糟：眼影泡成了小块的黑斑，口红也扩展到嘴角边。她也不知道擦一擦。尽管如此，她还是拥有和天气一样水汪汪的眼睛，紧绷的嘴唇，白腻的皮肤。南方的姑娘，应该长成这个样子。

我们就要来到她的小摊子前面了，一个穿着开襟毛背心的矮胖老头子从街对面走过来，开始费力地对我们比画，滔滔不绝地说话，神情很激昂。我们一句也听不懂，于是问他：

"怎么啦？"

他的两只手开始前后摆动，做出轰鸡的动作，让我们滚开。我们说："为什么？"

他继续响亮地说话，最后变成了叫喊，引来了一些路人，站在路旁看着我们。

"干什么？干什么？"许悦愤愤地对老头子说。但是对方好像是一个外国人，只能焦急地比画，看到我们还不走，他竟然上来推搡我们。怎么能反抗一个愤怒的老人呢？我们踉跄着后退。在路人的议论声里，我拉上许悦，急匆匆地向公园门口走去。

路边的喧嚣并没有停息，我回了一下头，那个姑娘好像没有发生什么一样，正在饶有兴致地望着我们。

"那一定是她的爹。"排除了种种可能之后，许悦断定说，"他看出我们不怀好意，所以把我们轰走。"

"我们看起来有那么淫荡么？"我说，"除了买胶卷，他还能看出我们在干什么？当爹的为什么要破坏女儿的生意呢？"

许悦没有回答我，但是他说：

"那个姑娘真是很漂亮。"

我们进了公园大门，准备向翠绿的山上攀登。眼前空无一人，树木与水池被小雨染得颜色欲滴，远处有一层薄雾，雾气飘动，仿佛山上有什么东西在动。

许悦说："如果颐和园里没有人，就是这个样子。"

我疲惫得不想走动，但是还说："到李白的墓上看看。"

途经很多纪念性建筑。很多后来人欺负李白已经作古，居然在他脑袋上题起词来。在他们看来，李白是一个能用文学呼风唤雨的家伙。一路上，我们零零星星只遇到十来个人，还包括戴着工作牌的护林人，他们对我们手里的香烟视若不见，嘻嘻哈哈地唱着歌在山上巡逻。

许悦意兴索然，只是陪着我一个接一个地念着诸多对联与铭文。

没上多远，这个精力勃勃的人就抱怨累了。我们找到一间茶舍，服务员爱答不理地卖给我们一壶毛尖，一盘茶干。我从漆成绿色的木窗向外望，淡淡的水汽连到天上，石阶小路蜿蜒而上，在某个高度隐去不见。

在这种身体状况下，我理应放弃登上山顶的计划。再次攀登的时候，我感到头脑晕眩，腿脚发软。几个村里村气的小孩用手绢制作成西瓜帽，戴着它们喜气洋洋地飞奔下山。

很长时间以后，我们才爬到李白的墓前。这反而是一个简朴的墓穴，保持了对一个失意人的尊重。比较恰当的祭拜方式应该是在墓前洒上一瓶白酒，我忽略了这一点。我说：

"给他老人家鞠个躬吧！"

我们并排给他鞠了几个躬。许悦一边鞠躬，同时在嘻嘻笑。之后，我在山顶上惆怅地游荡了很久，然后对李白说：

"您先躺着吧，有机会再来看您。"

许悦已经很不耐烦了，他总结说：

"没有什么意思。"回去的时候，他简直是急着冲下山。

走到半路，我忽然说："你有没有发现，那个姑娘有一点奇怪？"

"你说的是哪个姑娘？"

"就是刚才那个。"

"怎么了？"

"和别的女人不一样。"

当然啦。许悦已经开朗起来："她要漂亮得多，你也想上她了吧？"

"的确不一样。"我打起精神想了一下，终于弄明白有什么不一样了。她是这样一种女人：无论我在哪里见到她，都会怅然若失上一整天。

"没关系，我们回去的时候，还可以看她一下。要是她的爹不在，我们还可以再试一下。"

有些事能让许悦瞬间恢复活力，我真羡慕他这一点。我对他笑笑，没有说话。我已经喘气都困难，只要一分心，就会从山上滚下去了。我累了。

我不知道在公园里游览了几个景点，还有几个景点没有去到。出门的时候，天已黄昏。爬了半天山，再次变得饥肠辘辘，我们需要赶快回到市中心去吃上一顿，然后赶上到南京的汽车。许悦提议，我们再去一次钢城酒家。这次去，我们将会和那里的服务员混得很熟了。只可惜我们即将离去。

山下的店铺后面，已经升起了炊烟。街上只有几个人在行走。我们在土特产商店里转了一圈，这里什么也没有，只有熏干。我们又一次晃悠着两塑料袋本地名产出来，街边的人像看土包子一样看着我们。

从原路回去的时候，我们再次经过那个摊子。但是那个姑娘已经不在了，取而代之的是一个黄脸的中年男子。我看了他一眼，继续向车站走去，但是那个男人已经招手让我们过去。

他费力地用普通话说："你们要不要买胶卷？"

我回答他："已经下山啦。"

他诡异地笑了一下："我不是说的这个意思。"

"那你是什么意思？"许悦同样诡异地笑了一下，他已经变得有一点经验了。

"今天下午的是你们两个吧？"

"你看见了？"

"当然。这个摊子是我的。"

"是么？那个老头是谁？"

"别管这个。"他向街对面瞥了一眼："现在还想不想？"

"什么呀？"

"你说呢？"

"你们进去，什么也别说，完了事就走。"黄脸男人叮嘱我们说。价钱已经谈好了，一共只有五百块，这个数目让许悦洋洋得意。"便宜一半还多。"他回头对我笑着说："现在终于可以大摇大摆地搞一把了。我们毕竟花了钱么。"我这次没有从中作祟，但是也没有感到丝毫奇怪。

我们小心翼翼地踩着泥地走向摊子旁边的房门，许悦把手抬起来，然后又笑了："不用敲门了吧。"我转身看了一眼街上，稀稀疏疏的几个人正戴着草帽行走，没有人看到我们。

许悦把门推开一条缝，屋子里面一股炭灰的味道涌出来，混在潮湿的空气里，好像熟识已久。他跺了跺脚，又一次笑起来："哈哈。"然后走回来："还是你先来吧。"

"别客气，还是你先来。"

"我有点紧张啦。"许悦嘲讽地笑了一声。然后他坚决地说：

"还是你先来。"

"何必。"

那个男人把头探过来说："做什么呢？"

"不用你管。"我走到门前，对许悦说："你不能偷听啊！"

"我不好这口。你赶紧的，我饿得快不行啦。"他已经在笑容之间没遮没拦地嘲笑我了。他揭穿了我。

我扶住满是绿锈的门把手，迎着炭灰的味道，把整条街关在门外。

屋里光线昏沉，只有一只窗子透出亮来，和雨后的夕阳一样奄奄一息。靠墙处一张木床，很大，床帮乌光闪闪，一把藤编的椅子上放着一杯水，一个空饭盆，里面还有一些剩饭，看不清是什么。那个姑娘就盘着腿坐在床上，也不说话，像下午一样饶有兴趣，直勾勾地看着我。她的对面，有一口土灶，炉火即将熄灭，隐隐透出一股红光。

我对她笑了一笑说："你好！"

她扬起头，象看待新鲜事物一样对我咧嘴笑出声来，而且从此保持着这个灿烂的笑容，嘴巴好像合不上，脖子甚至向一边歪过去。

这让我不得不和她对着笑起来，同时两只手搓着裤腿。我告诉自己，对她开门见山吧，来搞吧。然后她就会干净利索地脱下裤子。但是现在我不得不继续笑着，而且笑声越来越大。我们的开场白已经变成了哈哈大笑。

我笑了很久，她还没有停止。我已经有些烦躁了，急于结束这种尴尬的局面。外面还有一个饿得东倒西歪的朋友等着我呢。我挪动起脚步，来到她的跟前，伸手摸了摸她的头发。头发还没有干透，非常柔软。

她猛地大幅度歪过头去，倾斜地用笑脸面对我。笑声清脆短促，又连绵不断，仿佛我是一个奇怪的东西，进而让她回想起所见过的一切滑稽的事，一心要笑个够才罢休。她似乎什么都不想，只知道眼前的任务就是对着我这个家伙嘻嘻哈哈。她就这么漫无目的地笑，同时躲着我的手，身子也歪过去，小腹和胸脯不停地抖动着，脑袋干脆贴到肩膀上，一线清澈的口水从嘴角淌出来，流过下颌。

我明白是怎么回事了。但是我不知道该不该走出去。她看到我把手缩回去，更加高兴，从墙角拿出一根东西，是一段燃烧过的木棒，对我晃了起来。木棒上的火星还没有灭尽，顿时又变得明亮，在她手里形成了一个扭来扭去的椭圆状。

我被惊醒，扭过身去拉开门，临出门又看了她一眼，她正在兴致勃勃地炫耀新式武器，丝毫没有意识到我要离开。

"这么快这么快？"许悦对我说，同时向门里走去。我扯住他的胳膊，撒腿就跑。

"干吗干吗？我还没上呢。"

那个男人也很负责任："别走呀！"

我不理他们，也不知道哪来的这么大力气，把许悦一路拖着跑出去。在空无一人的泥街上，我能干的只有逃跑。

我们浑身湿透地登上汽车的时候，窗外已经是雾雨蒙蒙的夜晚。我的朋友此时怒不可遏，我如此轻易地就把天赐良机付之东流了。他不停地大声指责我。现在车上另外的两个人都知道了，因为我，我们没有嫖成妓，还损失了一笔钱。经过雨山湖的时候，他终于疲倦了，从此闷不作声。我惊奇地发现，我正在如此伤心地怀念那个姑娘，好像一个心爱的人正在离我远去。

窗外的湖泊像羽毛一样飘浮，月光像清水一样流动。我们的旅行还要继续。

放声大哭

　　昔我往矣，年方六岁，肥白可人，天生聪慧。我躺在乌木大床上，嘴上噙着一支香烟，这样向李小青开头。一九九九年十月的下午光线明媚，天气温和，窗外人丁稀少。这种时节非常适于回忆往事。李小青侧卧榻上，表情饶有兴致，眼神迷离恍惚地托腮而听。我没有戴眼镜，但这并不妨碍我的目光从袅袅轻烟里破壳而出，逆光穿行，上溯十五年前。这是李小青向我要求的。我的这个女朋友经常心血来潮，产生负罪感，加之最近没有经血来潮，被恐惧感折磨。她抠着我的肩膀说：你给我讲一个故事。我随便想了一个，给她安神补脑。

　　对于我这个诗经体的开头，李小青心不在焉，强作会心一笑。我侧眼看了看她刮了鳞的鱼一般的身体，继续讲述。当我第一次走进这个大院时，方圆数里飘荡着中气不足的军号录音，一些中年军人正无所事事地在大道上走动。我的父亲那时刚刚穿上空军的蓝色裤子，对我母亲得色四溢地指点一幢暗红色正方体建筑，我们将在那幢楼房的西北角一隅安家落户。我则在凝神观察传达室旁一畦小葱，它们中间被丢弃着一只破烂的电视箱子。当他们用初来乍到的客气口吻在楼门口与人攀谈之时，我独自一人走向那丛有气无力的小葱，爬到纸板箱子里面，手握边缘，策马驰骋。李小青也被这个回忆击中，告诉我说，她就是那时第一次见到我。那天上午这个小姑娘身穿皱边连衣裙，脚踏小红皮鞋，看到我正在念念有词，自我陶醉，表情投入，遨游葱海。忽然一声暴喝，看门的胡大爷当时还没有患上老年痴呆症，手持一只报纸夹子冲将出来，声称要用它夹住我的生殖器，令我不能撒尿，膀胱爆炸。他一鸣，我大骇，弃甲曳兵，八字小脚，踉跄逃跑，眨眼工夫，不知所终。

我当时没有注意到这个皮白肉嫩的小姑娘，更没有预见到她在十五年后将和我一同为怀孕的可能性困扰。也许我当初真的被胡老头夹上，也未尝不是一件幸事。我被吓得屁滚尿流，所能做的只有忘情奔跑。数以百计的白杨树从我眼前川流而过，我不知道拐了几个弯，穿插了几条小路。老头子的肥胖秃头早已经不见踪影。我满嘴臭气地停下来，发现自己面临着更可怕的困境：这个大院的每条道路都是一模一样，无数暗红色长方体楼房不分你我，傍尖站着。我已经找不到自己家门口了。

我用了一个暗喻，我说：我能够做的只有茫然行走，既惶恐失措又了无牵挂，时至今日，这种行走还没有结束。李小青让我不要来这套。实际情况是：我不知道走了多长时间，心情却越走越轻松，到后来就忘了自己干吗来了，拾得一根竹棒，将其幻想成为宝剑，在草坪上以一棵刚刚栽上的小树为假想敌，进行厮杀。可见我那时候就是个没头脑，时至今日，还是没头脑。这倒是真的，李小青同意。

接下来的事，就是一位阿姨制止了少年堂吉诃德，并在他一生中第一次教会他纯粹用感情来放声大哭，此事将使他铭记终生。那位阿姨，身穿军装，相貌如何，早已淡忘。她被阳光推到我这里来，弯下腰，用手摸了摸我的大脑壳。我停止砍伐，眯眼侧头看她，由于逆光，一片模糊。这张暧昧不清的女性脸孔对我说：

不要再砍小树了，你怎么能砍小树呢？

我不答话，继续钻研她的面容，但是徒劳无功，反而被太阳在我眼前灼出一片光斑。

她继续教诲我说：如果你是小树，你愿不愿意被人家砍呢？

我仍然表示沉默，呆看着她，但是手上又砍了两下。

她用和颜悦色的嗓音说：阿姨要生气了。

她夸张地直起身，做拂袖而去状，继而又掉转回来，牵起我的手说：到阿姨家里去吧，阿姨家有金鱼。

我轻而易举地被缴了械。这个阿姨把竹棒丢到一边，牵着我的手，和我在林荫大道上行走。走了一会儿，她对我说：你不用走得太快，这样容易摔跤。然后她也放慢了脚步，她的高跟鞋轻松地在地上甩来甩去，甚至带有某种表演的味道。我听到她和另外一些军人打招呼，有一个嬉皮笑脸的四川人问她：这是谁的娃？她响亮地说：我的。我正在致力于拨云见日，看清她的脸，忘记纠正她，但是直到我们走进一幢宿舍楼，我都没有看清楚。在爬楼梯的时候，终于没有了阳光，但是她走在我前面，我只能观察她的臀部，我还不具备这个意识，没有多看。

我们蜿蜒而上，在某个平台上止步。她打开一扇门，一股家具、食物、人体混杂的气味扑面而来。我简直是被这股气味牵着，毫不认生，愣头愣脑地跑了进去。这位环保阿姨住在一套两居室里面，屋里的家具非常多，颜色暗淡，而且物品放置杂乱，使得屋子显得狭小暖和。我刚一进去就和某件家具发生了关系：脑袋磕在一张圆桌的边上。我头部受创，转过脸来看了她一下。声音顺着门外的光线向我涌来：

疼么？

我把她丢在身后，径直进了里屋。她撞上门，把我们孤男寡女和外界彻底隔绝，然后把高跟鞋扔到门边。我站在屋里，看到墙上挂着一柄巨大的扇子，我可以躺在上面，扇子上面画了一个脸谱，色彩斑斓。她把一只手从我耳朵后面伸过来，声音随即而到：

你吃糖吧。

我像一个乡下无赖一样嚼着一块板状花生糖，大摇大摆地来到床边，一屁股坐上去，她用手指把我的视线拨到床头柜上：

你看，这就是金鱼。

我臀部一拱，蹦到地上，撅着屁股端详金鱼。这是一只眼睛非常大的红色金鱼，体态肥胖，神情倨傲，两鳍在小皮球一样的躯干底下，显得极其纤小。金鱼摇摇晃晃地和我对视，成拱状，一瘪一瘪，显然智商不高。与此同时，这个阿姨也蹲下来，脑袋就在我的肩膀旁边悬浮，几绺卷曲的头发令我耳朵搔痒。她的声音与这个两手即能捧住的扁圆鱼缸发生了某种共振，我能看见金鱼正在微微颤抖：

你看，我没有骗你吧？

我高深莫测地眯着眼睛，点了点头，并不扭过去看她，目光依然锁定那只呆傻型金鱼。金鱼在我的凝视之下，表情不改矜持，甚至隐有居高临下的得意之色，大家风范啊。

你看，金鱼好玩么？

我受到启示，伸出手去捅那只金鱼的嘴巴，手指敲击在玻璃之上，当当有声。我看到我手指所及之处，不仅是金鱼的嘴巴，更是这个阿姨的影像的嘴巴，金鱼在玻璃上清楚明白，阿姨却完全扭曲，变成了一只类似于南瓜的脸孔，他们同时对我开口：

我都带你来玩了，你也不对我说句话。

于是我满足他们：

阿姨您好。

金鱼你好。

阿姨格格笑了起来，我从鱼缸上浅浅的光辉中看到她站起身来，由于鱼缸的形状，她的腹部无比硕大，仿佛即将临盆。我此时想起，自己仍然没有看清她的脸庞，她把我带到此处，邀请我观赏金鱼，但是她很有可能对我只是一个陌生人，甚至只是一团记忆的蒙蒙大雾里的依稀人影。我抬起头来，向她肩膀上部看去，但是发现自己又在逆光而视。光线仿佛和这个女人存有默契，一如既往地掩护她。我希望换个角度会有所改观，于是蹲下来，用大便的姿势来观察她，但是无济于事。她脸上的光泽反而显现出一种釉制品的效果，如同被一层外壳遮住，在纤毫毕现的阳光里，成为小小的黑洞。对李小青讲述到这里的时候，我忽然怀疑，这个面部的黑洞，究竟是当时视觉的障碍造成的呢，还是我记忆力的黑洞？是不是由于我记不起来她的模样，所以在追述往事之时为自己搪塞，认定我始终没有看清她呢？

李小青表示，她愿意帮我溯本清源，回忆起这个阿姨究竟是何许人也。根据李小青的推断，她很可能就是办公室的张干事，也就是现在长有三个下巴，其间能夹住两根火腿肠的那位，我们在夏天的傍晚能够看见她穿着肥大的连衣裙，牵着一条京巴狗，两只知天命的乳房在晚风里放任自流地飘荡。这个女人一度被认为头脑有毛病，神神道道，而且据说作风很不正经，年轻时和很多人打得火热，甚至包括李小青的老红军爷爷——李小青申明，这纯系谣言。她爷爷一九五三年以后，就没有胡子了，应该是美军一个下流的狙击手所为。李小青说，这个女人非常适合干这样一件事：带着一个异性

— 241 —

到她家里去看金鱼，尽管他只是一个六岁男童。

对于李小青的好意，我只能心领。即使我感到疑惑，但是我所关心的并非一个人的真实身份，我年仅六岁的时候，就已经这样了。那位阿姨满心欢喜地笑着站起来，把身上的军装脱下来，露出一件黑色棉制高领衫。一瞬之间，我就不关心她的脸了，转而产生了明确的希望：就是跳到她的怀里，把我咚咚作响的脑袋埋到夹缝之中，此举能够使我永葆安宁。我也站起来，目光平视之处是她的小腹，略一仰头就能看见我向往的东西。我向她走过去，她却转过身，向我出示那对物品的侧面。她向客厅走过去，我也紧跟其后。没有了宽大的军装下摆，她的臀部造型向我尽现无遗，但是我决不情愿用它来聊作替代，我希望埋头躲藏的地方，已经在她身体的另一面。

但是她回过身来，用手拍了一下我的脑袋：

你先不要走，阿姨一会儿再来陪你玩。

我在她转身之际瞅准目标，张开双臂，雀跃着，像电视节目里的少年儿童一样欢欣鼓舞地扑过去，随即被一双手按在当地：

别急着走，自己和金鱼去玩一会儿吧。

然后我被推回屋里，摆放到金鱼对面。金鱼目睹了我未遂的企图，不置可否地向我张嘴闭嘴。阿姨再一次确定了我和金鱼的对视关系之后，转身出门去了。我能够做的，只有满腔失落，坐等时光流尽。客厅传来拍拍打打的声音，以及玻璃器皿被摆放的声音，时间就是这么敲锣打鼓地被欢送了。我与金鱼不同，没有被浸泡在水中，所以这些声音清晰刺耳，让我愤怒起来。此时金鱼已经和我相看两厌，掉转过去，用尾巴对我摇摆，如同用拂尘驱赶昆虫。我离开金鱼，转向屋里的其他物件。我拉开床头柜的门，发现一只线团，上面插着几根绣花针，于是把它们拔下来，捏在手里。

我巡视房间一周之后，决定因地制宜，用这些绣花针来做一些事情。我看见茶几上摆着一碟山楂糕，于是将一枚钢针插到其中一块中去，并仔细检查，确定没有露出头来，然后又将一枚插到沙发垫子里去。这样干完之后，我重新转向那只肥胖的金鱼。这位中年绅士并没有感到大祸临头，痴呆表情一如既往。金鱼在水里，我在鱼缸之外，我们相互冷眼旁观为时已久，均感到非常倦怠，现在我决定身体力行，消解掉这种看与被看的关系。我把手伸到鱼缸里面，接触到一抔胶状的水。冰凉的感觉使我微感不妥，但是它在其间轻松游弋，心态平静。水对于金鱼，相当于空气对于我，鱼缸相当于这个堆砌家具的房间，我们处在截然不同的境遇之中，所以能够身为局外人，不动声色地观察对方。这种关系即将结束，我邀请它到房间里来共同体验空气，并且一起对隔壁的那位阿姨表示落落寡合的抗议。

我庄重地走到金鱼面前，用肚子顶住鱼缸，再次伸手进去，手被分为两个部分，冷暖不同，截然分明。我轻轻挠挠金鱼的肚皮，它非但没有反对，皮球一样的身躯安稳不动，甚至用两片纤小的腹鳍频繁摇晃，以示友好。得到许可之后，我温柔地把手从它身体底下抄过去，缓缓捞起这个肉墩墩的椭圆体。它可真是富态，摸起来好像充气了一样。在空气中它更显现出肥胖的本色了，在水里看来还略微苗条一些呢。金鱼一贯地表示顺从，只是在刚刚浮出水面之时由于温度的陡然变化而轻轻抽搐了一下，随后就羞怯地把脑袋钻进我的拇指与食指之间了。如此温顺贤良、无怨无悔，就好像我想象中把脑袋钻进阿姨的胸膛之间一样。不知何时，它的神情凭空多了一分妩媚温婉，任劳任怨，如同典型化的中国妇女。

客厅的电话铃响起来，充满金属质感的清脆声音使我骤然脚底发凉，从腰眼扩散出一个寒战，就像刚刚迎着寒风撒了一泡尿。我几乎将金鱼扔回到鱼缸里去，但是它用平和幽怨的眼神提醒我要处乱不惊。我紧缩肩胛骨，用尽力量稳住阵脚，静观其变。阿姨已经开始和一个不知远近的人对话，冷静轻柔、略带鼻腔地告诉他，现在他不方便来，她顿了一顿，应该是在咽下一口唾液，又说，家里有别人在。几秒钟后她又回答说，也不是什么重要的人，一个小孩子。对方一定表示了坚持，他们你推我挡，僵持了片刻，阿姨用一种顺水推舟的口气说：那你来吧。电话被撂下的时候，我不得不把握着金鱼的手放到鱼缸口上，一有风吹草动，立刻纵其入水。

阿姨的拖鞋在地板上拖泥带水地踢踏了一番，声音从外面扬过来：

金鱼好玩么？

在这种偷鸡摸狗的境况下，金鱼与我同样紧张，甚至比我还不如，它的身体已经全面地瑟瑟发抖，那团肥肉一定波澜滚滚。我此时已经横心干将下去，一种舍得一身剐的豪情在我心中早已热烈澎湃，无法熄灭。我轻轻为它搔着痒，侧着头瓮声瓮气地回答她：

真——好——玩。

那个声音宽慰地笑了，像一摊温水一样舒展开来：

那就好好和它玩吧。

李小青勉强笑着评论道，我真是一个胆大妄为的狂徒，这种资质在我年方六岁的时候就已初见端倪。由此也不难推想，我为何敢于在月黑风高之夜翻过围墙，爬上她家的独院小楼，敲开她卧室的窗户跳进去。那一次不负责任的冲动之举来得如此突然，全无准备，搞得大家都比较慌乱，造成了两个恶果：一是她爷爷出来捉贼之时不慎失足，坐到院里的一盘仙人掌上，致使痔疮崩裂，形同血崩；二就是我在激情的驱动之下，居然忘记携带必要的工具，使她半个月以来对自己的身体疑神疑鬼，现在更是心神不宁，如临大祸。这姑娘越说越怒，情绪一转激昂。我心中愧疚，理屈词穷，赶紧顾左右而言他，打个哈哈，岔开她的话头，并匆忙继续讲述那天的事情，以防她愤恨难平，不依不饶，紧追不舍。

我不能确认阿姨正在干什么，更不能判断她会不会进来。时间已经全然凝成固态，甚至变成了琥珀一样的物品，将我困住。我被定在原地，四肢僵硬，动弹不得，在局势悬于一线之际，金鱼却不再害怕，表现出某种随遇而安的坦然心态，深切地鼓励了我。它已经克制住了颤抖，转为呼吸顺畅，体态舒缓。与此同时，我听见外面拖鞋重新响动，一扇门被拉开，木板扭捏呻吟两声，一阵窸窣，间有碰撞之后，松塌绵长的流水之声在一个封闭狭小的空间里瞬间溢满，涌了出来。现在我终于可以放心大胆、为所欲为了。我和金鱼曾经共渡难关，感到与它休戚相关，命运相连，我在接着做以后的事情时，依然带着与它患难与共的亲密情感。我舒活筋骨，全身轻松以后把它举到眼前，与它首次在空气中对视，但是它离开水以后显然失去了挥洒自如的雍容风范，如今面带窘态，眼光呆滞，令我索然无味。我把这只满脸委屈的金鱼摊在手上，让它充分展现身体，然后用两根指头捏住它在水外形同虚设的鳃部，另一只手捡起一根绣花针，细致而准确地定位之后，缓缓地从它一只凸出在外的大眼泡中央扎进去，入手平滑，毫不颤抖。金鱼的眼睛被刺破以后，淌出一小摊透明的液体，这也许是它最后一次施展哭泣的功能。一只眼睛被刺穿之后，我继续前进，潜心深入，不偏不斜，从另一侧的眼睛里刺了出来。刺透眼睛的景象，使我日后在挑破脚面水泡的时候总会情不自禁地万分感慨。钢针无疑将是金鱼此生目睹得最为真切的事物，因为它已经深入它的眼中，金鱼由外至内，全身心地端详，尽情体验。它的嘴巴忘情地开合有致，尾巴惬意地上下摆动，两鳍挥舞得兴高采烈，使我手心柔嫩之处隐隐发痒。它的这般小动作逗得我心急气躁，没有心思凝神静气地往下细致操作，我看了看这只两眼之间横穿一只利器的金鱼，发现它的嘴一直惊愕地凭空张着，于是拔出钢针，以一种撒手不管的心情把它再插到那张嘴的深处。

金鱼被放回水中之后，浑然不顾身体里多出了一根脊椎，一心投入地游动，借以找回往昔舒畅自如的感觉。它一边游着，两眼之中隐约渗出两条浅淡的红线，分布两侧，虽然细若纤毫，但是绵长不绝，在水中凝固不散，随波舞动，挥洒不绝。我甚至认为它正在用它们进行书写或者绘画，而两条崎岖辗转，但大致并行的红线也确乎逐渐在鱼缸里织成了某种图案，萦绕水中，缓缓变化。金鱼一边在自己的作品中穿行，一边繁衍红线，使图形变得越发繁复，也愈发神妙莫测。我长时间地观看着金鱼在水中创作，不觉心驰神往，超然忘俗，只恨自己才疏学浅，不能将这种图案破解，领会其中深意。

一直到屋外的水声戛然而止，我的注意力才离开这位水中的艺术家。阿姨的声音再次登场，与之结伴而来的还有淡淡幽香，她再次问我她隐藏到水中之前的问题：

金鱼好玩么？

我由衷地说：

真——好——玩。

她向里屋走来，把她身上的人体幽香催动得越来越稠，即将在我眼前焕然一新。但与此同时，外屋大门被石破天惊地敲响，阿姨被迫放弃突破我们视觉的最后一道屏障，急促转身，拖鞋噼里啪啦欢快鼓掌，跑去打开大门。我随即听到她喘息，但是实则冷静地说：

别，不能。

一个声调柔和、几乎童稚未消的男子声音和皮鞋一起唐突闯入：

谁家的小孩呀？

阿姨对他说：

你来。

转瞬之后，他们一起在我面前现身。阿姨穿着宽大的浅绿浴袍，乌云披散，身体露在外面的每一个地方，脸，脖子，通向我向往之处的过渡地段，以及支撑全身的两段白藕，全都在熠熠发亮，她正在充满疼爱、无限柔情地对我微笑；她的身体挡住了那位男子的大半身体，但我仍然怀有戒心地看清了他的脸，稍微发黄，但还算清秀，上面挂着轻巧戏谑的表情。

这个小朋友，你是谁家的呀？那个年轻男人越过阿姨的肩膀，掠过她的头发时沾染了潮湿的气味，我对此人缺乏好感，故而轻蔑视之，没有理他。

这个男人自我解嘲：瞧这小孩。然后转向阿姨：

你这么喜欢小孩呀，是不是也想——

他正想表示暧昧的亲密，阿姨却走过来，坐到床上，把我揽在怀里，我终于遂心所愿地贴住那块福地，同时听到那里面深处节奏鲜明地共振着：

真对不起你，我没有告诉你：这是我的孩子。

我登时看见那个男人的表情无端碎裂了，轻率之气便成了一些透明玻璃渣子，叮当坠地，剥荔枝壳一样现出一脸嫩白，吹弹可破：

你这是说什么？

阿姨重申道：

真对不起，我一直没有对你说，但是我的确有过一个孩子。她侧过脸来摸摸我的耳朵：

我以后必须和他一起过。孩子不能没有妈。

我良心发现，很想过去扶住那个男子，看样子他马上就将颓然倒地，并且身体里面的零件完全散架，支离破碎，无法再次拼装起来。但是我贪恋阿姨的胸膛，所以犹豫不决。还好他没有像我构想的那样稀松易碎，还能站稳，甚至有能力捶胸顿足，每言必称欺骗。这样我对他的同情心也转瞬即逝了，接下来，我几乎是大快人心地看着他拂袖而去了。

我又可以和阿姨独自对视了。她坦荡地绽开笑容，对我说道：

就是这样。然后再次把我搂在怀里。

我对李小青说：就是这样。就在此时此刻，我的心里鲜明地升起无限辛酸。我不知道我刚才干了什么，也不知道现在正在干什么。我隐隐觉察到，自我出世以来，乃至现在，一切人，事物，都是一团迷雾，在此情况之下，我甚至不得不怀疑我的真实身份，我的父母究竟是何许人也，如今理所当然养育我管教我的一对男女是否真的与我血肉相连，这位阿姨是否才是我真正的母亲，而我又凭借什么能够确认。这是我有生以来面对的最大的恐慌，站在十五年以后回想当初，我认为那个六岁男童即将触及到一个石破天惊的问题：我到底是怎么一个东西。这将是他进行的第一次本体论思考。不过当时我意识到的只是在这种情况下，我最需要做的实际上只有一件事，就是在阿姨让我心醉神迷的胸膛之间放声大哭，借以咏尽我在片刻之间认识到的巨大悲伤。在奔向哭泣的过程中，只需要一个节点，我立刻付之行动了：双手撑住阿姨的臂膀，看也不看，右腿像抽筋一样腾空一踹，摆在柜子上的鱼缸应声坠地，身后必然一片水花飞溅，空气与水正式交融，金鱼在两者之间无所适从，扭扭捏捏地弹上弹下，终将精疲力竭。在阿姨一声短促、慌张的尖叫里，我把脸咬定青山地深埋谷底，两手不自量力地握住两个稳固的支柱，拼命摇晃，并且手脚并用，企图把全身都挤进去，在那与世隔绝之处感慨身世悲哀。这是我有生以来第一次需要全力以赴，身心俱灭地放声大哭，可能也是我最后一次具备这种能力了。我的哭声有如滔滔江水，从两山之间一去东流，令我整副心肝尽碎，一切人间之事灰飞烟灭，皆成泡影。我的大哭恐怕将阿姨吓坏了，她不停地摸我亲我，对我说，摔了就摔了，没有关系，并不知为何地向我连续道歉。但是我激励自己说：抓紧时机，玩命地哭吧，以后再也不会有这样的机会了。

讲到此处，我的鼻子发酸。现在我和李小青趁她家没人，躺在她房里的乌木大床上，赤条条肆无忌惮地沐浴破窗而入的十月阳光。光线清晰，但是那位阿姨的面孔将永远模糊。也忘记我是如何重返父母身边的，我再见到他们时，他们已经气急败坏，咯咯乱叫，好像两只走错了门的鸡。倒是那个拥有谐谑笑容的男人我曾经再见过一次，时隔不久，他作为我父亲的同事与我们在林荫大道上相逢，他见到我之后，再现了那天的惊愕表情，然后蓦地蹲下来抱住我，把脸贴住我的肩膀说：小军，叔叔被骗了。随即不顾我母亲的在场，破口大骂女人的奸邪狡诈，恶毒心肠。

我又点燃一颗香烟，对李小青说，我第一次来到这个大院的情况，就是这样。李小青还在试图运用她的聪明才智，推断出这件事情的前因后果。她明言，我当年少不更事，而且处于半痴呆状态，一定被这个女人利用了。我打断她，向她指出，我所关心的并不是这到底是一件什么事，它之下实际是什么事，甚或那个女人到底是出于什么心态，我所追忆的，只不过是我生平唯一一次真正的放声大哭。我怅惘地坐起来，后背靠到墙上，对她说，比起那一次，我之后就再也没有算是真正地哭泣过了。李小青同情地看着我，向我提议说：

你现在再来试一下吧。

我说：算了。

就试一下吧。我帮你。

我看到李小青跪起来，正面冲我，正在温情脉脉地怂恿。我迟疑片刻，便弯下身去，回忆着当年一丝一毫的情形，把脸埋在她的胸间，双手握住借以抒情的支柱，玩命地鼓足力量，摇晃着，并且忘情叫喊，等待着第一声忘情大哭能够如期迸发。不知多久，我早已精疲力竭，心里清清楚楚，往事不可重现，何必刻舟求剑，但于心不甘，更加使劲地连撕带咬，李小青可能被弄疼了，她在我上方尖叫起来，同时拧住我的耳朵，把我甩到一边：

你干什么你。

我看着她低头检查伤处，颓然靠到墙上，曲项向天，心里明白，再次大哭，这都是白费力气，我已经没有这种能力了。

桃色事件

　　在看这篇小说之前，我建议大家应该放松。这不需要解释太多，生活中最重要的就是放松。我们就是因为不够放松，所以不仅让自己，而且让身边的人都很疲倦。比如说小说这个东西，对它的态度尤其要放松，千万别让任何一根神经紧张起来。可以试想这样的情景：你稳稳当当地坐在自己家的马桶上，确定没有人会在这种时候不知趣地打搅你，再确定你还没有患上或者已经治愈了痔疮、肛裂之类的顽疾之后，你屏着呼吸放心大胆地往下抒情，几番用力之后，你的括约系统轻松了，排泄系统轻松了，思维系统也轻松了。如果不急于起来的话，这就是阅读小说的最佳时机——现在你可以拿着书，到厕所里去放松一下再接着看——我的这个故事起源于几张黄色光盘，是香港版，名字叫《红楼梦》。我不知道你们有没有看过这种格调的光盘，想必见识过，因为吃不上猪肉的人总想看看猪跑，吃上了猪肉的人也想看看自己吃不上的猪跑起来有什么不同：人之常情。既然我已经坦诚在先，诸君也不必感到太羞涩。

　　对于这种光盘，我还要作一个说明：只有外行人才会笼统地把它们都称为黄色光盘，而很多看过的人清楚，它首先可以分为"三级片"和"毛片"两类。"三级片"这个称谓显然来自资本主义国家的影片分级制度，而"毛片"则属于内陆土话，意义不太清楚，如果纳入分级制度，它应该被称为"A级片"。"三级片"和"毛片"有很多区别，除了故事情节、灯光效果、演员人选等等之外，最硬性的区分就在于拍摄视角，说白了就是那两件东西有没有受到动物世界一样的特写。当然一定要讨论艺术性的话，也得承认，两者在情趣上还是存在不同的追求，"三级片"拥有柔和的灯光，幽默的对白，恰到好处的音乐，香港的导演还善于发扬国粹，比如说那部《红楼梦》。不过说来说去，都是淫秽录像，它们的共同本质，用我的一位河南同学的话来说：这东西，撑死眼睛饿死球。但是有些人就很强调这种区分，睡在我上铺的另一位同学就是这样一个人。我碰到他一个人躲在宿舍里偷偷观赏，总会大叫起来：

我操，你丫看"毛片"！

这位仁兄脖子胀得像一根驴鸡巴，似乎受了极大的侮辱，他指着屏幕上遮住关键部位的"马赛克"气呼呼地说：

不要乱讲，这明明是"三级片"。"三级片"！

他这副样子总能让我笑出声来。看"三级片"还不失为一个文化人的本色，看"毛片"就会沦为禽兽。连淫秽录像都能分出有文化和没文化，知识分子这块遮羞布啊，总是戴在不戴带的地方。再这样下去，就连那些卖光盘的人都会瞧不起我们了。我问他："毛片"怎么了，反正大家都看。

他的胸部一起一伏地喘着气，还在申辩说：这不是"毛片"，你们要看清楚。这是"三级片"！"三级片"！

他越这样，我越感到兴奋。眼前这个看黄色录像的人，要比黄色录像本身有意思多了。我跑到楼道里大声说：

老张新买了几本——"毛片"——还是日本的，质量很不错，不会磨毁光驱。

这个时候几个其他屋的人探出头来说：看完了传一下。

睡在我上面的老张带着莫大的冤情，光着脚跑出来，对着所有在场的人，对着整个楼道吼道：

"三级片"！这是"三级片"！听到了没有?!

我再转过头来，和所有人一起，用看待奇怪事物的眼光看着他。以上说的是一些题外话，目的是向大家交代必要的背景知识。下面是我的故事。

故事可以从一个全景镜头开始：中关村的大街上有很多人，熙熙攘攘。照完这个全景，我们把镜头逐渐推进，穿过广告牌、汽车反光镜、男人的腋窝、姑娘的乳房，最后捕捉到故事的主人公，也就是在下。在下正背着一个黑色的单肩书包，叼着一颗香烟走过来，并没有注意到已经被诸君饶有兴致地观察，因为我正在忙于驱赶一些外地人。那些人都是一些盗版光盘贩子。虽然我对他们的态度很不耐烦，但是心里还是有点喜欢他们，他们都是一些纯朴的人。他们脸色黑里透黄，牙齿黄里透黑，三三两两地站在马路边上，看到一个半穷不穷的家伙走过来，紧张得连手都不知道往哪儿放好。他们搓着手，假装没看到你走过来，假装突然发现了你，最后鼓起勇气把手放在你的胳膊上，书包上，甚至踮着脚尖放到你的肩膀上。他们再尝试用二道贩子老手的口气向你说道：哥儿们，要光盘么，游戏软件。这个时候，你简直要请他们喝上两杯。一个想要冒充城里油嘴的乡下泥腿是多么可爱啊。当然，一切赝品都要比原作更加风格突出，所以他们也做得有点过分了。他们把"光盘"说成"光盘儿"，把胳膊干脆和你挽在了一块儿，并且不由分说，拽着你的书包就要拉你走。我认识一个自尊自重的姑娘，她对我抱怨说：中关村有很多流氓。我问她：你指的是哪一种流氓？她说：就是那些卖光盘的土流氓。我问：他们怎么耍流氓了？她当然非常矜持，或者时刻准备着矜持，于是淡淡地叹了口气，幽怨地说：叫我怎么说得出口。我就搂住她的肩膀，用鼻子吸溜着她的脸说：是不是这么流氓来着？这个姑娘就成了我现在的女友。又过了个把月，她一边穿衣服一边恍然大悟地对我说：原来流氓还有这种耍法。我听了险些把她一脚踢下去。但是我是一个识时务的人，为了以后可以把这个流氓继续耍下去，姑且把她的话当作一个幽默，就对她说：还有其他姿势的耍法，以后可以慢慢耍来。结果反而被她扭过脸，一脚踢了下去。

我攥住书包带，防止他们直接到里面去掏钱。我向前走，这些男人也跟着我走。他们知道，我这样的大学生都是一些需要大量软件，但是又买不起正版的家伙。他们主要做我们的生意。说句实话，他们的确让我们方便了很多，十块钱一张，比起正版光盘要便宜上百块钱。曾经有几家大软件公司联合起来，在学校里做宣传，打出一个大横幅：我用正版我光荣。一夜之后下面就添了另外一行字：我用盗版我省钱。大家看到这个横幅，一起哈哈大笑。用正版未必光荣，但是用盗版却真是省钱。这两行字就这么挂了下去，直到宣传活动结束了，那幅哭笑不得的横幅才被摘下来。但是我现在并不想省钱，因为我根本不想花钱。他们也看错了我，不知道我是一个只会打字的文科生。我向他们摆着手说：不买，不买，我用不着。他们说：都什么时代了，有谁不用电脑？我说：我已经买过了，现在不需要。他们说：都什么时代了，怎么能不及时更新？他们好像一些有逆反心理的小女孩儿，你说一句，就会引出八句来。这时候还有两个做其他生意的男人凑上来对我说：那你要毕业证吗？我看你需要买一个。盗版的生意可真周到，甚至能把你自己变成一个盗版。我终于下定决心，勃然作色道：滚蛋！他们纷纷走开，互相摇着头，嘻嘻哈哈地笑着，好像在对我这个不识逗的人表示宽容。不管怎么样，我终于可以继续走路，回到我的学校了。

但是我随即发现身边还跟着一个男人。这是一个很矮的人，比他的同伴还要矮，我不踮脚尖就可以看到他的天灵盖。他不说话，两手插在兜里走在我身旁，我看他的时候，他就对我和蔼地微笑一下。于是我停下来，对他说：我确实不买，我用不着。

他说：不买，看看总可以吧。

我说：我不想买，为什么要看?

他说：商场里的东西也不是人人要买，难道就不让人看?

我笑出来：问题是，我就算看了也不会买。

这是一个友好的人，他也笑着说：我就是让你看看嘛。

我看着他。他长着一张圆脸和一个塌鼻子，正在仰着头，对我摊开手：看看也没有坏处，对不对?

我说：对，对。然后忽然一转身，头也不回地向远处疾走。走出十来米远，我才回过头来，看到刚才站过的地方已经没有人了。但是一个声音从我的肩膀传上来：那就去看看吧。

现在我没有办法了，我只能说：好吧，好吧。

他忽然间变得喜气洋洋，响亮地说：那你等一下，我去取自行车。说完他就转身走了。我看着他的两条短腿起劲地蹈着步子，走到街的拐角，心里奇怪为什么他不怕我再一次逃跑。这次我要是再跑，他绝对找不着我了，但是我居然就没有走，一直等到他骑着一辆通身生锈、吱吱作响的自行车向我过来。骑到我面前后，他把手向后一甩说：

上车吧。

我说：远么?

他说：反正我带着你。其实不远的。

我往下扫了一下，他的两只小脚蹬在二六车的车镫子上都很困难。但是这个光盘贩子催我说：

上车吧。

我就坐到车座上，他骑起来，从马路上拐进一片住宅区。这里是我们大学的家属宿舍。我说：到底在哪儿呢？

他说：不远啦。

他在一片小平房里轻车熟路地拐着弯，自行车在我们的身体下呻吟着。过了一会儿，我感到后轮子底下咯噔咯噔地颠簸起来。看到一个宣传黑板前面的修车铺时，他停下来说：我先打个气。

那个铺子的老板是一个留着胡子的壮汉，他好像和这个人很熟。光盘贩子打气的时候，几乎要把气筒手柄提到胸前才能拉满，他打气的样子，好像在连续夸张地鞠躬。这个时候他已经很累了，脸上有很多汗珠，刚才带了我一路，可能腿都已经打战了。修车铺老板对他说：你起开，看我给你打。

光盘贩子对他气哼哼地说：你歇着吧。但是他立刻松了手，跳到一边去。

壮汉从椅子上站起来，捏了捏前胎，把气筒换到后胎，然后踩着铁架，用一只手上下拉着，非常之轻松。他每拉一下，浓密的腋毛就要露出来，好像胳膊底下爆出了一股黑烟。光盘贩子插着手，脑袋一上一下地点着，嘴里在给壮汉数数：一下，两下，三下，四——下……

壮汉正在机械运动，忽然扭过头去对光盘贩子挤挤眼睛说：你看，就得这样——进去了吧，出来了吧，又进去了吧——

光盘贩子也有点兴奋了，他搓着手说：对，对。因为这个妙手偶得的比喻，两个人开心地笑起来。笑到一半光盘贩子戛然而止，叫了起来：不要再打了，再打就爆了！

壮汉伸手捏捏车胎，吃了一惊：硬得像那玩意儿。他又说：什么事情干得过分了都不好。光盘贩子笑嘻嘻地把车推过来，这个时候他重新想起了我，向我招着手说：上马。

我说：干脆我带着你吧。

他说：这怎么行。

我说：我带着你还快一点儿。你来指路。

于是我们掉了个个儿，又骑了几分钟，他说：到了。他领着我走进一个平房小院，拿出钥匙打开一个小门。这间房子看来以前是一间厨房，墙上的油烟痕迹还在。房子里面昏暗一片，只能放下一张床和一个床头柜。屋里的一切好像都在发霉，味道很大，床上还坐着一个脑袋很大、前额突出的小孩，好像有三四岁。我说：你的小孩？

他说：锁在家里，不会丢。然后对小孩说：抓牢了。小孩就用两只手抓住破烂不堪的席梦思床垫的边儿，光盘贩子用两只手抠住垫子的一端，呵的一声，把垫子掀起来，在胸前顶住。垫子被他支撑着斜立起来。那个小孩扒在垫子上，张大了嘴，两只手像他父亲一样抓得很紧。我正在奇怪，这种模样的一个人为什么总是喜欢显示力气，忽然听到他说：就在底下。垫子底下有一个黑色的垃圾袋，我打开它，里面全是光盘。这个时候我突发奇想，想要和这对父子开个玩笑，于是坐到垫子下露出的床板上，一张一张地看起光盘来。一会儿，我感到侧上方的垫子在发抖，光盘贩子屏着气说：你坐到椅子上看好啦。这时我才起来，那对父子已经满头大汗了。

光盘贩子嘭地把床垫连带孩子摔到床上。那孩子居然一声不吭，又安详地坐好，看着我。气喘吁吁的父亲从床头柜上拿起一个巨大的搪瓷杯子，晃悠晃悠，然后对我说：你慢慢看，我出去一下。然后就拿着杯子出去了。

屋里只剩下我和小孩。他一直在注视着我，什么声音也不出。我无奈地把那些游戏、软件、压缩电影一张一张地翻了一遍，我还是要告诉那个人，我什么也不想买。我站起来，想要看看那个人在不在院子里，但是脚刚一迈出门，那孩子就叫起来。这是我进来以后他发出的第一个声音，好像一只橡皮喇叭被全力吹了一下。我吓了一跳，回过头去，那孩子目光炯炯地盯着我手里的那些光盘。这个时候光盘贩子回来了，他的脚步非常之急，看来是马上跑了回来。他手里的一缸子水洒了许多，但是给了我一个灿烂的笑：

都看完啦？

我装作很失望地说：只有这些么？

他立刻把水放到椅子上，趴到地上，一边向床底下钻一边说：还有，还有，你别着急。

看来他想要用耐性打消我的托词。现在我已经有一点不好意思了，再这么下去，我必须要买上两张回去，而这些光盘对我毫无用处。我口干舌燥地说：

别找啦，说实话，我是不会买的。

他正在地上趴着，这时脸和屁股一起扭向我：那你到底想要什么？

我说：不是我想要什么，我是什么都不想要。

他说：怎么可能，怎么可能。

我说：怎么不可能，我又不靠吃光盘活着。

他忽然一下站了起来，动作之快好像是从地下冒出来的。我眼前一花，他已经拍着我的肩膀，微笑着说：

说吧，你想买什么盘我这儿都有。

我哭丧着脸说：你怎么就不明白，我什么盘都不想买。我已经开始怀疑自己遇见了一个神经质的家伙了，他好像听不懂正常人的话。虽然我什么事也不干，但是我也不愿意在这个地方耗着。

但是他又重复了一遍：什么盘都有。他说得很诚恳，好像在帮我一个大忙，我已经没办法再忍下去了，索性对他大声说：

"毛片"！"毛片"你这里有没有？

他把脸向后仰了一下，好像我终于开了窍，给了我一个赞许有加的笑，随即赶紧探过头来说：

小点声。

我说：到底有没有？这一次声音更大了。

他有点慌，赶紧说：有，有。你要这个干吗不早说。

我没好气地说：你干吗不早说？

他向我摆摆手说：那多不好意思。

我瞪着这个羞涩的"毛片"贩子，干脆像喇叭一样说：这有什么不好意思的？难道你不是干这个的？我还没见过你这样卖"毛片"的。要贩黄，你就别怕不好意思，怕不好意思，就别学人家出来贩黄。

他的两条眉毛变成了一个八点二十分，可怜巴巴地说：不好意思嘛，没办法。这也不是什么好事。我和他们不一样，我其实是一个小学老师……

原来他也是知识分子。我赶紧打住他说：有就拿来，废话少说。

他无奈地说：好，好，你跟我走。

我跨出门去，跟着他往外走。现在成了什么样子了，我插着腰，像一只准备斗架的公鸡，咯咯叫着威胁可怜的光盘贩子，让他给我搞一些黄色光盘来。后者是一个弱小、善良的男人，并且具有知识分子应该有的良知。最后在我的淫威之下，他不得不就范了，但是他惋惜的表情、幽怨的眼神在对我说：人无羞恶之心，非人也。

片刻，他又转回来说："三级片"要么？"三级片"比"毛片"

要好一些。

我又一次坐在了自行车的后座上，方才的经历已经让我心存恶意了。我不得不跟着一个陌生人在烈日炎炎下跑来跑去，然后再买两张我并不打算买的黄色光盘。这还不算什么，关键是在这位光盘发售者的面前，我已经变成了一个急不可待地想要参观二百来斤肉滚上滚下的视觉性饥渴患者。而他则像一个温顺的、心怀悲切的母亲纵容自己学坏的不孝子那样，忍辱负重地流着汗水，用自行车带着我去搞那些东西，让我在宿舍里趁着没人气喘吁吁地手淫一把。其内心的凄婉和自责又让我怎么抬得起头来。在这场交易里面，我们扮演的就是这样的角色，这才是我恼火的原因。我告诉自己，既然你已经变成了这样一个东西，那就干脆坏到底吧，当一个混蛋的快感不是何时何地都能得到的。

我索性把书包也挂到他的脖子上，对于这点他吭也没吭一声。他明白，我是要掏钱的。对于坐在屁股后面的上帝，谁会有半句怨言呢？在经过一家小卖部的时候，我对他说：去借一个打火机来，我要抽根烟。

他停车的时候，我把两只脚高高地跷离地面，巨大的惯性让他刹车的时候不得不两脚蹬地，我眼睁睁地看到自行车座有力地撼动他的肛门处。我尖声尖气地说：骑稳了，别把我摔了。

当他拿着一个打火机从店门出来的时候，我已经用自己的打火机把烟点上了。我对他说：原来我带了，现在可以走了。

就这样，他把我带到住宅区的另一端再次艰难地停下车，对我说：你等一下，我去叫我爱人。

他在街边向一个站在树下的女人招手，对方看到以后小碎步跑过来。她就像改革开放以后大部分的农村妇女，穿着伪造的真丝花衬衫，有着黑里透红的皮肤、小铁铲一样的龅牙，以及高高突起的颧骨，颧骨上分别有一个小太阳。丈夫在田野边上呼喊，她就一颠一颠地跑过摇曳的麦子，一面跑一面解着裤腰带。

他要买。光盘贩子指着我说。

就是他？女光盘贩子抹着汗看了我一眼：买"毛片"对吧？

光盘贩子赶快说：小声一点。他的妻子对他置若罔闻，而是对我说：买多少？

我说：我看看，看看再说。

女光盘贩子又把头转向她的丈夫，不满地说：有人买你也不把孩子抱过来。

光盘贩子说：向别人借一个先用着吧。

女光盘贩子气呼呼地说：又是五块钱。然后她就一颠一颠地跑回去。树下还有两个妇女，其中一个怀里横抱着一件东西。她走过去，和她们说了几句话，就把那东西抱过来。

走吧。她对我说。我看到一个小孩被她夹在胸前。这个孩子比光盘贩子的那个要小得多，正在昏头大睡，把形状峻峭的脑袋放在女人扁成一摊的乳房上。

我跟在女光盘贩子的后面穿街走巷，她的屁股一扭一扭的，步伐非常之直。这样的屁股扭在笔直的田埂上，四周都是金黄的麦子。在辽阔的屁股上，麦子毫无顾忌地向太阳生长。走了两分钟，男光盘贩子已经在很远的地方。我说：

这不是你的孩子吧。

家里那个是。

你干吗非要抱一个孩子？

这你不懂。她干脆地说：抱着孩子警察就不能把我关起来。

女光盘贩子真是一个麻利的女人，她说话的时候并不影响走路的速度。她的两扇屁股已经变成一只振翅欲飞的甲壳虫了。这只充满力量的甲壳虫嗡嗡地飞着，把我带到了一幢楼房脚下。那里倒扣着一辆手推车，她一下子就把它掀起来，从下面抽出一叠光盘。

有日本的，也有欧美的。

我的手里一下子握住了这么多的女人，她们都很大方，恨不得把两条腿劈成一条直线。我说：还有没有？

她说：那就是"三级片"，带情节的。那要贵一些。

我说：都看看，都看看。

那天下午，我把那叠叫做《红楼梦》的黄色光盘拿给我女朋友看的时候，心里面的恶意显而易见。诸君已经知道，我的女朋友是个自尊自爱的好姑娘，除此之外，她还是一个文学爱好者。这个爱好让她斜着眼睛看人，走起路来好像房事过度，她在十年的时间内，严格地用"娇花照水"和"弱柳扶风"的标准来要求自己，天道酬勤，终于变成了一个黑脸林黛玉。当然其代价也是相当之大，营养不良造成的平胸就不说了。另外由于没事哭一会子的习惯，使得泪腺格外敏感，落下了迎风流泪的毛病。当初这位黑脸林黛玉之所以看上我，是因为我勾引她的第一句话是：

我仿佛在哪儿见过你。

我女朋友说，她一下子就来感觉了。多有纪念意义的第一句话。她后来问我：

当初你为什么要说那句话？

我说：不为什么。

她说：不可能。这可不是平常话。

我说：我们那边拍婆子都这么说。这就伤了她的心，连着两个礼拜不肯行警幻所授之事，迎风流泪，不迎风也流泪。到我买来光盘那天，她的眼袋几乎患上了疝气。我对她说：亲爱的，又哭了？

黑脸林黛玉向我翻了个白眼，好像两颗荔枝的壳自动剥开，露出里面的白肉。我又说：别哭了。然后向她解释，我那样说是因为我含蓄，老说海誓山盟的话让我不好意思了。我诅咒发誓，她半信半疑，最后我说：别谈这个了，让我们进行艺术欣赏吧。然后就把"三级片"《红楼梦》拿了出来。

她看到封面上林黛玉或者薛宝钗那对横行霸道的乳房，又哭了起来，说她的确看错了人，原来我就是一个流氓，和别的流氓没什么两样，尽拿些坏光盘来欺负我，看我告诉叔叔去。我说：好妹妹，求求你别去告诉，其实这也挺有意思的，毕竟是《红楼梦》嘛。

她说：这是黄色光盘。黄色啊。

我说：郭沫若1948年写过一篇《斥反动文艺》，里面提到沈从文，管他叫黄色作家。沈从文黄色么？可见黄色不黄色，是一个如何理解它的问题，也是一个历史范畴。也许再过若干年，"三级片"也是老少咸宜的艺术形式呢。

她说：不看，反正坏东西我不看。

哪能不看呢？她不看就没意思了，否则我还不如买一部《做爱师姐》。但是她说得这么绝，我也不好强求。当着她看也挺有意思。我说：那好，我自己看。我是坏东西，正好看坏东西。

她跑到床上，用大棉被把自己蒙得紧紧的，只露出脑袋来，对我叫道：看完之后，你不准来摸我！

自摸，我自摸还不行。我说着把盘放进了电脑光驱。

她这个时候哇地大哭起来，悲愤地对我说：你就是喜欢看别的女人不穿衣服！

我说：怎么会呢，我只喜欢看你。

你就是喜欢看我不穿衣服！

别臭美了。我开始烦：我宁愿看到你穿着衣服。这时我发觉她已经从床上冲下来，一把抢过我手里的鼠标，噼噼啪啪地点击：

好，好，那你看她们去。让你看个够。

等到她把光盘启动起来，光驱里发出摩托车一样的轰鸣，我们都被这个声音吓了一跳。我赶快对她说：快别动，我来看看。我把光驱打开，取出光盘迎着太阳观察。

他娘的。我说：好像狗啃的。

她幸灾乐祸地说：报应，报应。看不成了吧？

我取出《红楼梦》的第二集说：再试一张。把盘放进去之后我还在气她：光驱快转，要不怎么看光驱。这样又把她请到床上去了。

第二集倒是打开了，只不过出来的屏幕是：欢迎使用金山词霸。我又打开第三集，还是金山词霸。我终于愤怒起来，把那叠光盘摔在桌上。遮遮掩掩地卖给我黄色光盘，实际却给我一堆盗版软件。操他妈的知识分子，贩个黄还要来这套。我想起下午的遭遇，越来越生气，原地跺着脚骂道：

操你妈的屄！

她说：操谁妈？

反正不是你妈。谁卖给我假冒伪劣商品我操谁妈。我垂头丧气地把光盘都放进包装袋里，扔进废纸篓里面。这时候她忽然从床上下来，舞蹈着说：

没戏了吧？看不成了吧？

我说：哼，哼。你高兴什么？

她咬牙切齿地说：就高兴，我还不应该高兴么？你瞧你那点出息，想要流氓，反而让人家耍了流氓。活该，就该这么治你。

我一把拽住她说：她娘的，我让人家坑了，你还说我活该。你再说一句，小蹄子，你再说一句？

她翻着白眼说：就活该，你还不活该么？你少拽我，你也就这么点本事，吃了亏就知道在我这儿找平衡。谁坑了你你找谁去呀。

这才叫有本事呢。

我脑袋一热，把她推了一把，跌到床上：操蛋的，你闭嘴行不行？

黑脸林黛玉立刻哭起来，一边踢枕头，一边咬被子，还要咯血：这会子你倒威风起来了，好几十块钱啊，你过圣诞节连一束花都不给我买，去买见不得人的东西倒眼也不眨。而且在外面挨人蒙，却回来欺负我！我算是看出来了，你也就这么点出息。你要是有种，你就把钱给退回来，你要是不满意，就找他们把钱退回来啊？别拿我出气！

我头脑一热，索性跳起来说：行，我这就退去，我就不信退不回来！

现在，诸君又看到了一个全景镜头：我又一次回到了街上。但是这次不是卖光盘的找我，而是我找他们。现在我已经后悔啦，想一想都觉得可笑，我对那个光盘贩子说：你这盘不黄，给我退掉。那他不仅会说我斤斤计较，而且还要用知识分子的眼神审视我，让我意识到，我无耻得有多么肆无忌惮。多少年来，最让我痛苦的就是这样的眼神。但是我明白，我这种窝囊废，如果空着手回去，只能又拿我女朋友撒气。除了她还能有谁呢？到时候她就会把两笔账算到一起，左眼哭我心怀叵测地侮辱她，右眼哭我吃亏上当泄愤于她，最后两只眼睛彻底变成疝气肿。我这么开导自己：你这么做不是为了你自己，为了一个少女光明的世界，你必须承受这种压力啊。

这些人都有各自的活动地点，在街头的一般不会跑到街尾去。但是我在街上来回走了两三次，都没有看见卖给我《红楼梦》的那对夫妇。邪了门了，真是与众不同的光盘贩子。在此期间，我的胳膊差点让别人给拽脱了臼，我走过去又走回来，而且眼睛还不停地瞄着他们，他们已经把我看成了一个犹豫不决的买主，我每次经过他们身旁，都给他们带来了希望，而且一次比一次强烈，一次比一次有把握。干这行就是不能灰心丧气。

回来了？看看吧？他们的口气已经变得得意洋洋了。

我又打量了一圈，对他们摇摇头。

两个人善解人意地笑了：是不是要毛盘？别不好意思。

我气血翻涌地说：毛你妈蛋！

我把他们甩开，跑到街尾，在几个胡同口之间辨认着，但是想不起来那天去买光盘走的是那条路。地形太复杂了，没有内应绝对找不到他们的老巢。即使我找到那间小厨房又能干什么呢？他们肯定出去做生意了，我只能把更多的盗版光盘抢回家去。

我垂头丧气地又走回来，那些不计前嫌的男人又跑过来：真的，毛盘。不黄包换。

我对他们眉毛一扬：不黄包换么？

那当然。一个黑脸汉子拍着胸脯子说：我们是讲信誉的。长期在这儿卖。

那行。我打开书包，把那套《红楼梦》拿出来：这就是在你那儿买的。根本就不是"三级片"。

是么？我看看。黑脸汉子伸过手来，被我躲开：不用看，就前天买的。我认得你，都找你一下午了。

他们两个咻地笑了，我也跟着笑了。黑脸汉子随即眯起眼睛，把手抱在胸前，沉着地审视着我：让我想想。

我歪着脑袋让他看了一会儿说：记起来没有？你敢说你没卖过《红楼梦》？当时你也跟我这么说，不黄包换。

卖过，卖过。黑脸汉子说：但是我记不起来你了。

我勃然作色：我操，当初就欠让你开发票。

黑脸汉子笑着说：那你让我看看盘不行么？

少来这套！我尖着嗓门叫起来：我都明白，到时候你又说不是你这儿卖的，孙子不孙子你们！我一叫，把他吓得倒退了一步。旁边不少人都往这儿看，黑脸汉子小心翼翼地往四周看了一眼说：有话好说，何必这么大声。

我知道他们怕什么，街首已经有两个警察踱过来。我更加大声说：不行，咱们这理得讲清楚。你明明跟我说的，亚洲第一乳房，不黄包换。回家一看满不是那么回事，有你们这么做生意的么？我买的是黄盘，黄盘你知道么，就是哪儿都露的那种，有本事咱们就近找一电脑看看，这盘里要是有一块人肉我把它吃了。

行行，给你换还不行。黑脸汉子向远处张望着：给你换。你说，欧美的还是日本的还是香港的？

不换。我退。我都不敢在你这儿买了。

给你换就够不错的了，哥儿们。黑脸汉子愤愤不平地说：我还不知道这盘是不是我这儿的呢，再说只换不退这是我们这儿的规矩。

不行。我看见警察已经看见我们这边了。今天我就吃定他了。我说：再不黄怎么办，还得找你来？我还嫌麻烦呢。赶紧给钱。

我操，你这就不像话了，我操。你这就是讹我。黑脸汉子变成了红脸汉子，挺着胸往我身前拱。这时候他旁边的另外一个人说话了，他是一个瘦高个：算了，算了，给他钱得了。他向街尾撇撇嘴，捅捅黑脸汉子。

我们三个一齐向街尾望，警察越来越近，他们或许注意到了我们，或许没有。行，行。黑脸汉子说：给你钱。多少？

四十。一分不找你多要。

行。拿着。他拿出一沓旧钞票，数出四张十块的给我，我把盘塞给他说：本来就该这样，做生意要讲公道。两个男人没说话，匆匆地走了。

嘿嘿。我拿着四十块钱心里笑：不但退了，而且赚了十块钱。

跟卖毛盘的耍流氓，我可真够流氓。我回到学校，用这十块钱带着我的黑脸林黛玉吃了两根冰棍，然后又买了两块花色蛋糕。其间极尽温柔体贴、装疯卖傻之能事，终于稳住了她的疝气，并且在次日就有好转的趋势。现在我的心情很舒坦，我抢了要饭碗，坑了婊子钱，还增进了爱情，感觉真他妈的不错。这件事就到此为止吧，谁也不要再提它了。我对我女朋友说。

谁想到事情还没有完。过了一个月，我的班主任、一个女博士将要出国去当访问学者，于是给每个寝室打电话，要请大家吃饭。不要不给面子哟，她轻佻地说。

不会的，我们用面子换饭吃。我说。同屋的几个人捏着嗓子说：面首，面首。

可见我的老师是个平易近人的女性。提起她，我们所见略同：当女博士当得这么丑不奇怪，奇怪的是当得那么贱。她经常很晚跑到男生宿舍来聊人生和学术。来的时候用猫爪子挠挠门：

穿上衣服呀。

然后又说一句：我说的是男生，女生没关系。接着一个人在门外用颤颤巍巍的声音笑起来。我们从床上爬起来面面相觑：这娘们怎么这么傻屄。

开了门之后，我们必须在灯光下对着她的麻子、她的驼背、她由于驼背而凹进去的平胸谈女性文学。她落落大方地把手放在某人的膝盖上，斜着眼睛四处乱射，外表不占优势的女学生的毛病，一样也没有改掉。直到我们每个人都对张爱玲和波伏娃有了更新的认识，她才把手从那条僵硬的腿上拿下来，抹一抹，走掉了。她一走，就有人喊：快放一部"毛片"来压压惊。于是大家一起看，唯有我上铺的老张不看，因为他只看"三级片"。看完"毛片"，话题又回到女老师的身上。大家讨论，症结何在？异口同声，脐下三寸。于是有人提议，到南门外的性保健品商店买一根塑料鸡巴给她，当年孔门送干肉，现在送塑料鸡巴，同样是尊师之道。但是这个计划还没有实施，她就要出国了。大家啧啧惋惜，惋惜之余也涌起惜别之情，一起说：吃他娘的。

那天晚上，大家喝得都很尽兴。我们把饭馆里贵一点的菜都点遍了，又要了一瓶一瓶的葡萄酒，然后对老师说：您留着人民币还有什么用？她被我们夹在中间，几条胳膊搭在肩膀上，连话也说不出来，兴奋得麻子都变成了疹子，用手挠来挠去。我的黑脸林黛玉没吃两口就歇了，撑着腮扫着一桌子人。这个时候我胃里一顶，吐了幸福的老师一身。老师一边用毛巾擦一边说：无妨，无妨。我女朋友终于忍不住了，说我腌臜，腌臜。

吃完饭，大家像烂泥一样到街蹚上，男男女女搂在一起，嘴里不清不楚，不干不净。风一吹，我的酒醒了一半，感到太阳穴有两只钻头在钻我。这个时候眼前一花，多了两个人。架着我的两个人对他们说：

你们干什么？

天色昏黑，我看不清他们的脸，只知道一个很黑，另一个又瘦又高。黑脸的指指我说：

找他。

我说：你们是谁呀？

黑脸的说：这回你不认识我了？我认识你。

大家都停了下来，瞪着眼睛看着我们。黑脸的看了一圈他们，从怀里掏出一叠光盘来说：兄弟，你也太不仗义了。

我说：我又没有搞你妹子。

他把光盘塞到我手里说：你这盘根本不是从我这儿买的。《红楼梦》我是卖过，但是我们是从广东进的货，你这个呢？你看看，你

看看，你这是北京货。

我的脑袋里好像塞了一块海绵，正在不停地膨胀。一个人把光盘从我手里拿走，看了一下又传给下一个人。男生看完了又被女生要过去，她们好像让人家捏了一把大腿，叫得很清脆。她们看完了，又对黑脸林黛玉说：你看看，你看看。

几个男生一起哈哈大笑起来。他们用力地拍着我的背，这让我又想吐了。我咬着牙说：大哥，你是不是看错人了？

没错。黑脸汉子严肃地说。瘦高的也说：绝对没错。

怎么可能！那些男生说：我们都是知识分子，我们怎么可能买"毛盘"呢？他们已经笑弯了腰，两个人一边笑，一边呕吐起来。

两个汉子抿起嘴，瞪圆了眼睛看着我们。黑脸汉子坚韧地说：我们做事要讲良心，你们这么做怎么可以？他一把揪住了我的领子，让我喘不过气来：不行！这事不能这么算了！

操，你还想怎么样。我照着他的肚子踢了一脚，同时还有三四条腿踢过去，他一屁股坐到地上，悲愤地吼叫道：

奶奶的，你们也太欺负人了！

瘦高个也说：你们凭什么这么欺负人？说完向我们冲过来，但是看到几只脚，又跑了回去。

这个时候我的老师清醒过来，喊了一声：不要打架！然后走过来说：大哥，你先不用着急。我是他们的老师，你有什么事可以跟我说。又幽怨地对我们说：你们怎么能打架呢？你们怎么能打架呢？

黑脸汉子腾地从地上爬起来，胸脯呼哧带喘，他说：你是老师，那太好了，我就跟你说。

他拍拍衣服，立正站好，先自我介绍说：我是卖光盘的。老师说：哦。另一个人说：也卖黄色光盘。老师说：哦？

黑脸汉子说：他买了一套光盘。

老师说：是不是黄色的？

黑脸汉子摆一摆手说：是不是黄色的跟这件事没有关系。关键是，他这套光盘不是从我这里买的，拿回去一看，不黄。老师说：哎哟哟。又瞟了我一眼。

黑脸汉子继续说：不黄吧，谁卖给你的就找谁换去呗。娘的。干我们这行的，在这儿常来常往，都讲个信用，没有不给你换的。你倒好，找到我，非说是从我这里买的，拉着我要退，我就退了。回去一看，不是我们这儿的，这不是坑我们么？我们小本生意，现在上货又难。我别的也不图什么，我就是想讲讲道理。你看，你看，你这样讲道理么？你们是念书人，当然要讲理。从我这儿买的，质量不好，可以换，但是绝对黄，我不会干这种事。你也不能这么骗人。

瘦高个走到黑脸林黛玉跟前，又掏出一叠光盘来：你比比看，我们这里的是广东音像出版社，你这个是北京音像出版社的。对不对？还有呢，我们这个是红字，你这个是蓝字。

黑脸林黛玉拿着两个光屁股林黛玉，左看右看，嘤咛一叫，把盘都塞到对方手里，抹着眼睛独自跑了。瘦高个就走到老师面前，让她比比看。

黑脸汉子还在说：抢不能抢要饭碗，坑不能坑婊子钱。

这个时候老师和所有的女同学都在看我。我站在当地，旁边是几个又笑又吐的男生。老师说：他说的对不对？

我又看看两个光盘贩子，他们有干柴一样结实的肌肉，布满皱纹的脸，四面开花的头发，表情又郑重，又委屈。我从心里面喜欢他们，这些纯朴的人啊。我觉得我不能骗他们。但是我摇摇头说：

对是对。你看他们像是说谎的人么？但是那个人的确不是我。

老师说：真的不是你？

我说：那我像是说谎的人么？

两个汉子悲切地说：你怎么能这样，你怎么能这样。王八蛋，你今天别想走。他们像牛一样向我撞过来，我的老师拉住黑脸汉子的胳膊，如同一根牛尾巴，几乎横着飞在半空中，然后脸朝下拍在地上。其他人连忙跑过去，把她扶起来，此时她的嘴已经变成了一个血窟窿，眼镜被大家踩得不知所终。而两个汉子一下子就用他们的肩膀撞到我的胃上，我对着黑脸汉子的脸开始呕吐。他们根本就不是怕脏的人，带着满脸的汤汤水水，几拳就把我给打到地上。我正在吐，一点也感觉不到疼，仰面倒在地上，嘴变成了小温泉。我看到他们的脚在我身上飞来飞去，没过多久身体就开始扭曲了。

那天晚上我是被抬回学校的。我被打翻之后，仰望着星空，脸和脖子上一片热乎。别的我就不知道了。我这样静止了很久，听到身边又杂乱了起来，我成了大家关注的第二个伤员。虽然我自我感觉很平静，甚至比做完爱还要安详，但是事后别人告诉我说，我正在四肢抽搐，嘴里源源不断地涌出液体来。有个内蒙古同学断定，我正在发羊角风，就说：我操。然后把球鞋脱下来，掰着我的嘴塞进去。我的嘴里满满的，话也说不了，只能拼命摆动脑袋，想把那个臭东西吐出去。他们更加惊慌，两个人按住我的四肢，用力地把鞋往我的嗓子里塞。到最后我没有办法，只能随遇而安地咀嚼着那块沾满了泥土的橡胶，让他们抬上了一个平板三轮车，那上面已经躺上了老师。仗义的内蒙古同学光着一只脚，蹬着三轮车把我和老师并排送到了医院。在路上，老师侧过来摸着我的胸口，嘴里血糊拉撒地漏着风说：

想不到。想不到。

如果当时我想到把胶鞋吐出来，肯定会对她说：他娘的，我也想不到。但是我很快就含着那东西睡着了，就像婴儿含着奶嘴一样。

老师则是我的母亲，正在爱抚着我，低声哼唱着，催我入睡。没办法，让她摸去吧。

我第二天才醒过来，发现自己躺在校医院的病床上，一个护士正在我身边用叉子吃鱼罐头。昨天晚上，黑脸汉子用他生产过粮食，也贩卖过光盘的拳头捅进我的右肋，打断了我的一根肋骨。把我送到医院的内蒙古同学怕我不知道，把当时的情况又复述了一遍：他们把老师扶起来的时候，她的精神反而更加亢奋，两只手像欢度国庆一样摆来摆去，只是嘴里乱七八糟，不能把心情表达出来。刚刚安顿好老师，就听见另一边噼啪乱响，然后看见我们三个人好像狗一样咬作一团。再一看，并不是咬作一团，而是两只在咬一只。他们跑过去的时候，黑脸汉子忽然对瘦高个说：行啦。然后转过身来说：咱们讲理吧。这几个家伙，真是他娘的知识分子，一听说讲理就什么都忘了，就算把他娘杀了也不例外。于是几个人围着我站着，开始讲理。而此时我已经躺在地上，听天由命了。一个同学说：

你们为什么打他？

黑脸汉子一挥手说：这是另外一件事。

我的同学就说：那你要说什么事？

黑脸汉子说：我们做买卖要讲信义对吧？他买了不黄的光盘，该找谁就找谁去对吧？被人家骗了就更不应该骗别人对吧？他把假黄盘塞给我们我们就亏了对吧？

我的同学说：对对对，就算你说的都对。但是你为什么打他呢？瞧你把他打得这样儿。

黑脸汉子再次挥了一下手说：没跟你说么，这是另外一件事。我们也不容易对吧？把钱要回去也没错对吧？他一边说着，瘦高个就弯下腰，从我的上衣兜里拿出一沓钞票，数出四十块钱，向大家展示一下，然后把剩下的放回我兜里。

黑脸汉子继续说：我们的东西我们要回去了，不是我们的我们也不能要对吧？这套盘还得还给他对吧？瘦高个就从怀里掏出一叠光盘，又向大家展示一下，然后放进我兜里。

黑脸汉子还在说：现在这件事解决了对吧？我们可以谈另一件了。我们把他给打了，你们不服气对吧？那你们谁先上，要不就一块来吧，我们什么没见过，也不在乎这个对吧？

我的同学就开始你看我，我看你。他们告诉我，黑脸汉子当时那叫一个凛然，真是一条好汉，把他们全都给镇住了。可是就在一愣神的工夫，那两个男人忽然在同一时间拔腿就跑，动作之快，配合之严密，好像排练过无数回了似的，转眼工夫就不见了。同学们说：当时你的屎都快给打出来了对吧？人道主义要以人为本对吧？冤冤相报何时了对吧？于是没有一个人追上去，大家齐心合力找了一部收废品的平板三轮，把我和老师运了回来。我说，谢谢大家，还是自己兄弟仗义。

内蒙古同学接着补充了胶鞋的事，他再一次把那玩意儿脱下来放到我面前，让我看一看自己的牙印。我说，多亏了你，味道不错。他说，区区一履，何足挂齿。然后话题又扯到了老师身上，她那一摔，像一张煎饼一样拍在地上，嘴里的牙就像她课堂上的学生一样，稀稀拉拉。在平板车上她忽然意识到这一点，用手疯狂地指着摔倒的地方，大家意会，派人去找，总算捡回两块碎琼乱玉，给她留作纪念。另外她前额碰到半块砖头上，出现了一个窟窿眼，现在必须用纱布牢牢堵住，否则情绪一激动，就会喷血不止，高达二尺，好像一只鲸鱼。我说，那她的两个乳房也要被摔爆？诸人大笑：哪里有乳房可言？加之驼背，就算有也不会受伤，看来你的脑子也被打出毛病来了。最后总结说，她就这么错过了出国的机会。说到这里，他们就告辞了，走出门去又回来问我：

说到底，那光盘到底是不是你买的？

我怀着对老师的歉意，只能说：是我，是我。

他们说：操，事情总算不是不明不白的。

他们走了以后，我把自己的外衣口袋打开，里面果然躺着那叠光盘。妈的，这两条朴实的汉子啊。

我住院期间，黑脸林黛玉忍辱负重地看过我几次，毫无疑问，她的眼睛又变成了一对疝气肿，而且每来一次，就要加重一些。每天她都告诉我，她已经没法做人了。现在女生中间，我的事情被传得风起云涌，先是说我买黄色光盘，后来又说我贩卖黄色光盘，我说，再往下呢，我该演黄色光盘了吧？她说，也差不多。人家说：我带着她在宿舍里做爱，大白天的门也不关，声音之大，四邻皆闻。我说，我操，你没告诉她们你是不出声的么？她登时要去寻死，说我也把她看成粉头娼妇。我说好妹妹这话从何说起？我敬你爱你天地良心若我死了化作灰不不灰还有个形迹化作一阵青烟云云，好歹把她稳住。但是第二天她不顾我身上有伤，气势汹汹地把我从床上拽起来，问我和某某某某还有某某某有没有过一腿。因为现在传闻中我已经拥有了一根无孔不入的鸡巴，经常带着不同的女生到不同的宿舍去做爱，声音之大，四邻皆闻。我捂着肋骨说：她娘的，你明明知道这是谣言么。她说，没办法，谁说的都跟真的似的。我说：他娘的，反正我也臭到底了。以后谁再传我，我就告诉大家我跟她干过，否则怎么会说得那么真。我女朋友一下子又警觉起来：对，否则怎么会说得那么真？我就仰面躺下，任她自杀去了。

黑脸林黛玉这一自杀就杀了半个月，等到我出了医院的第一天，发现她的眼睛已经开始溃疡，需要时刻注意苍蝇。相应地，那天晚上也给我留下了后遗症：嘴上居然开始长出真菌，要把达克宁当作口红，每天抹三次。我说：都怪你，当初劝劝我，我就不去退那劳什子了么。她说：你居然还有脸怪我，当初是谁去买那劳什子的？于是我说，现在是达成谅解的时候了。经过了这番荼毒，我们两个都已经声名狼藉了。我已经确立了本系流氓的形象，长期以来这只是大家的主观推测，现在证据确凿，我可以名正言顺了。而她，虽然她可怜巴巴地看着我，我还是说：你当然也不是什么好东西，狼和狈何以为奸？我总结道，今后的日子里，我们只能相濡以沫。相濡以沫你知道吧？就是两条鱼互相吐唾沫，互相恶心着又互相温暖着，我们的爱情就是这样。这也是我能给她唯一的安慰。

最后我说：事情就这样过去了，生活还可以继续。

她说：好吧，好吧。看来她也想通了。人生开阔了吧？我把光盘贩子还给我的光盘又拿了出来。再看看，再看看，封面多黄色，孰料它是假的。我笑着又把电脑打开，把光盘放进光驱：不过也好，我们也可以安装一下金山词霸，聊以纪念。

我点击了两下，然后向她转过头去：对吧？我们也不能白买。以后我们使的就是黄色金山词霸了。

这个时候我看见黑脸林黛玉那两个疝气肿艰难地瞪得很大，好像剥开两颗荔枝，荔枝核一动不动。我说：又怎么了，妹妹？

她指着电脑屏幕说：你看看，你看看。

我回过头，看见怡红公子正在撅着屁股说：小蹄子，看我怎么收拾你。然后往某个姑娘两条大腿中间冲过去。

现在，诸君又可以看见一个全景镜头了。故事的主人公，也就是在下，此时正叼着一颗香烟走在中关村的大街上。镜头慢慢向前推，向前推，穿过行人的腋下，姑娘的乳房，最后停在我的脸上。我正在左顾右盼，盯着那些光盘贩子看了又看。他们同样察觉了我，沉着地走过来，拉着我的手臂，拍着我的肩膀说：

哥儿们，光盘要么。

我说：不要，不要。

看看，看看也行。"毛片"呢？"毛片"和"三级片"也有。

我摇摇头，像他们一样和蔼地说：不用了，不用了。我找人。

他们三三两两地走过来，然后成群结队地离开。这些人有着千篇一律的乱草头发和黄龅牙，他们穿着乡镇企业生产的肥大的西服，趿拉着破皮鞋，是生活在我们这个城市的英雄好汉。我已经找了好几天了，还是没有找到黑脸汉子和瘦高个。我别无选择，我对黑脸林黛玉说。我必须找到他们两个，把真的黄色光盘还给他们，把假的要回来，然后再去找小学老师，把假的退给他，或者换回另外一套真的。就像光盘贩子们说的，我们要讲道理对吧？道理就是这样的。黑脸林黛玉说，道理何止这么简单？如果这两个人未经察觉，又把假光盘卖给别人怎么办？如果新的买主再把那套假光盘退给别的光盘贩子怎么办？我说，你说得真对，好妹妹。如果是那样，我就要和黑脸汉子他们一起再去找到那个买主，再和买主一起去找另外的光盘贩子。黑脸林黛玉说：我看你是有病了。要知道，在你找他们的时候，这套光盘又可能已经无数次转手了。我说，好妹妹，这我也知道，因为谁都不能吃亏对吧？这是道理。那我能做的就是把这套光盘经手的人全都纠集起来，最后有可能在中关村形成一支寻找假黄色光盘的浩荡大军。当然这样做是有一点不现实，那我是不是可以在《电脑报》上登一则寻盘启事？她说：他们没打你脑袋吧？我说：不知道，也有可能我的脑袋的确是被打出毛病来了。脑袋有毛病的人就特别爱较真，从前我有一个中学同学，脑袋就让汽车给撞过，撞过之后变得义无反顾，谁招了他，他一定要砍人家一刀才能找回道理。有的时候就怕讲道理，如果我不去找他们，他们就会逆向地来找我，最后有可能在某天晚上，那支寻找黄色光盘的浩荡大军会突然出现在我面前，轮流暴打我一顿，然后再向我结算误工费、车马费。事情的逻辑就是这样，与其坐以待毙，不如以攻为守。黑脸林黛玉就笑了，说：滚你娘的吧。我说：你也学会好好说话了？好吧，那我就滚我娘的。

　　于是，我就滚到街上，开始了我新的旅程。也许事情永远也不会有结束，可是生活还得继续。我现在什么也不干了，准备就这么找下去，我认了。

坐在楼上的清源

　　清源坐在二楼上。房檐下一片水蒙蒙，有时候水汽越结越浓，就会下起雨来。然而无论下不下雨，她脚下总是噼噼啪啪，因为一楼是一个麻将馆。天色还算清楚的时候，她能看得很远，眼光跟着青石板铺成的小路一直走进雾里。路旁全都是木板搭成的小楼，木板窗，木板门，二层住人，一层开着门脸：寿衣店、粮店、修鞋摊子。这里就叫木板街。街的东头，清源记得是竹林，西头有一条大路，多少年来，清源的爸爸会在每个月的今天一手夹着书，一手拎着当作茶杯的罐头瓶，从路上的雾中走来。

　　在别人眼里，清源一坐就是一整天，除非有人上来买草糊，否则一动也不动。两只手放在膝盖上，在栏杆后面稳稳当当地坐着。但是清源看得清清楚楚，街上的东西都在动：太阳慢慢地从东头走到西头；雨一滴一滴地下；串起来的纸钱少了一串，有人哭着离开；鞋匠缓缓把锤子扬起来，轻轻砸下去；连那些木板楼也在风里轻飘飘地摇晃。只有清源一个人不动。

　　这天早上，街上的人刚刚开门，清源已经坐在二楼了。对面的珍阿姨出来，用一只脸盆把尿倒下去。那条水流有时白，有时发黄，但总是很细，正好倒进下水道。倒完尿，珍阿姨抬头说：

我说那么香呢，原来是清源出来了。

清源说：是我家的草糊香。

这时候楼底下的老曹跑出来，哈欠连天。他有一个明亮的红鼻头，声音像点燃的柴火一样干裂：

我说那么骚呢，原来是阿珍出来了。

阿珍说：你一张嘴，就臭了。

老曹说：你的尿何必早上倒呢，直接撒到下水道算了。反正你的准头好。

阿珍说：你的嘴那么臭，何必还吃饭呢，直接吃屎算了。说完她就扭回屋里去了。

老曹跑到街中间，仰着头对清源说：

清源，你知道阿珍为什么用那么大的脸盆撒尿吗？

清源也仰着头，不往下看他。老曹还在兴高采烈：

因为她的屁股太大啦，马桶根本坐不下。

说完扭扭头，看着阿珍的门口，然后再叫：

清源，清源，今天为什么出来那么早呀？

清源朝远处说：我爸今天回来。

老曹从嗓子底下哦哦着，走回屋里去。这个四十来岁的男人，从上面看，脑袋顶上已经没有什么头发了，好像一只鳖正在水草里游动。

空气还是那么湿，清源睁大了眼睛向西边看着。街上的声音多起来，几个人正在东边说话，耿鞋匠正在给皮鞋上钉。光线明亮了一点，照得清源的眼睛更大了。这个时候，路上多了一个又高又瘦的人影，像芦苇一样容易折断，走得懒洋洋，不时还踉跄一下。一本书，一个罐头瓶，清源的手扒在栏杆上，看着爸爸走过来。

他走到楼下，四下转转身子，才顺着搭在阳台上的竹梯子爬上来，也不上楼，就抓着梯子对清源说：

我又来啦。你还好吧？

清源说：您上来吧。

她爸爸摇摇头，一只手从兜里拿出一个信封放在装草糊的桶盖上。清源又说：

我给您装点草糊路上喝吧。

他拎起茶杯看看说：算了，我这是新沏上的茶叶。

两个人对着看看，清源的眼神像这时的太阳一样温和。她爸爸往屋里打量打量，问她：不缺什么吧？

不缺。

那我走了。他几下跳到地上，往回路走去，一会儿就回到雾里。清源一直看到他不见了，还在看。一两只鸟飞过去，就像鱼一样。清源这时才醒过来，想哭又不愿意哭，头低下去，前额靠在柔软的木栏上。

爸爸走后一会儿，几个老人从楼下的麻将馆出来，其中有一个正在呜呜地哭。清源认出来他是西头的张伯，他们昨天晚上走进去，今天才出来，这种景象很常见。老曹也眼泪汪汪地跟出来，不过他确实是因为太困了。

老张，你走错啦。老曹笑嘻嘻地对张伯的背影说。

张伯老泪纵横地回过头来，眼睛好像两颗杨梅。

你应该往东走。老曹说：去寿衣店挑一身便宜一些的。

张伯的哭声像冬天的树叶一样一下子飘开，在几个老人的陪伴下慢慢走远。

老曹抬起头来，好像鳖翻个个儿，露出耀眼的鼻子：

明明手气背，还要玩到底。鸟都软啦，头皮还是那么硬。

清源平看着对面，装作没听见。阿珍的衬衫、裙子和小衣服好像花开在雾里。老曹还在说：

清源，你在上面闷不闷？

不闷。

下来，我带你到椒江买衣服。

不去。

那我上去了。他说着就攀着梯子往上爬。清源拿起木勺，舀了一勺草糊举起来，老曹迎面看到勺子慢慢斜过来，赶紧说：

算啦，算啦。然后跳下去，清源看见那只鳖一下子变小了。老曹拍拍衣服说：

干什么呀，干什么呀。

他又恨恨地说：我把你的梯子搬掉。

这时阿珍又出来了，她说：你是什么东西。他们两个一上一下地骂起来。清源偏过头，继续向那条白茫茫的大路上看过去。爸爸已经上汽车了吧？她看了一会儿，发现雾里多出来两个亮点，越晃越显眼，还传过来人说话的声音。声音远远，裹在雾里，好像没法破壳的小鸡。

清源的眼睛看得都累了，他们才走近，那是两个她从没见过的人。一个小伙子，一个姑娘，都穿着宽大的衬衫，背着高过脑袋的大书包。姑娘的头发短过耳朵，男孩的头发却比她还长。老曹和阿珍也停住，看着他们。

那女孩站住脚，用电视里的语调问：

请问，县宾馆在哪里？

老曹啊了一声，说：往下走，走过竹林就是。

女孩脸上露出奇异的表情：什么？再说一遍好吗？

老曹再说一遍，她还是没有明白。这个时候，小伙子抬起头看过来，眼光正好和清源对上。清源的眼睛像露水一样，和他看了一会儿，低下头。但对方对她喊道：

你的桶里卖的是什么？

清源慢慢说着普通话：草——糊。

小伙子两步登上梯子，和她脸对着脸说：草糊是什么？

清源的脑袋往后缩了缩：草糊就是草糊呗。

干什么用的？他已经蹲到阳台上了。

喝的。

什么味道？我来一杯。

那女孩又在楼下喊：你干吗呢？

小伙子探下头去说：卖草糊的。草糊。

什么呀，赶紧下来。先到宾馆再说。

急什么，这儿的宾馆又不怕订不上房。

我累着呢。

小伙子赔笑着说：就一会儿，我还没见过呢。

你没见过的多了。姑娘气势汹汹地说。但是忽然又叫起来：你看你看，那边有一棺材店。说着就跑过去了，书包在屁股上一颠一颠。

清源的声音忽然冲破嗓子，说话也快了：你要乌梅的还是柠檬的？

小伙子回过头来，笑容还没有消失：柠檬的。

清源为他舀了一杯草糊，浇上柠檬汁。他抿了一小口，然后一口喝下去。

好喝吗？

好喝。

两个人对着笑了一会儿，清源的手拿着木勺，白得几乎透明；小伙子想了想，看着她，也没出声。又一会儿才终于说话了：

草糊是用什么做的呀？

一种草，也说不出来叫什么。有人到山上采，我买过来熬成这样的。过去临海有许多人卖这个，现在没几个了。

好像果冻一样。你采过吗？

清源低低头：我不去。

这时女孩的声音又冒上来：走不走啊？再不走你住这儿算了。小伙子赶忙回头说：来啦。他匆匆对清源说：

再见。

清源没说话，把木勺放回桶里。他们踩着青石板走远，女孩还在不停地埋怨，小伙子答应着，忽然抽空把头扭过来，正好看见清源在看他。

老曹弯着腰，毫不顾忌地用土话说：鸡巴学生。

又过了两天，也没看见那两个年轻人。清源回想起来，那小伙子的眼睛很亮很热，不像这里的太阳。她这些天出来得比过去晚了，醒了就躺着发呆，听着木窗外老曹和阿珍在斗嘴。有一天连他们的声音也没有了，原来是外面正在下雨。清源的眼睛大大地瞪着房顶，有时候流两滴眼泪，有时候又笑一笑。

第二天雨停了，阳光像柳絮一样轻。那两个年轻人看来是走了。清源决定早起摆摊子。她从早上坐到傍晚，天色忽明忽暗，很多鸟从头顶滑过去。这么坐得清源身上懒洋洋的，但是心里却很累。这时候雾忽然散了，她能够清楚地看到西边的大路，有力地向远方奔跑。她想象着自己轻快地走在路上，路旁都是树林和青山，路上人来人往，一直走下去，不知道走到哪儿。可是低下头，又看见桶里黑乎乎的草糊，像镜子一样映出她的脸来。常年躲在屋檐下，她的眼睛显得特别大。水面内外两双眼睛互相看着，清源长久地发起呆，出了神。

喂，你干什么呢？一个人的声音把她吓得弹起头，那个小伙子眯着眼睛对她笑。清源向下面看看，那女孩不在街上。她捋捋头发说：

喝草糊？

对。明天我们就走了，我一个人过来再喝一杯。

清源为他盛上一杯乌梅的说：这种你还没喝过呢。

小伙子接过来，坐在阳台上，两条腿搭在梯子上轻轻踢着。他这次一小口一小口地喝，同时在问她：

你每天在这儿？你今年多大了？你家人呢？

清源回答他，也问他：你呢，你是学生吧？

对。小伙子说：我和——女朋友来旅游。

去哪儿了？

大陈岛。就是东边海上的那个岛，坐船三个小时才到。你去过吧？

没有。

那古城墙你总该去过吧？

没有。清源再次把头低下去。

什么？小伙子惊讶得坐直了：你住在这儿，还没去过？

清源头也不抬地说：没有。

一直在楼上坐着？

对。

为什么呀？

能看见我爸爸从椒江回来。他是老师，在那儿教书。

那也不至于不下楼吧？小伙子哈哈大笑起来：我今天晚上一个

人到灵江边上，你和我一块去吧，那儿有个快活林饭馆，据说靠着江，好不好呀？他把脸凑到清源鼻子底下，仰着头看着她的眼睛。

清源看着他，近得头发能垂到他脸上。她几乎没有声音地说：不行。

不会吧？我像坏人吗？小伙子把手放到木凳背上摇着：好吗好吗？越说摇得越用力，好像非得让清源答应不可：我叫小马，你呢？

那木凳太旧了，被摇得吱吱响。清源好像坐船一样晃着，也不说话。忽然她肩膀一歪，手没来得及抓住栏杆，肩膀摔到地上。

没事吧？对不起对不起。小伙子红了脸，赶紧伸出手来想把清源拽起来。可是他发现清源的脚根本不动，怎么也站不起来。她伸着手，肩膀耸起来，把头埋在胳膊底下，露出一块尖尖的颈骨。好半天她才抬起头来，脸白得阳光好像能穿透过去，眼睛下面挂出两滴眼泪。小伙子傻了眼，小声说：

怎么回事？我扶你起来好吗？

清源把手拿回去，撑着地面说：不用了，我站不起来。

两个人坐在阳台上不说话，忽然之间，清源心里也好像散去了雾一样，一句接一句地告诉他：她七年前，因为在楼上跑着捉蜻蜓，从这里掉下去，摔坏了腰，从此腿就动不了了。没法出门，就在楼上卖草糊。又过了两年，妈妈死了，爸爸调到椒江的学校教书，从此就不在这儿住了。人们说，他又在那边结了婚，好像还有孩子。他每个月来送两百块钱，虽然没间断过，但是待的时间越来越短，恐怕总有一天，他就不来了，也许是死了，也许是当她死了。过去一个人坐着，还会唱歌儿给自己听，但是现在也不唱了，因为她发现时间越过越快，还来不及闷得慌，一天就过去了。小伙子看着清源的脸，呆呆地听着。半天他才说：

我晚上还来看你，明天走之前也来。

清源说：不用了，反正你总也要走了。

小伙子说：那我明年还来看你，有时间就来。

这时候楼对面忽然有人喊：清源，你怎么了？原来是阿珍看见她坐在地上。

清源说：没事，我摔下来了。

好好的怎么会摔？阿珍扬起嗓门对小伙子喊起来:什么玩意儿，在城里吃饱了，跑过来占残废的便宜。

她说的是土话，小伙子没有听清，还问：她说什么？

老曹也在下面歪着嘴说：说你的鸡巴不老实。这次小伙子听懂了，呼地站起来说：

你再说一个，孙子。

老曹撇着两条腿跑进屋，跟着几个男人跑出来，向上面骂骂咧咧。清源说：你快些走吧。小伙子说：我晚上还来看你。

他下楼去，头也不回地走了。老曹远远地跟着说：帝国主义夹着鸡巴逃跑了。清源终于向下说：

你住嘴。

他娘的。老曹跑回来说：你终于跟我说话啦。好话歹话，总比不说话强。我上去，我们再多说几句？

清源推了一下椅子说：你敢上来，我就把你砸下去。

老曹不平地说：干吗对我就变脸啦？学生说走就走，向你爸提亲的还不是我。

晚上，小伙子也没来，第二天也没来。他像水纹一样消失在水里了。雾气变成雨，雨水变成雾，清源还像过去一样，从早坐到晚。直到有一天晚上，清源躺在床上，一个人影从阳台上跳进窗来，啊啊叫着压在她身上。她用尽力气推，也推不开，连叫也叫不出来。

木板街上的人好像听见哭叫的声音从地底下冒出来，又像很远的地方有个女人在轻轻地唱歌。第二天她没有坐出来，直到过了半个月，她才出来摆摊子，人又脏又瘦，好像树叶到了秋天。

三个月之后，清源的爸爸从椒江回来，这次他在路上走得风尘仆仆，踩得每块石板都在响。他爬上楼来的第一句话就是：

谁的孩子？

清源说：不知道。

他挥挥手说：那就报案。

清源在幽暗的光线里望着父亲，一副任人处置的神色。父亲说完报案却也不走，而是在二楼踱来踱去，对着目光所及的半条街清声朗诵道：

这件事情是一定要报案的，一定报案的。

这样说了不知多少遍，表达报案的决心。但是报案能解决什么问题呢？即使把人抓住能解决什么问题？想到这里他的声音越来越空洞，好像面对着一个人在空无一人的教室中讲课的回音。当这回音越来越小，趋近于无的时候他也住嘴了，感到口干舌燥，就从脚边的桶里舀了一木勺草糊，也不加料，一口喝下。喝完以后回头对清源说：

我看你还是结婚吧。

清源要在镇上找人结婚了。这件事情传得很快，也成为了很多人生活里的新希望。长成她这种模样的姑娘，即使只放在二楼上摆着，也是一件让人感到美不胜收的景象；况且事实已经证明，她也能够做一些事情，做完之后居然还有成果。虽然已有的成果是别人的，但跃跃欲试准备应婚的人或者年纪很大，或者是孤苦伶仃的外乡人，或者本身也有残疾，摊上这样一个清源，非但不觉得吃亏，认为是命中注定的天理公道，甚至还觉得是一种赐福。每天在楼下过往的人中，总有几个来回走动，不快速离去的，一律非老即穷，这些人偶然飞快地向楼上瞥一眼，相互之间也没有竞争者的敌意，而是好像共同经营着某项事业一般，客气中带着协作，协作中又互相揣测心意，当然更多揣测的还是楼上人的心意。

清源还是每天坐在二楼上，脚下放着木桶，姿势毫无变化。既然身体内的秘密已经公布于众了，那么她也没什么不敢见人的。沉静的眼神里多了一分听天由命，好像两潭千年古水，清风过后不起波澜。她从来不看楼下徘徊的人是谁，也不想那天晚上的人是谁。生活里的很多事情对别人来说一定要弄清楚，否则就是白活，对她来说却能成为永恒的秘密。

这样过了一个月，又到了父亲从椒江回来的日子。那些徘徊的人像约好一般，都认为在这一天上门再合适不过了。这天的景象虽然不能说壮观，但在镇上也算是奇观。人们看到方圆几里最穷最丑的老男人都聚到楼下来，未显出孜孜的渴望，倒让人感到相互怜悯、自我怜悯的唏嘘。间或还有几个二流子，带着诗意的表情，在雾气重重的光线里如痴如醉。来的人里还有老曹，他的身份最特殊，处于老男人和二流子之间，或者兼而有之，只是不用从远道赶来，坐在自己家门口，露出近水楼台以及其他含义的得色。虽然早已料到，但对面的阿珍还是先哈哈大笑，后响亮地朝他门口吐了一口浓痰，又端着脸盆晃晃悠悠，做出将那些液体泼过去的样子。

这一次，那个教师受到了有史以来最为隆重的接待，有那么多人眼巴巴地盼着他从雾色沉沉的大道上走来，只是原先盼着他的那个人却不再有这种心情了。清源的眼睛还对着那个方向，但看的却是更远的远方。在她眼里，那些地方就像未来的时间一样，都笼着大雾，人走在里面全不认路，但又不能不走。

教师这一次来还穿着旧制服，一手茶杯，一手拿书。他看到这个景象后，也不说话，径自爬上楼去。老男人们不做声地给他裂开一条路来。他在楼上站稳，沉默地扫视着地下毛发稀疏的天灵盖，好像在河边观看着杂草丛生的鹅卵石。很多人都是他少年时的朋友。教师又清清嗓子，朗诵着对下面启发说：

你们也不来喝杯草糊？我们家清源快要不做这生意了。

那些鹅卵石恍然大悟，默默地骚动起来，相互碰撞着，看起来在做无规律运动，好像显微镜下的水面微生物。终于有一个误打误撞地走对地方，沿着梯子慢慢变大，其他的也就找到了路径，排起队等着。

上来的人也不抬头，低声报出自己要的口味，清源抬着头却视而不见，照吩咐把草糊盛了递给他。那人讷讷接过，一饮而尽，把杯子放在桶边，杯底压上五块钱，然后迅速顺着梯子溜下去。教师这时就拔出永生牌钢笔，把此人的名字登在语文课本后面的夹页上。一个下去又上来一个，没上来的也不急，下去的也不走。每个人都照第一个一般做法，只是杯底压的钱水涨船高，已经到了五十。先下去的那些人看到上面亮出的票子，或暗自惭愧，或叫苦不迭。比较有钱的几个又开始逆向加塞，向队伍后面站去，倨傲地看着被他抛在前面的人。老曹就是进了一次屋，然后胸有成竹地站到了最后一个。教师一个一个地录着名字，最后写出的简直是一份本地鳏夫的统计名单，计有：

肖铁匠

汪羊倌

肉店张慧瑜

菜店陈嘉渊

鞋匠耿超锋

登到麻将馆老曹的时候，教师看到杯底压的是二百块钱，就多看了他一眼，沉吟一下。这让对方感到胜券在握，直勾勾地盯着清源，冷冰冰地瞥着楼下诸人。但教师对他说：你先下去。然后用手撑着木栏，像领导人一样问：

我家的草糊味道如何？

下面人有的不吭声，有的已经抢着说：好！教师说：再好喝也不过是山上的野草，值不了那么多钱。明天诸位再来一趟，我把零钱找给你们。

这天晚上教师睡在了木楼里。清源望着屋子一角父亲的身影，想不起他上一次在这里睡觉是什么时候了。也许五年前，也许十年前，也许从来没有过。这个想法让她对自己也感到陌生，好像对这屋子也只是偶然路过一样。但是她在阳台上眺望的那个温暖的身影又是谁呢？她又想起那个男学生，还有那夜压上身来的黑影，这些是她从未等过的东西，所以虽然说来就来，但走了又不见踪影。清源的心里又萌生了一种新的认识：凡她等待的东西总会再次出现，不曾等待的也会转瞬即逝，永远消失。外面的东西本来没有什么意义，意义就在于你会不会等它，它会不会重现。

清源这样想的时候，教师正在努力让自己入睡。他睡前一句话都没有说，只是把白天每个人压在杯底的钱清点了一遍，又在语文书上登了记。他也想把自己看作一个偶然的过路人，并且抱着这种心态安然睡着了。但梦中听到窗上的木板吱呀一响，这屋子里的旧事还是绞成一股，从耳朵钻入梦里，又膨胀开来，无法理清。他仿佛看到亡妻正在楼下扇火，用铁锅熬着草糊，清源坐在二楼，一动不动地注视着西边的大路；而他自己居然在屋里和现在的妻子一起备课，他们三岁的儿子却用筷子蘸着玻璃罐里的乌梅汁……这个景象他不觉得惊讶，只是感到时间流逝，心上的东西越压越重。直到第一缕阳光飘到他脸上，才嘘出一口闷气醒来，蓦然看到清源已经在有心无心地注视着他，眼睛大得能装下一个人。

教师看着清源，半晌才感到她在等他说话，就问：昨夜冷么？

清源说：有风，但不冷。

你什么时候醒的？

我不知道。每天都是这个时候吧。

教师披上衣服站起来，打开窗户吸了口湿气，就着清新的味道吮了吮又苦又涩的舌头，用明朗的口吻对清源说：

你想嫁给谁？

清源不假思索一般，静静地说：嫁也可以，不嫁也可以。嫁给谁都可以。

教师顿了顿：你放心，娶你的肯定是个好人。

快到午饭的时候，昨天那些来客重新来到楼下，看见清源和她父亲已经在阳台上等着了。一个站，一个坐，两个一言不发。教师不停向下看着，像在找一个人。目光扫过每个人脸上时，那人的眼睛里都会忐忑地闪一闪光。只有看过老曹时，他做出不负责任的神态，高昂起红鼻子。看看人来得差不多齐了，教师说道：

今天是请大家来的，所以草糊白送一杯。

有了昨天的经验，这次很快就排好了队。站在前面的担心自己只是个铺垫，站在后面的担心自己成为过场，但终究一个一个上楼来。每上去一个，就飞快地喝一杯草糊，教师再把昨天的钱扣除五毛还给他。凡还钱的都不自觉地感到自己没希望了，但看看后面每个人都接到一叠票子，又以为还有下文。老曹拿过的票子最厚，他把它们铺成扇子，在脸旁哗哗扇动。这样轮了一圈，下来的每个人或眯着眼睛，或瞪着眼睛，都牢牢地注目着二楼。

教师低头看了看清源，清源正平视着前方，看着对面楼上的阿珍。阿珍叹了口气，迅速抽着鼻子低下头去，但清源却没有表情。教师像抹粉笔灰一样把手在腿上蹭着，眼睛在某两根木栏间徘徊了一会儿，最后抬起头来说：

昨天大家的钱，都找还了，只剩下一个人没有。因为我没法找他钱。

楼下一个人登时屏住鼻息，又像下定决心一样盯住教师的眼睛。教师和他对望着，唇角流出一丝笑容，同时从上衣兜里掏出一张折叠的纸来：

就是东街的鞋匠老耿。他没给钱。

教师把那张纸打开递到清源眼前。那是耿鞋匠的营业执照。

离结婚的日子不远了。这些天，清源照常每天坐在二楼上，脚边放着木桶。但在她弯下腰去给人盛草糊时，看的人都不由提了一口气。已经快四个月了，这个动作让人感到几分惊险性。阿珍说：再过几天，就让人自己舀好了。

耿鞋匠是个老实人，尽管早有传闻，他是在河南新郑一带犯过事逃到这里来的。应婚胜利的事件又让这个传闻更加汹涌了几天，但他不言不语，不比平时多说一句话。传言撞上这张树皮一样的脸，就毫无下落地消失在雾气里了。他也不来看清源，白天依然在东街钉鞋做活，没事干就对着石板间冒出的青草出神。只有早晚两次过去，把坐在椅子上的清源与木桶杯子等物抬到外面或者抬进屋里，出完力后径自离开。他来或走时，楼下老曹都躲进屋里，并且上街也避开他的修鞋摊。

那些应婚不成的其他人也不作表态，或许有些人感到凭空受到了屈辱，但这些人多半生平坎坷，早已经掌握了把凡事当过眼云烟看待的本领，所以马上又淡漠处之。耿鞋匠的表现又何尝不是如此。但偏偏有一个人看不开，就是老曹。

此时老曹的红鼻头已经失去了显著地位，因为他一天到晚满脸通红，就连稀疏毛发下的秃顶都在涨血。街上人总能看到他怀抱着一瓶"石梁"牌烧酒，脸上挂着返老还童的笑容坐在麻将馆门口。但这笑容弥漫着一股腥气，忽然之间就会无缘由地勃然大怒，恶毒至极地咒骂着雾气中的某个虚无的对象。骂了许久，又不自主地癫笑起来，腾地拔地而起，拎着烧酒，茫然四方顾盼，好像要去什么地方做什么，但片刻又重新把屁股摔向地面。

他不再亲自和客人打牌，与人见面也不打招呼，别人叫他只是冷冷扫一眼，那张肥胖笨拙的脸居然使人想到一匹狼。对面阿珍感到气愤，故意像过去斗嘴一样从楼上骂他两句，老曹也不回嘴，受了欺负一样退回门里。这样一来阿珍反而也怕他了。久而久之街上的人也接受了这样一个老曹：天真而又阴郁，怯懦而又狠毒地坐在门前，穿堂风一过，不曾剪过的稀疏长发飘往脑袋一侧，好像一个飞行中的彗星。

人们都知道他这副样子是与应婚那件事有关的。不少人联想到了什么，也预料到了什么，但都心照不宣地不开口，仿佛约定了在等待预料成真的那天。

这一天转眼就到，耿鞋匠终于去接清源登记结婚了。他从邻居中间拼凑了几个闲人作为迎亲队伍，这支乌合之众穿着色泽杂乱的家常衣服，裹着一股毫无目的的喜庆气氛向西边进发。他们在街当中看到教师形单影只地从对面的远处走来，于是站在原地等他。教师加快了脚步走到鞋匠面前，对他说：

你辛苦啦。

耿鞋匠客气地说：您更辛苦，您走的路远。

于是教师走在了队伍的首位，带着和自己年纪差不多大的女婿去结婚。他们远远看见二楼的阳台上，清源在静静地坐着。雾色还没消散，她像是飘浮在半空一样，又像是即将消失的人影。教师向上面挥了挥手，猛然间感到气氛凄凉，胸口堵住的东西豁然冲开，想要流几颗眼泪。但他终于没有表露出来，不快不慢地走到楼下，却看到老曹站在门口。耿鞋匠全当没看见这个人，教师想开口和他打个招呼，但还没看清对方的表情，就觉得一下眼花，那个矮胖的身形已经噔噔噔顺着梯子爬了上去。

老曹一口气爬到半截，从木栏中露出一个脑袋，正对着清源的两腿。他抬起头，看到舒缓隆起的小腹，略微鼓出的胸脯，用纸折成一般的肩膀，最后是白得透明的脸庞。清源一言不发地看着他，似乎抿了抿嘴唇，一缕头发从额头上滑下来，落到嘴角。老曹猛然回头，看看下面愣住的一群人和许多窗口里探出的脑袋，而后再转向清源，又好像对着天空大声说道：

你的孩子是我的。

但这句话像是既不难猜，也没人关心的谜底一样，并没有给人们带来震动。下面似乎有几个人交换了一下眼色，还有人轻松地插着兜看着他。耿鞋匠眼里闪了闪光，但没说话，教师扯着嗓子对上面喊道：

老曹，你他娘的给我下来。今天是我女儿结婚的日子。

老曹喘了一口气，又干裂地说：

这孩子是我的。

这时候耿鞋匠走到教师前头来，一只手抓住梯子，那只手粗糙而有蛮力，就像钉在梯子上的一块木头。他眼里重新闪出凶光，说：

你下来，我不动你。说完手也不动，只是梯子咔嚓一响。

老曹脸色苍白，红鼻头也掉了色，变成了一个满是洞穴的蜂窝，他嗓子一跳一跳地说：老耿，我也没对不起你，没有我，清源也成不了你的老婆。我知道我不是人，可是我坐牢也好，一件事得讨个公道。清源的孩子是我的，他不能变成你的儿子。

耿鞋匠肩膀一动就要蹿上去，但老曹飞快伸出手，抓住了清源的一只脚踝。耿鞋匠生生停住身子，一只手离老曹只有半寸。老曹抬起头，又看着清源说：

清源，我知道我不是人，你也不用把我当你的男人。不过那孩子是我的。我说的是实话。

此时他清楚地看到清源的眼里有一股清水流过，她的耳朵像小鸡的翅膀一样动了两下。清源眼睛越过他，但又不知是看谁。她最后开口说：

不是。这孩子不是你的。

她的声音像最先打在石板上的几滴雨水，每个人都听得清清楚楚：

这孩子是一个外地来的男学生的。

不对！老曹尖锐地叫着：那天是我！

我的事我最清楚。清源说：不是你，是那个学生。我让他来的。

老曹一急之下，又往上爬了两步，几乎要登上阳台了。眼看他要上来，清源却往前一扑，两手扒在矮矮的木栏上，半截身子悬到外面说：

我说是就是。你要再说我就跳下去，我不死孩子也要死。

老曹额头流下豆大的汗珠，又一次待在原处。楼下众人看着清源树叶一样挂在半空的身体，不敢说话，连动也没人动。这样过了不知多久，清源好像支持不住了，身子陡然一颤，对面的阿珍啊地喊出声来，声音短促，戛然而止。老曹忽然用光全身的力道叹了口气，几步砸下梯子，也不看人，顺着路向西边走去，走时鞋底不沾清石板，肩头脑袋一晃三摇，倒让人想起过去天台山上的癫和尚来。

在众人的屏息注目下，清源慢慢缩了回去，父亲跑上楼，帮她重新坐稳在椅子上，然后弯腰把住两条凳腿，对耿鞋匠喊道：

你还结不结婚了？结婚就上来帮忙。

清源被两个男人抬起来，看着阿珍晾的两件衣服摇动着下沉，几只飞鸟咻地掠向眼底。她伸长脖子，翘首向远方望去，那目光似乎越过了对面的木屋顶，越过更远的树梢和房屋，越过雾气迷蒙的小镇，直在从没见过的河流和城镇上空飞翔。她的目光之下，一列破旧的火车正在铁路上缓缓而行，车窗前坐着一个郁郁寡欢的年轻人，他用肩膀支撑着正在睡觉的女友，手上夹着一支香烟，透过烟雾重温了某一次旅行，也结束了自作多情的对异乡的想象，给自己讲完了一个编造的故事。

后记

夜路明亮

石一枫

人过三十，似乎也可以追溯这件事情了：自己是如何变成一个"以看字儿和写字儿为业"的人呢？

好上文学这口儿，对我来说颇像一种无奈的选择。和很多同龄人的家长一样，我父母都是勤勉敬业之人，在他们的生活中，"组织"占有极其重大的分量。他们住着组织的宿舍楼，吃着组织的食堂饭，满脑袋需要考虑的事情，也是为组织作贡献。组织包办了他们的生活，他们却没工夫包办我的生活了——甚至说没工夫搭理我也不为过。印象中，我刚刚具备直立行走及排泄之前向大人通报的能力，就被发配到了幼儿园，刚开始是一日一接，后来干脆成了全托，六天一接。不过我也没觉得这有什么值得抱怨的，因为邻居家的小孩儿都这样。现在我看到很多同事带孩子，反倒觉得一家子老的围着一个小的转，这种饲养方法太没效率了。

不过说句矫情的话，孤独还是有的，甚至旷日持久。我小时候比较肥硕，不太善于和同龄的小男孩厮打搏斗，成天泡在女孩堆儿里吧，享受是挺享受的，可是多少有点儿不好意思。童年留下的剪影，往往是我一个人在林荫道上踽踽而行，口齿不清，念念有词，神魂颠倒。

这种困境在我识字儿之后大为缓解。当时我已经上小学了，但那个时候的小学教育还远没有如今这么变态，每天除了上下午几堂课之外，学校就没什么事儿了，一天中的大部分时间都是在家闲着。而我父母仍然很忙，又不愿意让我出去野，怕我惹祸，于是又采取了相对简便的方法——把我扔阳台上，并告诫我不准乱说乱动。家里没有电子游戏机，也没什么玩具，我的消遣只剩下翻看父亲码在阳台书柜里的那些书。刚开始自然是挑画儿多的看，比如家里人给我买的《三国》《说岳》之类的小人书，还有一本部队印发的《苏军战斗机简介》也被我当科普看了。画儿都看完了，无奈之下只能看字儿：一些古典名著、十九世纪西方小说，还有一摞一摞的文学杂志，比如《当代》《十月》《中篇小说选刊》什么的。不认识的字儿基本靠猜，不明白的情节基本也靠猜。我记得特清楚，陆文夫的《美食家》被我翻来覆去地看了好几遍，真是劳者歌其力，饥者歌其食，胖子最爱看人歌颂煎炒烹炸炖。还有刚火起来的好几个先锋派、新写实、"痞子文学"作家，也是在那段时间里记住的名儿，不过许多小说真看不太懂，就觉得他们行文中的脏话比更老一辈的作家多，有的章节几乎是器官横飞。这也造成了我从小对不文明用语没什么忌讳，有时口风粗俗遭到大人呵斥，我心里还想：作家不也这么说话么。

后来在很多场合碰到那些已成老腕儿的前辈，别的年轻人都激动地说："我是看着您的书长大的。"我想说的却是："我是看着您的书学会骂街的。"

现在想来，以上就算是我在文学上的"开蒙"吧。也挺幸运的，当许多同龄人的成长更多地表现在肉体层面时，我能够清楚地意识到自己精神的成长——当然，有可能长歪了。在这儿，我还是得打一个俗不可耐的比方：文学就像是一盏灯。它未见得是什么鼓舞人心引领人生的指路"明灯儿"，但却着着实实地为一个少年人照亮了他眼力未能达到的地方。那里有比他的生活更丰富的生活，有比他的想法更奇妙的想法。人从刚一出生，就像蒙着眼睛走夜路，谁知道历史的潮流会把你带到哪个沟里去，但是眼界一开，似乎也有了主动地思索自己以及别人生活的能力。这是一种虚幻的掌控感。

具有了阅读和琢磨文学的习惯之后，此后的一系列事情看起来就顺理成章了。中学毕业之后，我考大学时选择了中文系的文学专业，一头扎进去念了七年。这七年最大的收获，就是把自个儿变成了一个外国名片夹子，聊起西方作家及其伟大著作的时候，就跟相声演员表演"贯口儿"似的，满嘴高难度无意义炫技。再后来，我被招进了编辑部，成了一本小时候就常抱着看的杂志的编辑，这还真是一种缘分。又后来，看稿子看多了，在跟作者交流的过程中，我也开始技痒，便重新捡起了上学时"写两笔"的爱好，几年下来，居然也给自己添上了一个"青年作家"的头衔。

从爱读书到中文系到编辑部，一切似乎都很平坦。我从事文学的过程，比起许多年龄相近的朋友和同行，顺当得几乎让人汗颜。然而年龄愈长，也就有一个问题在心里越发凸显起来：自己所干的这些事儿，究竟有什么意义呢？

希望给一切行为找意义，这可真是文科专业的劣习。而意义却又很难明明白白地说清楚，这也是文科专业的困局。像没头苍蝇一样东飞西撞了一圈儿之后，我尝试着从最朴素的角度来理解文学的"意义"：它对我个人，对其他人有什么用处呢？

所谓"改变命运"之类的传说就甭提了，它对今天的大城市青年而言简直是天方夜谭。我在大学时的同学，现在已经颇多跨国公司的买办以及利益集团的鹰犬了，自个儿开公司上了市的都有，人家那才算改变命运。而我们这些从事"对口专业"的文学工作的，只能在小饭馆儿里互相嘲讽兼自嘲："这就叫男怕入错行。"

又安慰女同行："你们还有希望，一定要嫁对郎。"

而且还真不是我故作清高，我觉得拿世俗生活的成功与否来衡量意义，也太看不起"意义"俩字儿了——尽管世俗生活很重要。这又让我想起在一些座谈会上，许多比我更年轻的朋友的观念来。他们坦言，文学对于他们而言就是"有趣儿"，也就是说，能够提供饱暖思淫欲之外的一些享受。这种说法，包含着一种纯洁、无功利的任性，我在很大的程度上是认同他们的。我那些花开花落一床书的日子，可以说完全是凭借兴趣支撑下来的，而时至今日也常常哀叹自己的阅读和写作不如原来"自发"了。但我也有一个疑问："兴趣"真的有那么可靠吗？或者说，没趣儿的文学固然是虐人以及自虐，但"有趣儿"是否又能担得起文学的全部分量？无论从感官还是心灵上，有可能比文学有趣儿的事情还有很多，比如电影，比如音乐，比如和有智慧的人坐而论道……况且人的兴趣点也是多变的，今天觉得文学有趣儿可以爱之如珍宝，明天觉得没趣儿了就可以理直气壮地弃之如草芥吗？

以当前的阅历和想法，文学对于我来说是一项有关于价值观的工作。当被社会结构和生存状态所决定的、世俗层面的价值观不那么善良，不那么符合人性的时候，也就是文学的入场之时。它退则可以为人们提供精神的偏安一隅，进则可以实现马克思所言的"不是认识世界，而是改造世界"——尽管它在现实生活中的影响已经远不如上世纪八九十年代。打个具体的比方，当成王败寇的丛林法则已经成为人们处世的条件反射，当中国人已经习惯于用权力和金钱的成功来判断生命的价值时，从文学中却可以找到相反的观念和原则。对简单的"是与非"的判断进行深刻的再思考乃至颠覆，这是文学的擅长，也是文学在今天这个时代最独特的现实意义。

在这里，我仍然愿意将文学比喻为灯。文学作品是灯，文学精神是灯，好的作家本人也是灯。不只反映生活，而且照亮生活，我们的夜路也将明亮起来。

图书在版编目（CIP）数据

不许眨眼 / 石一枫著.—西安：太白文艺出版社，
2014.2

（中国文学新力量）

ISBN 978-7-5513-0673-7

Ⅰ.①不… Ⅱ.①石… Ⅲ.①中篇小说—小说集—中
国—当代②短篇小说—小说集—中国—当代 Ⅳ.
①I247.7

中国版本图书馆CIP数据核字（2014）第007760号

不许眨眼

作　　者	石一枫	
责任编辑	周瑄璞　靳　嫦	
封面设计	焚香图文	
版式设计	高　薇	
出版发行	陕西出版传媒集团	
	太白文艺出版社	
	（西安北大街147号 710003）	
经　　销	陕西新华发行集团有限责任公司	
印　　刷	西安市建明工贸有限责任公司	
开　　本	880毫米×1230毫米　1/32	
字　　数	228千字	
印　　张	9.75	
版　　次	2014年4月第1版 第1次印刷	
书　　号	ISBN 978-7-5513-0673-7	
定　　价	26.00元